WOOW BOOKS

KATE ALLEN

Tage der Mondschnecke

Aus dem Englischen von Meritxell Piel

Mit Illustrationen von Xingye Jin

WOOW BOOKS

MIX
Papier aus verantwortungsvollen Quellen
FSC® C083411

Deutsche Erstausgabe

Aus dem Englischen von Meritxell Piel
Die Originalausgabe erschien bei Dutton Children's Books, Penguin Young Reader Group, ein Imprint von Penguin Random House L. L. C., New York 2019
Satz: Greiner & Reichel, Köln
Druck und Bindung: CPI books GmbH, Leck

ISBN: 978-3-96177-096-0

www.woow-books.de

Folgt uns auf Instagram
unter @woowbooks_verlag

Für meine Eltern

Pat Allen und Cliff Allen

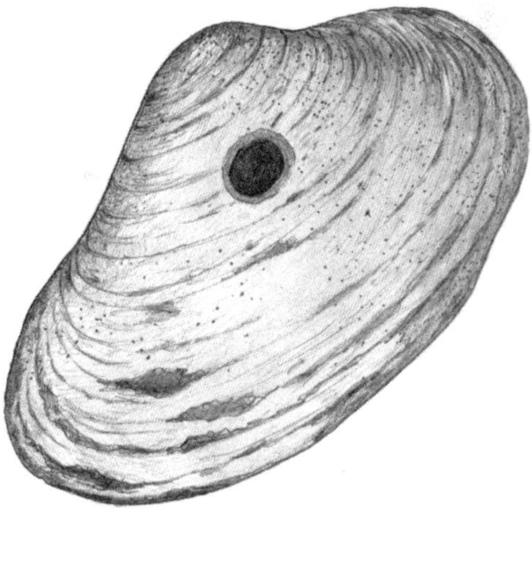

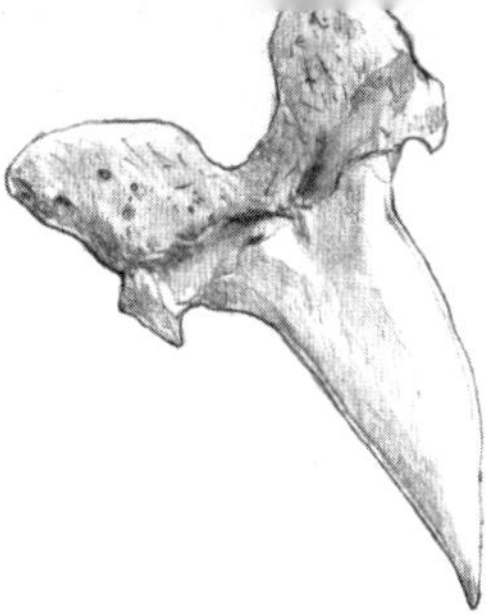

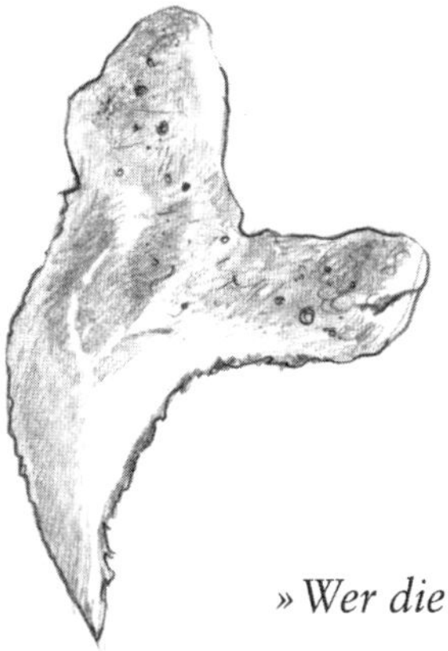

»Wer die Schönheiten der Erde betrachtet, findet Kraftreserven, die reichen, so lange das Leben währt. Der Vogelzug, Ebbe und Flut, die geschlossene Knospe, die bereit ist, sich zu öffnen, sind symbolisch und eigentlich schön. Die Kehrreime der Natur bergen etwas unendlich Heilsames – die Gewissheit, dass auf die Nacht die Morgendämmerung folgt und auf den Winter der Frühling.«

RACHEL CARSON

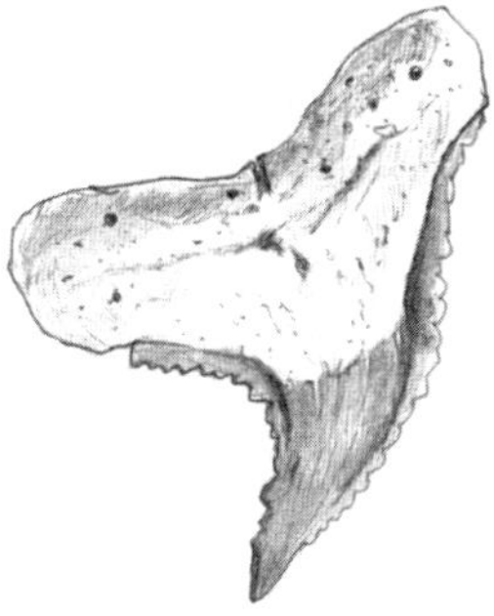

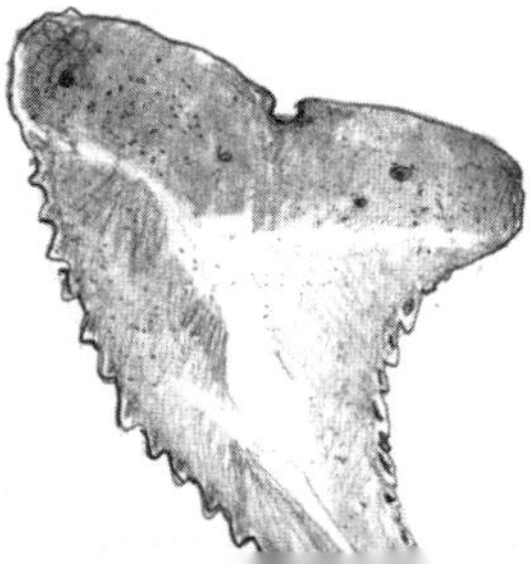

1.

Hai

An dem Morgen, als der große Weiße Hai nach Rockport gebracht wurde, steckten mein bester Freund und ich gerade unsere Finger in die Wechselgeldschlitze sämtlicher Münztelefone der Stadt. Während des Sommers kamen wir dabei durchschnittlich auf zwei Dollar pro Tag, die wir für gewöhnlich gegen Süßigkeiten eintauschten.

»Fünfundsiebzig, achtzig, fünfundachtzig«, sang ich vor mich hin, während ich die Münzen in seiner Handfläche hin und her schob. »Wir haben einen Dollar fünfundvierzig.«

Fred zuckte mit den Achseln und zeigte auf den Laden, der Weingummis und Bonbons für einen Penny verkaufte.

Manchmal fragte ich mich, ob wir mit fast dreizehn zu alt waren, um Münztelefone für Süßigkeiten auszuräumen. Doch niemand beobachtete uns, und außerdem fiel es schwer, auf geschenktes Geld zu verzichten.

Wir gingen hinüber zum Country Store, um – als wären wir Zauberer – Vierteldollarmünzen und Cents in Gelatine-Kaubonbons zu verwandeln.

Ich drückte die Tür zum Geschäft auf und trat in einen Dunst aus Weihrauch und Süßigkeiten. Fred machte sich sogleich auf den Weg in die Weingummi-Abteilung. Er wusste, was ich mochte, also ließ ich ihn die Auswahl treffen und schlenderte hinüber zum Postkartenständer. Als ich den Ständer um seine Achse drehte, quietsche er wie eine rostige Spielplatzschaukel. Mein Blick wanderte die Reihen vertrauter Fotos von Rockport und den Zwillingsleuchttürmen hinunter, während ich meinen roten Pferdeschwanz in einer Spirale um meinen Finger wickelte.

In dem Laden mit der niedrigen Holzbalkendecke und den bemalten Bodendielen war es dunkel und kühl. Ein älterer Mann warf eine Münze in das Pianola, woraufhin das automatische Klavier ein schnelles Lied ausspuckte, das an einen Rummelplatz erinnerte.

Fred ließ eine Plastiktüte mit Weingummis auf die Glastheke neben der Kasse fallen, und ich ging zu ihm hinüber, um mir anzuschauen, was er ausgesucht hatte. Er hatte sich für einen Standardmix mit hauptsächlich Fröschen und Würmern entschieden.

Mrs. Lloyd wog die Tüte ab. Das metallene Band, an dem ihre Lesebrille befestigt war, glitzerte wie eine rubinrote Perlenkette.

»Null Komma drei drei Pfund«, schätzte Fred.

Das Display der digitalen Waage zeigte null Komma drei vier.

»Nicht dein Tag heute«, sagte Mrs. Lloyd und lächelte Fred zu.

Als sie den Beutel mit den Süßigkeiten von der Waage nahm, läutete die kleine Glocke über dem Eingang und verstummte abrupt, als die Tür innen gegen die Wand schlug. Ein Junge, den ich noch nie zuvor gesehen hatte, war hereingestürmt.

»Sachte«, mahnte Mrs. Lloyd und musterte ihn.

»Hey!«, rief der Junge, während seine Flipflops auf den knarrenden Holzboden klatschten. Er lief auf ein anderes Kind zu, dessen Arm ellbogentief in einem Fass fruchtiger Kaubonbons steckte, von denen Fred und ich gar nichts hielten. Als das andere Kind sich umdrehte, legte ihm der Junge die Hände auf die Schultern. Ich vermutete, dass es Brüder waren, denn sie hatten das gleiche dichte, dunkle Haar und identische sirupbraune Augen.

»EIN RIESIGER HAI!«

Das Echo hallte von den Wänden wider. Ich behielt die Jungen im Blick und wartete ab, wie die Geschichte weiterging.

»Was?« Die Augen des kleinen Bruders wurden so groß wie Erdnussbuttertörtchen.

Fred ging zu den beiden hinüber. »Wo?«

»Am Kai! Ein Fischer hat ihn an Land gezogen«, antwortete der große Bruder.

Er sah aus wie ein Fünftklässler und spuckte beim

Sprechen wie verrückt. Seiner Begeisterung nach zu urteilen, musste es sich bei dem Hai um einen eigentlich längst ausgestorbenen Megalodon handeln. Der Junge trug ein Rockport-T-Shirt, was bedeutete, dass er nicht von hier kam, und sein Akzent klang, als wäre er aus dem Mittleren Westen. Ich konnte mir vorstellen, dass *jeder* Hai für die Brüder riesig aussehen musste.

»Wo kommt ihr her?«, fragte ich sie.

»Ohio«, antwortete der große Bruder.

»Schon mal einen Hai gesehen?«, wollte ich wissen.

»Nur im Aquazoo.« Seine Augen waren immer noch geweitet.

Ich schaute zu Fred.

»Lass uns gehen«, sagte er und schnappte sich die Tüte mit den Weingummis.

»Wohin?«, fragte ich.

»Zu dem Hai. Komm!« Und schon verschwand er im grellen Sonnenlicht.

Er ließ die Tür sperrangelweit offen stehen, und da ich wusste, dass Mrs. Lloyd sonst einen Vortrag über die Kosten einer Klimaanlage halten würde, zog ich sie auf dem Weg nach draußen hinter mir zu.

»Okay, aber wir bleiben nicht den ganzen Tag dort!«, rief ich ihm zu.

Fred blickte für eine Sekunde nach hinten über seine Schulter, verlangsamte seinen Joggingschritt aber nicht. Ich behielt ihn im Auge und ließ mir Zeit.

Ich ging am chinesischen Importwarenladen vorbei, der in der Reihe von Schaufensterfronten im Erdgeschoss schindelverzierter Häuser lag. Dann ließ ich die efeubewachsene Eisdiele und ein Spalier aus Telefonmasten mit einem Gewirr durchhängender Leitungen hinter mir.

Es war heiß. Juli-heiß. Das Letzte, worauf ich Lust hatte, war, in der prallen Sonne am Bootsanleger herumzuhängen – egal, was die Fischer an Land gezogen hatten.

Ich bog in den Dock Square ein, ging an dem Süßwarenladen mit der Bonbonmaschine im Fenster vorbei und kam zu der Stelle, wo der Straßenasphalt ordentlich aneinandergelegten Granitplatten wich. Dann betrat ich den T-Wharf, einen alten Anlegesteg. Hier entluden die Fischer der Stadt ihren Fang. Eine Menschenmenge, die entlang der Hafenkante stand, versperrte mir die Sicht. Ich suchte nach Fred.

Ein strenger Geruch schlug mir entgegen – zwar nicht so unangenehm wie im Hafen von Gloucester, aber trotzdem fischig. Es waren nicht nur die Heringe, die in Netzen in der Nähe des Hafens gefangen wurden, oder die Fänge, die die Fischer vom Meer mitbrachten. Das algenbewachsene Holz und das stehende Wasser innerhalb der Mole gaben ihre erdige Note dazu.

Schließlich entdeckte ich Fred und folgte ihm, als er sich seinen Weg durch die Leute bahnte. Das Gedränge machte mich nervös und erinnerte mich daran, wie ich jedes Jahr versuchte, meinen Dad auf der Parade zum

Nationalfeiertag nicht aus den Augen zu verlieren. Auch jetzt kämpfte ich darum, in Freds Nähe zu bleiben.

»Boah!«, rief er.

Ich schob mich an seine Seite und schlängelte mich weiter in die erste Reihe vor, um beobachten zu können, wie der Körper des toten Hais mithilfe einer Seilwinde über den Rand des Docks gezogen wurde. Als sein Maul in Sichtweite kam, wanderte mein Blick sogleich zu den riesigen, gezackten Zähnen, die dornartig in verschiedene Richtungen herausragten. Mehrere Reihen weißer Stacheln traten aus dem durchlöcherten Zahnfleisch hervor, das die rosa Farbe von Erdbeer-Marshmallows hatte. Mein Instinkt riet mir fortzulaufen, doch ich konnte nicht anders, als mich auf den Hai zuzubewegen, bis wir uns beinahe Auge in Auge gegenüberstanden. Ich stellte mir vor, wie mein ganzer Körper in seinem verschwand, als glitte ich in einen Schlafsack, während sich seine geöffneten Kiefer um meine Hüften legten.

»Ist das ein Weißer Hai?«, fragte ich.

»Da bin ich mir ziemlich sicher«, antwortete Fred. Er holte sein Asthmaspray heraus und nahm einen Zug.

Nach dem zweiten Zug sagte er: »Deine Mom wüsste es.«

Ich nickte. Meine Mom hätte es gewusst.

2.

Die Expertin

Meine Mom war Biologin gewesen und die ansässige Hai-Expertin für Massachusetts. Als ich noch ein Kind war, fiel mir aber vor allem auf, dass sie nach Fisch roch. Egal, wie gründlich sie sich abschrubbte, jedes Mal, wenn ich sie umarmte, war der Geruch da. Als ich älter wurde, fragte ich Dad, wie das möglich war. Er sagte, der Geruch komme daher, dass sie Haie und Wale seziere, dass sie Speckschichten aufschneide und mit ihren Händen in die Bauchhöhlen von Meerestieren greife, die zwanzigmal so groß waren wie sie selbst. Und wenn sie nicht gerade bis zu den Ellbogen in den Eingeweiden kürzlich verstorbener Tiere stecke, so erklärte Dad weiter, schwimme sie im Ozean auf der Suche nach lebendigen. Dabei flossen Salz und Mikroorganismen durch ihr Haar. Selbst wenn sie tagelang nicht in der Nähe des Wassers gewesen war, konnten wir noch immer die Fischöle auf ihrer Haut riechen. Es bestand kein Zweifel, dass man sie heute, für diesen Hai, zum Dock gerufen hätte.

Fred nahm einen weiteren Zug von seinem Asthmaspray und schaute mich an. »Ist alles okay?«, fragte er. »Dein Gesicht ist rot.«

»Mir ist nur heiß.«

Ein paar Männer zogen den Hai mit Seilen und Flaschenzügen weiter in die Höhe. Mein Blick fuhr den weißen Bauch des Tiers entlang, von der Nase bis zur Schwanzflosse. Er war schätzungsweise so lang wie drei hintereinandergeschnallte Fischer, doch als er mithilfe mehrerer Seile über die Menschenmenge gehoben wurde, verbog sich sein Körper.

Die Szene sah nicht aus wie auf einem dieser gestellten Fotos aus dem frühen zwanzigsten Jahrhundert, auf denen ein irrsinnig dreinblickender Kerl mit einem glänzenden Makohai posiert, der vom Schwanz bis zur Nase geradlinig ist. Dieser Hai am Dock war so groß, dass sein Körper zu einem Hufeisen gebogen über dem Wasser hing. Das Seil in der Nähe seines Mauls schnitt in sein Fleisch wie ein Gummiband in ein fettes Handgelenk und trennte den Kopf vom restlichen Körper. Auf den ersten Blick sah der Hai ein wenig lächerlich aus, doch wenn man ihn länger betrachtete, konnte man sich seiner Bedrohlichkeit nicht entziehen.

»Wir haben ihn uns anguckt«, sagte ich zu Fred, während ich das Tier weiter anstarrte. »Können wir jetzt gehen?«

»Weißt du, was das heißt?«, fragte Fred. Nicht dass es eine Rolle spielte, denn er würde mich sowieso aufklären.

»Was?«, fragte ich zurück.

»Der Naturführer!«, antwortete er mit großen Augen, die ihn aussehen ließen wie einen Goldfisch.

Der Naturführer war ein Projekt für den Biologieunterricht, das wir im September einreichen sollten. Fred war auf die Idee gekommen, und ich hatte mich bereit erklärt, ihm zu helfen. Denn ein paar Extrapunkte konnten mir nicht schaden, falls ich während des Schuljahrs mal einen Test verhaute. Um den schriftlichen Teil kümmerte sich Fred. Meine Aufgabe war es, die passenden Illustrationen zu liefern – und ich konnte ebenso gut zeichnen, wie Fred die Verwandtschaften von Lebewesen erklärte.

Allerdings hatten wir für den Naturführer eine Regel aufgestellt: Er durfte nur Tiere und Pflanzen enthalten, die wir mit eigenen Augen gesehen hatten. Bisher waren wir einer Schwarzkopfmeise in Pigeon Cove begegnet und einem Flecken-Querzahnmolch in einem Regenwassertümpel im Wald. Das war so ziemlich das Außergewöhnlichste gewesen, was wir an Land hatten finden können – bis heute.

Während Fred seine Energie augenblicklich auf unseren Naturführer lenkte, konnte ich den Gedanken an meine Mom nicht abschütteln. Ich stellte mir vor, wie sie um den Hai herumlief und seine Maße abschätzte, bevor sie überlegte, wie sie ihn auf dem Boden ausbreiten sollte.

»Was werden sie mit ihm machen?«, fragte Fred.

»Gute Frage«, sagte ich.

Lachend kletterten die Fischer in ihren orangefarbenen Wathosen von den niedrigeren Docks auf den Kai. Einen von ihnen erkannte ich sogleich an seiner Stimme.

»Da ist Sookie«, sagte ich und atmete tief ein.

Sookie war in vierter Generation Fischer in Rockport und ein guter Freund meiner Eltern – nur dass er schon lange nicht mehr bei uns gewesen war. Doch wie er dort auf dem Dock stand, sah er immer noch so aus wie der Mann, den ich bereits mein ganzes Leben lang kannte. Er trug eine verspiegelte Sonnenbrille, und seine braunen Haare waren von der Sonne gebleicht. Seine Hautfarbe war rötlich, nicht goldgebräunt wie die der Strandbesucher. Und er schwitzte scheinbar doppelt so stark wie ich.

An Sookies Seite befand sich Lester, sein Bootshelfer, ebenfalls in orangefarbenen Gummihosen. Er war siebzehn und hing oft mit Freds älteren Schwestern herum. Ein Pulk anderer Fischer und Zuschauer versammelte sich um die Ankömmlinge, und ich erkannte am Händeschütteln und Schulterklopfen, dass Sookie den Hai gefangen hatte.

»Warum hat er einen Weißen Hai erlegt?«, fragte Fred.

»Ich wette, es war ein Versehen«, antwortete ich.

Ich löste mich aus der Menschenmenge und lief hinüber zu dem Pulk, der Sookie umringte. Fred folgte mir.

»Sookie!«, rief ich.

Er wandte seinen Kopf in meine Richtung, klopfte jemandem auf den Rücken und ging auf Fred und mich zu. Sookie schob sich die Sonnenbrille auf den Kopf, und seine Augen funkelten wild.

»Lucy! Na, was denkst du?«, fragte er und zeigte auf den Hai.

»Er ist gigantisch«, sagte ich. »Was ist passiert?«

»Wir haben Kabeljau gefischt, dabei hat er sich im Netz verfangen.«

Ich zuckte zusammen. »Oje.«

»Wieso oje? Er ist doch auch nur ein großer Fisch.«

»Na ja, aber nun ist er irgendwie nutzlos, oder?«, fragte ich.

»Ja, genau, was macht ihr jetzt mit ihm?«, schaltete sich Fred ein.

»Ich dachte, wir lassen ihn ein paar Tage hier hängen, um die Touristen von den Stränden fernzuhalten«, antwortete Sookie.

»Ihr solltet wirklich darüber nachdenken, eine Biologin zu rufen«, wandte Fred ein.

Sookie zögerte einen kurzen Augenblick. »Lucys Mom war die einzige Biologin, die ich gut kenne«, erklärte er. »Ich hätte sie gleich vom Boot aus informiert.«

Er schaute zuerst Fred an, dann mich. Mit seinen fischigen Händen zupfte er vorsichtig an meinem Pferdeschwanz. Ich blickte ihm in die Augen. Es machte mich immer glücklich, wenn ich merkte, dass auch andere Menschen an meine Mom dachten.

»Sook!«, rief einer der Fischer und hielt eine Kamera in die Höhe.

»Ich muss los«, entschuldigte sich Sookie.

»Können wir jetzt gehen?«, drängte ich Fred.

Er deutete über meine Schulter. »Da ist dein Dad.«

Ich drehte mich um. Mein Dad steckte nach wie vor in seiner Arbeitskleidung. Er war Kriminalbeamter bei der Polizei, deshalb trug er keine Uniform, sondern Kakihosen und geknöpfte Hemden wie ein Zivilist. Sein Haaransatz glänzte schweißnass. Um seinen Hals hing seine Minolta SLR an einem Trageriemen. Vermutlich war auch er gerade auf dem Weg woandershin gewesen, als ihn die Neuigkeit vom Weißen Hai erreicht hatte. Ich rief drei Mal zu ihm hinüber, doch meine Stimme wurde von der Menschenmenge verschluckt. Er suchte sich einen Platz inmitten der Leute und schaute zum Hai hinauf, der über den Köpfen der Menschen baumelte. Als Dad die Kamera vor sein Gesicht hob, las ich von seinen Lippen ab, was er sagte, während er lächelte wie ein Kind: »Jesus Allmächtiger.«

3.

Gerätetaucher

Nachdem wir für unser Foto mit dem Hai posiert hatten, rollten Fred und ich mit unseren Rädern langsam neben Dad her, der zu Fuß ging. Wir mühten uns den Hügel im Stadtzentrum hinauf und stellten fest, dass es auf den Bürgersteigen nur so von Menschen wimmelte. Alle waren aufgeregt wegen des toten Hais, doch mich interessierte nichts weiter als eine kalte Dusche und etwas zu trinken.

Zu unserer Rechten lagen der Buchladen und die Kunstgalerien. Durch die Lücken zwischen den Häusern konnte man die schmalen Gassen erkennen, die direkt zum Meer führten. Das immer wieder aufblitzende Blau des Wassers erinnerte daran, dass alle Geschäfte und Häuser in der Stadt vom Ozean umschlossen waren.

»Dad, was wäre gewesen, wenn du den Weißen Hai beim Tauchen gesehen hättest?«, fragte ich. »Was wäre dir durch den Kopf gegangen?«

»Bei einem Weißen Hai? *Panik*.«

»Was hat er vor der Küste von Rockport gemacht?«, hakte ich nach.

»Nach Nahrung gesucht, schätze ich.«

»Ist das Wasser nicht zu kalt für ihn?«

»Nein. Weiße Haie schwimmen nach Norden bis zum Golf von Maine hinauf«, erklärte Dad.

»Werden noch mehr kommen?« Ich kannte die Antwort. Ich hatte sie schon früher einmal von meiner Mom und von Fred erhalten.

Dad ließ die losen Münzen in seiner Hosentasche klimpern, wie er es immer tat, wenn er mit seinen Gedanken woanders war.

»Dad?«

»Oh, Entschuldigung. Was?«

»Werden noch mehr Haie kommen?«, wiederholte ich leicht genervt.

»Klar. Wo Robben sind, sind auch Weiße Haie.« Er musste den Sturm spüren, der sich gerade in meinem Magen zusammenbraute, denn er fügte hinzu: »Aber sie sind immer noch selten hier oben.«

Ich verpasste jeder Parkuhr einen Schlag mit meiner Handfläche, als wir am Front Beach vorbeifuhren.

»Als ich noch ein Kind war, hat jeder, der eine Robbennase auf die Polizeistation brachte, fünfzig Cent bekommen. Fünfzig Cent für eine Robbe«, erzählte Dad.

Ich schnappte nach Luft. »Warum?«

»Weil die Robben Haie anlocken. Außerdem fanden die Leute, dass sie ein ziemlich lautes Theater im Hafen veranstalteten.«

»Wie schrecklich«, sagte ich.

»Ja«, stimmte Dad mir zu.

»Hast du jemals eine Robbe getötet?« Ich fragte, obwohl ich wusste, dass die Antwort *Nein* lauten würde.

»Was denkst du?«, wollte Dad wissen.

»Ich habe Sookie gesagt, er soll eine Biologin anrufen«, meldete sich Fred zu Wort. »Aber ich glaube nicht, dass er es machen wird.«

Dad schwieg einen Moment, dann hörte man ein weiteres Mal das Klimpern der Münzen in seiner Tasche. »Sookie ist ein Sturkopf. Er hört nur, was er hören will«, sagte er schließlich. »Ich wette, es ist schon jemand auf dem Weg hierher.«

Fred schaute traurig oder verärgert drein, ich konnte es nicht erkennen.

»Tom, könnten Sie nicht mit Sookie sprechen?«, fragte er schließlich.

»Ich?« Dad wirkte überrascht. »Ich glaube nicht, dass das etwas bringen würde.«

»Wann hast du ihn das letzte Mal gesehen?«, fragte ich.

»Das ist schon eine Weile her«, antwortete Dad in einem gereizten Ton, der mir sagte, dass unsere Fragestunde jetzt beendet war.

»Ist alles okay?«, wollte ich wissen.

»Es geht mir gut. Mir ist nur heiß.«

Fred und ich beschleunigten unser Tempo und ließen

Dad hinter uns. Schließlich kamen wir an den Häusern hinter dem Strand vorbei und bogen erst in die King Street ab, dann in die Smith. Dort rollten wir gemächlich an den Vorgärten unserer Nachbarn vorbei und legten unsere Räder in der Einfahrt ab. Fred folgte mir ins Haus, wo wir nacheinander ins Bad gingen. Dann füllte ich für jeden ein Glas mit Wasser. Fred schien noch Zeit zu haben, also setzten wir uns draußen auf die Hintertreppe.

»Die Sox spielen heute Abend gegen Detroit«, begann er. »Vielleicht können wir nach dem Essen zusammen das Spiel anschauen?«

»Klar.«

»Ich möchte den Hai in den Naturführer aufnehmen«, fuhr er fort. »Glaubst du, er ist morgen noch da?«

»Da wette ich drum«, antwortete ich, obwohl ich keine Ahnung hatte. Ich wollte Fred beruhigen, aber ich wollte heute auch nicht mehr zum Anleger zurückkehren. »Kam mein Dad dir eben auch komisch vor?«, fragte ich.

Fred zuckte mit den Achseln. »Ein bisschen. Er mag keine Menschenmengen.«

Ich schüttelte den Kopf. »Ich glaube nicht, dass das der Grund war.«

Gerade wollte ich vorschlagen, am nächsten Morgen noch einmal zum Kai zu fahren, da sah ich aus den Augenwinkeln meinen Dad auf dem Rasen stehen – nackt.

»Oh Gott«, flüsterte ich.

Dad nahm seinen Taucheranzug von der Wäscheleine, kämpfte sich mühsam in die Fußlöcher und zog die schwarze Gummihaut über seine Beine wie eine Strumpfhose. Dabei zeigte die Rückseite seines Körpers genau auf Mr. Pattersons Haus. Es war schrecklich. Mr. Patterson saß reglos in seinem Schaukelstuhl auf der Terrasse, während im Radio neben ihm der Polizeifunk zirpte.

»Dad!«, rief ich, mein Gesicht in den Händen verborgen.

»Was?«, fragte er mit halb angezogenem Neoprenanzug, der ihn aussehen ließ, als wäre er bis zum Bauch in Teer getaucht worden. »Ich fahre vor dem Essen noch mal kurz runter zum Back Beach.«

»Du gehst ins Wasser?«, fragte ich ungläubig.

»Ja.« Er schien meine Überraschung nicht zu verstehen.

»Sie meint wegen Sookies Hai«, kam Fred mir zur Hilfe.

»Lucy, der Hai ist zwanzig Meilen vor Rockport gefangen worden. Und weißt du, wie hoch die Wahrscheinlichkeit ist, angegriffen zu werden?«

»Ja, ungefähr eins zu irgendwelchen Millionen.«

»Genau.«

»Ihm wird nichts passieren«, beruhigte mich Fred. »Ich würde es allerdings nicht tun, zumindest nicht in der Dämmerung.«

Mein Dad suchte seine Ausrüstung zusammen, um ein paar Blocks weiter zum Strand zu fahren.

Während die Reifen seines alten Volvo Kombi Schotter auf die Smith Street schleuderten, fragte ich mich, was passieren würde, wenn Dad einem Weißen Hai begegnete, während er vor Cape Ann tauchte. Wegen des Planktons und des kalten grünen Wassers würde er an einem gewöhnlichen Tag wie heute nur etwa sechs Meter weit sehen können. Falls dann ein fünf Meter langer Weißer Hai in seinem Gesichtsfeld auftauchte, läge das Tier quasi bereits auf ihm. Und sollte der Hai aus irgendwelchen Gründen wieder aus seinem Blickfeld verschwinden, gäbe es keine Möglichkeit zu erkennen, wie nah er noch war. Außerdem wäre es für meinen Dad in dem trüben Wasser schwierig, die Position seiner Boje auszumachen, und Weiße Haie griffen ihre Beute von unten an. Ich musste diese Gedanken abschütteln.

Mit aufgewühltem Magen wandte ich mich an Fred. »Findest du das nicht komisch? *Deinen* Dad habe ich noch nie irgendwo nackt gesehen.«

»Ja, aber er wohnt auch schon lange nicht mehr hier«, sagte Fred.

»Glaubst du, ich sollte mich bei Mr. Patterson entschuldigen?«

»Nur, wenn *du* nackt gewesen wärst.«

»Wäre es *so* schwierig für meinen Dad, sich seinen

Anzug im Haus anzuziehen? Oder eine Badehose drunter zu tragen?«

»Definitiv nicht.«

Ich zupfte an der Gummisohle meiner Schuhe. Fred suchte in seiner Tasche nach seinem Asthmaspray und nahm einen Zug.

»Alles okay?«, fragte ich und strich ihm über den Rücken.

»Oh Mist«, sagte er, noch während er einatmete. »Da ist meine Mom.« Er steckte sein Spray zurück in seine Hose und stand auf. »Ich ruf dich nachher an.«

Maggie Kelly winkte mir von der Vordertreppe des Hauses zu und ging dann in unsere Richtung. Sie war klein und zierlich, doch ihre Schritte donnerten wie die eines Rhinozeros. Obwohl sie alleinerziehend mit drei Kindern war, schaffte sie es immer noch, auch ein Auge auf mich zu werfen.

»Dein Gesicht ist rot, Freddy. Hast du dein Spray benutzt?«

»Ja, Mom«, antwortete er, dann wandte er sich mir zu. »Wir sehen uns später.«

»Tschüss«, sagte ich und lächelte ihn von unten an.

Die beiden liefen zu ihrem Haus auf der anderen Seite der schmalen Straße.

Nachdem Fred gegangen war, schaute ich einen Moment auf meine Turnschuhe, bevor ich in den Nachbargarten hinüberrief: »Hi, Mr. Patterson!«

»Hallo, Lucy.« Der alte Mann winkte wie der Papst. »Dein Vater hat ein behaartes Hinterteil.«

»Ja, hat er.«

»Das gucke ich mir nicht gerne an.«

»Nein, Sir.«

4.

Leeres Haus

Dad verbrachte mehr Zeit unter Wasser als an Land. Tagsüber tauchte er für das Rettungsteam des Salem Police Department und half dabei, Leute zu retten, die im Wasser verunglückt waren. Nach der Arbeit machte er sich gerne zum Strand auf und fischte Hummer für unser Abendessen. Es gehörte zu seinem Job, auch außerhalb seiner Arbeitszeiten auf dem Polizeirevier Anrufe des Tauchteams zu erhalten und mit seinen Kollegen in Notfällen auszurücken. Diesen Sommer gab es mehr Anrufe als sonst. Menschen waren mit ihren Autos von Brücken gestürzt oder hatten in gefährlichen Gewässern gebadet. Ich mochte es nicht, wenn Dad unterwegs war. Jedes Mal, wenn er sich auf dem Grund irgendeines Hafenbeckens herumtrieb, fühlte sich das Haus leer an. Doch er war wie ein Hai, er musste schwimmen, um zu atmen.

An jenem Abend, so erfuhr ich später, war ein Mann mit seinem Laster im Hafen von Salem gelandet, und Dad wurde zur Unfallstelle gerufen, um zu helfen.

Auf der Anrichte in unserer Küche lag ein fast aufgetautes Hühnchen, das Dad womöglich zubereitet hätte, wenn er zu Hause geblieben wäre. Ich hatte nicht die leiseste Ahnung, wie man rohes Fleisch in ein Abendessen verwandelte, also setzte ich mich an den Küchentisch und beugte mich über ein Kochbuch. An den Rand einiger Rezepte hatte meine Mom Notizen gekritzelt. Es war komisch, ihre Handschrift zu sehen. Die Schrift war ein Teil von ihr und war immer noch da, obwohl Mom schon so lange fort war.

Nach fünfundzwanzig Minuten prüfen!, hatte sie an einer Stelle geschrieben. *Durch Olivenöl ersetzen*, an einer anderen.

Fünf Jahre war es her, dass meine Mutter gestorben war. Die meiste Zeit kamen Dad und ich ohne sie zurecht, auch wenn ich nach wie vor jeden Tag an sie dachte. Um Mom zu trauern, fühlte sich an, als würde ich im Kreis gehen: Ich kam immer wieder an dem Punkt an, wo ich sie vermisste. Manchmal war es ein Geburtstag, der einen neuen Kreislauf auslöste, oder ich fand etwas in einer Schublade, das ihr gehört hatte.

Um die Stille um mich herum zu füllen, las ich die Namen der Rezepte laut vor und sagte schließlich zu mir selbst: »Das hier klingt einfach: Hähnchen in Salzlake, mit einer Füllung aus Zitrone und Ingwer.«

Doch für das Rezept brauchte man vier Pfund Salz, wie ich feststellen musste. *Vier Pfund*. Ich fragte mich, wie ein Hühnchen, das in vier Pfund Salz gekocht wurde, genießbar sein sollte. Als ich dann auch noch las, das

Huhn solle anschließend zwei Stunden in einem Wok brutzeln, klappte ich das Buch zu. Wir hatten keinen Wok. Und auch keine vier Pfund Salz.

Ich öffnete den Kühlschrank. Die Mischung aus altem Essen und Leere ließ ein Gefühl der Einsamkeit in mir aufsteigen. Ich zog den Mülleimer unter der Spüle hervor und begann auszumisten: ein Salatkopf, braun angelaufen und matschig; zwei Wochen altes Mu-Shu-Schweinefleisch, das noch täuschend appetitlich aussah; Pfirsiche, verschrumpelt wie Mumien; außerdem eine halb volle Auflaufform mit Lasagne, die vom letzten Wochenende übrig geblieben war. Ich stellte mir stetig anwachsende Bakterienkolonien darin vor, also nahm ich ein Messer, um den Inhalt aus der Form zu lösen und alles zu entsorgen. Schon bald war der Mülleimer bis zum Rand gefüllt.

Mit einem feuchten Lappen wischte ich über die Bretter im Kühlschrank und stellte fest, dass wir nun endgültig mit leeren Händen dastanden. Eine halbe Packung Milch, ein Krug Brause, Zwiebeln und ein paar Gläser Eingemachtes – mehr hatte ich nicht retten können. Ich goss mir etwas von der Orangenbrause ein, schnappte mir eine Handvoll alter Salzbrezeln aus der Vorratskammer und ging ins Wohnzimmer. *Ich muss unbedingt kochen lernen,* dachte ich.

Durch das offene Fenster konnte ich die Blätter im Wind rascheln hören. Darunter mischte sich das Knistern zweier Radios, die Mr. Patterson auf seiner Terrasse aufgestellt hatte: Im einen lief das Red-Sox-Spiel, im anderen der Polizeifunk. Diese Geräuschkulisse war für mich merkwürdig und zugleich vertraut. Ich lauschte der Stimme des Sportreporters und dem Krachen des Baseballschlägers, das regelmäßig von vereinzelten Pupsgeräuschen und geheimnisvollen Nachrichten aus dem Polizeifunk unterbrochen wurde. Vom Tauchteam hörte ich nichts.

Schließlich ging ich zum Fernseher, schaltete ihn ein und zappte mich auf der Suche nach dem Sox-Spiel durch die Programme. Als ich auf Kanal 7 landete, stockte mir plötzlich der Atem: Ich erkannte Sookie, der mit seiner verspiegelten Sonnenbrille auf der Nase am Dock stand und in das Mikrofon einer Reporterin sprach. Noch nie hatte ich Leute, die ich persönlich kannte, im Fernsehen gesehen.

Ich hob den Telefonhörer ab. »Schalt mal auf Kanal 7, Sookie ist im Fernsehen.«

»Okay«, sagte Fred.

Im Hintergrund des Bildes konnte ich den Steg und den Hafen erkennen.

»Ich glaub's nicht, das ist der T-Wharf!«, rief ich.

»Warte, ich hab's gleich.«

Die Fernsehkamera schwenkte hinüber zum Körper des toten Hais, der in einiger Entfernung unförmig von der Seilwinde herabbaumelte. Ich hörte, wie die Reporterin Sookie fragte, ob er in seiner Zeit als Fischer schon einmal einen Weißen Hai vor der Küste gesehen habe. »Nein, nur im Kino«, antwortete er.

»Da sind *wir*!«, rief Fred. »Da drüben bei den Mülltonnen!«

Mich selbst im Fernsehen zu sehen, gefiel mir gar nicht, vor allem, weil ich neben Fred wie eine Riesin wirkte.

Die Kamera schwenkte wieder zurück zu der Reporterin, während sie eine kurze Einführung in die Geschichte der Weißen Haie im Nordatlantik gab. Ich konnte Fred laut in den Telefonhörer atmen hören, so, wie er es immer tat, wenn er sich über etwas aufregte.

»Das ist doch falsch!«, rief er. »Weiße Haie können sehr wohl in subarktischen Gewässern schwimmen!«

In diesem Augenblick wurde ein neues Bild eingeblendet, ein Ausschnitt aus altem Filmmaterial.

Und dann war meine Mom da. Sie sprach in die Kamera, während sie auf einem Boot saß und ihr die Haare ums Gesicht wehten. Sie lächelte und hatte genauso viele Sommersprossen wie ich.

»Lucy, da ist deine Mutter«, flüsterte Fred ungläubig.

»Ich weiß.«

Irgendwo hinter der Kamera stellte ein Reporter Mom eine Frage.

»Ob ich Angst habe, mit den Haien im Meer zu schwimmen?« Sie grinste. »Nein. Man muss sich lediglich darüber im Klaren sein, dass man sich in ihrem Zuhause aufhält. Man muss sich wie ein Gast benehmen.«

»Da hat sie recht«, warf Fred ein.

»Was sollten die Menschen Ihrer Meinung nach über Haie wissen?«, fragte der Reporter weiter.

Meine Mutter schaute einen Moment lang in den Himmel. »Vielleicht, dass es noch so viele Dinge gibt, die wir *nicht* über sie wissen. Zum Beispiel, wohin sie ziehen oder wie viele es sind. Wir fürchten uns vor dem, was wir nicht kennen. Wenn wir mehr über Haie wüssten, könnten wir vermutlich auch mehr tun, um ihr Überleben zu sichern.«

Das Boot schaukelte auf und ab, und meine Mutter lächelte in die Kamera. Es kam mir vor, als galt ihr Lächeln mir ganz allein. Ich schaute ihr direkt in die Augen, und unsere Blicke hielten einander fest. Die feinen Lachfältchen in ihrem Gesicht vertieften sich. Mir lief eine Gänsehaut über den Rücken. Plötzlich glitt mir das Telefon aus der Hand und landete auf dem Boden. Trotzdem konnte ich mich noch immer nicht von Moms Anblick lösen.

Meine Mutter gab einen leisen Seufzer von sich, und dann endete der Filmausschnitt abrupt. Wir befanden uns wieder mit Sookie und der Reporterin am T-Wharf. Es dauerte einen Moment, bis mir einfiel, dass ich ja mit Fred telefoniert hatte. Ich wischte mir über das Gesicht, bückte mich und hob den Hörer auf.

»Lucy?«

»Fred, was war das?«, fragte ich schniefend.

»Das war ein Ausschnitt aus einem Interview mit deiner Mom.«

»Ja, aber wo kam der her?«

»Keine Ahnung, frag deinen Dad.«

»Er ist nicht da.«

»Alles okay mit dir?«

»Nicht wirklich.«

»Möchtest du, dass ich rüberkomme?« Fred klang besorgt.

»Ich weiß nicht«, antwortete ich. »Ich ruf dich zurück.«

Der Kreislauf hatte wieder von vorn begonnen.

50.

Der Sturm

Ich legte den Hörer auf und schaltete den Fernseher aus. Meine Kopfhaut knisterte wie der schwarz gewordene Bildschirm. Ich fühlte mich ruhelos wie der Wind, der draußen durch die Blätter der Bäume fegte. Meine Mutter im Fernsehen zu sehen, war mir vorgekommen wie ein Traum, in dem wir beide noch immer beisammen waren. Und ich wollte, dass dieser Traum andauerte. Ich fragte mich, wo das Interview herkam und ob es womöglich noch mehr Videomaterial gab. Außerdem wünschte ich mir, mich an jedes einzelne Wort von Mom erinnern zu können.

Mein Blick fiel auf ein Foto, das auf dem Bücherregal stand. Ich nahm es in die Hand und drückte es an mich. Vermutlich war es kurz vor der Sezierung eines toten Hais aufgenommen worden. Mom trug einen weißen Ganzkörperanzug, der sie aussehen ließ wie eine Malerin, und auf ihrem Kopf leuchtete eine Stirnlampe wie ein Stern. Sie kniete in der Dunkelheit neben einem riesigen Hai, den der Ozean an den Strand gespült hatte. Seine Zähne strahlten ebenso hell wie Moms Kopflampe.

Das Gesicht meiner Mutter war nur einen knappen Meter von den geöffneten Kiefern des Hais entfernt, doch sie wirkte so entspannt, als posierte sie für ein Familienfoto mit Dad und mir. Natürlich war mir klar, dass sie keine Angst zu haben brauchte, denn das Tier war tot und würde nicht plötzlich seinen Kopf heben, um sie in Stücke zu reißen. Mom war in Sicherheit und konnte in Ruhe wissenschaftliche Daten sammeln. Doch das Besondere an meiner Mutter war, dass sie auch in der Nähe eines *lebendigen* Hais gelassen geblieben wäre.

Als ich mir das Foto näher anschaute, bemerkte ich, dass in Moms Brusttasche etwas Glänzendes steckte. Vielleicht ein silberner Stift, der mithilfe eines Bügels festgeklemmt war. Ob es sich um einen Tintenroller oder Kugelschreiber handelte? Mit Tintenrollern ließ sich besser zeichnen, weil sie weicher waren. Wie sie den Stift wohl benutzt hatte, während ihre Hände in Fischgedärmen steckten? Hatte sie während der Sezierung etwas geschrieben oder gezeichnet? Sie war keine große Künstlerin gewesen. Ich hingegen schon.

Ich nahm den Telefonhörer wieder ab und wählte Freds Nummer.

»Fred«, begann ich, »lass uns am Naturführer arbeiten.«

»Okay.«

»Ich möchte den Hai zeichnen«, fügte ich hinzu.

»Am Kai?«

»Ja.«

»Wir treffen uns draußen«, sagte er.

Ich lief über den knarzenden Holzboden, um aus dem Fenster zu schauen. Im Licht der Straßenlaterne stellten sich die Blätter in Windrichtung auf, so als ob es bald anfangen würde zu regnen. Mr. Patterson saß noch immer auf seiner Terrasse und lauschte den beiden Radios.

In der Küche suchte ich die Anrichte nach meinem Schlüssel ab, dann stopfte ich ihn zusammen mit meinem Zeichenblock in den Rucksack, verließ das Haus und ging über die Straße.

»Irgendwas Neues über den Hai?«, rief ich Mr. Patterson zu.

»Die Polizei hat ein Auge auf ihn«, antwortete er.

»Warum denn?«, wollte ich wissen.

»Wer weiß. So ein schauriger Anblick bringt die Leute vielleicht auf dumme Gedanken.«

»Gibt es Neuigkeiten von Dad?«

Mr. Patterson schüttelte den Kopf und deutete auf eins der Radios. »Sie sind immer noch im Hafen.«

Schon sah ich Fred aus der Haustür treten.

»Fred!«, rief ich. »Hier bin ich!«

Er wandte sich um und schlug unsere Richtung ein.

»Der Hai ist noch da«, berichtete ich ihm, während ich am Reißverschluss meines Rucksacks zupfte.

Fred hob die Augenbrauen.

»Lass uns fahren«, sagte ich.

Wir schwangen uns auf die Räder und brausten die dunkle, windige Beach Street hinunter, dann ließen wir den Front Beach und den alten Friedhof hinter uns. Abends hörte man die Wellen oft härter aufschlagen, und heute brachen sie besonders laut. Auf den Balkonen des alten Motels saßen keine Gäste. Wir bogen auf die Main Street ab, strampelten am Buchladen vorbei und rollten bergab. Es war kühler geworden, und ich bereute es, keinen Pullover mitgenommen zu haben.

»Es wird bestimmt gleich regnen«, stellte Fred fest.

»Ich beeil mich mit dem Zeichnen«, versicherte ich ihm.

Als wir uns dem Kai näherten, wirbelten unsere Reifen Kieselsteine auf, die gegen meine Schienbeine prallten. Und dann tauchte der Hai in meinem Blickfeld auf, gefesselt wie ein Entführungsopfer. Kaum einen Steinwurf entfernt von ihm stand ein Streifenwagen des Rockport Police Departments. Ich bremste neben der Fahrerseite des Autos und warf durch das Fenster einen Blick hinein.

»Officer Parrelli!«, rief ich.

Der Polizist las mithilfe einer Taschenlampe Zeitung. »Lucy, was machst du denn hier? Es ist doch schon spät«, sagte er. »Hi, Fred.«

»Ist es okay, wenn wir uns kurz den Hai anschauen?«, fragte ich.

»Nur zu. Danach fahre ich euch beide aber nach Hause, ein Sturm zieht auf.«

Fred und ich ließen unsere Fahrräder auf den Kies fallen und gingen hinüber zum Hai. In der Luft lag ein überwältigend starker Fischgeruch, so als hätte jemand tausend Thunfischdosen auf einmal geöffnet. Im Wasser unterhalb seines Mauls hatte sich ein großer Fleck aus Blut, Schleim und anderen geheimnisvollen Haiflüssigkeiten gebildet. Flutlichter am Dock strahlten den Kadaver an. Ich hob meinen Blick und schaute dem Tier direkt ins Gesicht – falls man es bei einem Hai überhaupt so nannte.

Ein paar seiner Zähne ragten krumm und schief heraus. Der Winkel seines Mauls und seine großen dunklen Augen verliehen ihm etwas Menschliches, so als würde er jeden Moment ein Gespräch beginnen: *Was dagegen, wenn ich deinen Dad verspeise?*

Der Rest des Körpers wirkte aber alles andere als menschlich. Das Tier war riesig, hatte einen kräftigen Schwanz und breite Flossen. Ich wusste, dass es unter Wasser atmen konnte, war mir aber nicht sicher, ob es richtige Knochen besaß.

Je länger ich in das eine Auge des Hais starrte, desto mehr erschien es mir, als wäre es eher blau als schwarz. Die Schnauze war mit Narben übersät, von denen eine besonders hervorstach. Sie hatte die Form des Buchstabens M, verziert wie bei einer schnörkeligen Schrift.

Fred deutete auf ein fehlendes Stück Rückenflosse. »Was ist da passiert?«

»Ich weiß nicht«, antwortete ich, während ich meinen Rucksack von den Schultern zog. »Vielleicht ein Kampf?« Ich öffnete den Reißverschluss und nahm Bleistift und Zeichenblock heraus.

»Unheimlich, nicht wahr?«, rief uns Officer Parrelli durch das geöffnete Wagenfenster zu.

»Jap!«, stimmte ich zu. »Hat Sookie sich schon entschieden, was er mit dem Hai machen will?«

»Er wird ihn morgen runterholen und entsorgen, glaube ich. Heute Abend ist er unterwegs und feiert.«

»Und Sie bewachen den Hai bis dahin?«, fragte Fred.

»Ja, die Chefin macht sich Sorgen, dass sonst jemand etwas mit ihm anstellen könnte. Und Sookie hat mir eine ganze Kühltruhe voll Hummer versprochen, wenn ich über Nacht hier sitze. Können wir jetzt fahren?«

»Nein«, sagte ich. »Ich brauche noch ein paar Minuten.«

Fred ging vor mir in die Hocke, und ich lehnte den Zeichenblock gegen seinen Rücken.

Dann skizzierte ich mit einer einzigen Linie den merkwürdigen Bogen, den der Haikörper beschrieb. Seine Form erinnerte mich an eine große Nase. Anschließend fügte ich die Haltegurte hinzu und zeichnete die Seile, mit denen das Tier an der Winde befestigt war. Ich gab mir Mühe, alle Details so genau wie möglich abzuzeichnen, um später nachzuvollziehen, wie dieser große Hai mitten in der Luft hängen konnte.

»Was macht Lucy da?«, wollte Officer Parrelli von Fred wissen.

»Sie zeichnet den Hai!«, rief er über seine Schulter.

»Warum?«

»Weil sie Künstlerin ist.«

Ich lächelte, während ich die fleischigen Wülste neben den Gurten auf das Papier brachte, dann fügte ich noch die Flossen und Zähne hinzu. Freds Knie fingen bereits an zu zittern, deshalb musste ich meine Zeichnung vereinfachen.

»Nur noch eine Minute«, vertröstete ich ihn.

»Okay.«

Als ich fertig war, warf ich einen Blick auf mein Werk. Der Hai sah ein wenig wie eine Cartoon-Figur aus, doch den grundlegenden Aufbau hatte ich erfasst. Die Einzelheiten konnte ich später noch ergänzen. Auf einmal fiel mir unser Naturführer ein. Fred und ich hatten vereinbart, von jedem Tier nur *eine* Zeichnung anzufertigen, und ich fragte mich, ob sich ein toter Hai überhaupt als Motiv eignete. Alle anderen Tiere, die ich bisher gezeichnet hatte, waren lebendig gewesen.

Ich tippte Fred auf den Kopf, um ihm zu signalisieren, dass ich fertig war.

»Danke«, sagte ich.

»Kein Problem.« Er drehte sich um, damit er einen Blick auf die Zeichnung werfen konnte. »Gut getroffen.«

Ich ging näher an den Hai heran und konzentrierte

mich auf die Form seiner gezackten Zähne. Schnell legte ich den Zeichenblock auf meinen linken Unterarm und skizzierte die Umrisse der messerscharfen Spitzen. Schon schlug der erste Regentropfen aufs Papier. Ich verpasste meiner Zeichnung den letzten Schliff.

»Ins Auto mit euch, Kinder!«, rief Officer Parrelli, als der Regen heftiger wurde, und entriegelte den Kofferraum des Streifenwagens.

Ich zog meinen Rucksack genau in dem Augenblick zu, als ein richtiger Wolkenbruch einsetzte.

»Da würden locker vier Leichen reinpassen«, stellte ich fest, als Officer Parrelli mein Fahrrad in den Kofferraum hob.

Er schaute mich entgeistert an.

»Das war ein Scherz«, erklärte ich.

Als wir losfuhren, blickte ich dem Hai aus dem Fenster nach. Die dicken Regentropfen hämmerten gegen seine Schnauze, und der trübe Fleck unter seinem Maul wurde immer größer.

In meinem Kopf rasten die Gedanken und verhedderten sich wie Halsketten in einer Schmuckschatulle. Meine Mom hatte mir in die Augen gesehen; ein riesiger toter Hai hing im Regen; und das Haus, in das ich nun zurückkehren würde, war leer. Jeder dieser Gedanken fühlte sich an wie ein Gewicht, das ich nicht tragen konnte.

Ich schlang die Arme um meinen Rucksack und betrachtete den Vorhang aus Tropfen vor dem Fenster.

»Sie hatte keine Angst, mit den Haien zu schwimmen«, sagte ich.

»Was?« Fred blickte mich an.

»Meine Mom«, erklärte ich. »Sie hatte keine Angst, mit den Haien zu schwimmen.«

»Ja. Das fand ich immer ein bisschen verrückt«, gab er zu.

»Ich auch«, sagte ich und war erleichtert, dass es ihm genauso ging. »Aber die Haie haben sie in Ruhe gelassen. Vielleicht wusste Mom, wie man sich für sie unsichtbar macht.«

»Wahrscheinlich«, stimmte Fred mir zu. »Es hat dich durcheinandergebracht, sie im Fernsehen zu sehen, oder?«

»Wie meinst du das?«, fragte ich, obwohl ich die Antwort kannte.

»Na ja, du hast das Telefon fallen lassen.« Er schwieg einem Moment »Geht es dir gut?«

Ich konnte sehen, wie Officer Parrelli mich durch den Rückspiegel musterte.

»Ich war nicht darauf vorbereitet«, erklärte ich. »Wegen des Hais hatte ich schon vorher an sie gedacht. Aber als sie dann im Fernsehen auftauchte, kam es mir vor, als hätte sie meine Gedanken gelesen.«

Fred atmete hörbar ein und schaute mir in die Augen. Er sagte zwar nichts, doch für den Rest der Fahrt berührte seine Hand ganz leicht mein Bein. Schließlich kam der

Streifenwagen auf der schmalen Straße zwischen unseren Häusern zum Stehen.

»Bleibt heute Abend lieber zu Hause«, sagte Officer Parrelli, während er den Kofferraum per Knopfdruck entriegelte. »Guckt euch was im Fernsehen an.«

»Klar«, antwortete ich. »Danke fürs Mitnehmen.«

Als ich ausstieg, riss mir der Wind die schwere Autotür aus der Hand und knallte sie hinter mir zu. In der kurzen Zeit, in der Fred und ich die Fahrräder aus dem Kofferraum holten, wurden wir klitschnass, und ich machte mir Sorgen um den Zeichenblock in meinem Stoffrucksack. Eilig schloss Fred die Kofferraumklappe, dann rollte Officer Parrellis Wagen bis zum Ende der Smith Street und bog anschließend in Richtung Zentrum ab.

»Wir sehen uns morgen«, verabschiedete ich mich von Fred. Ein Rinnsal aus Regenwasser strömte die Einfahrt vor meinem Haus hinunter und ergoss sich auf die Smith Street.

»Möchtest du bei mir noch das Spiel anschauen?«, fragte Fred.

Ich schüttelte den Kopf. »Ich komm schon klar.«

»Dann ruf ich dich morgen an.« Er lächelte. »Pass auf, dass deine Zeichnungen nicht nass werden.«

»Mach ich.« Schnell rannte ich die Einfahrt hinauf.

Dads Auto stand nicht in der Garage. Ich lehnte mein Fahrrad gegen den Rasenmäher und schlüpfte in das stille, dunkle Haus.

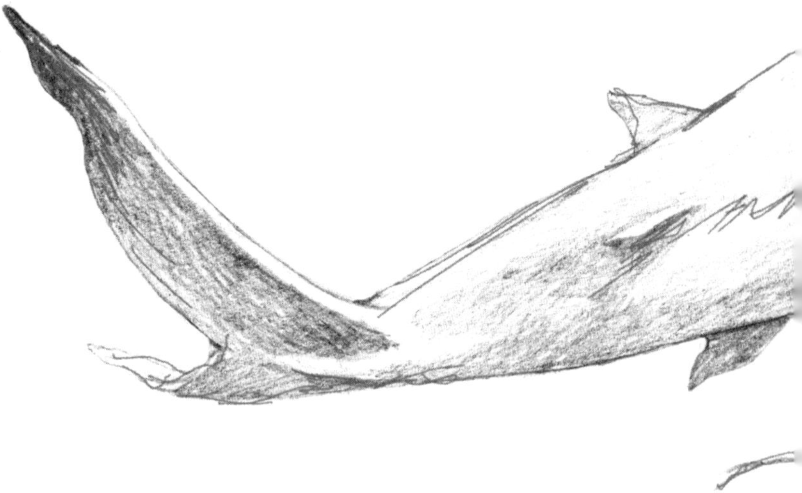

6.

Notfallkontakte

Ich schnappte mir ein Handtuch aus dem Badezimmer, legte es um meine Schultern wie einen Umhang und ließ mich auf einen Küchenstuhl fallen. Ich wollte darüber nachdenken, was Officer Parrelli über den Hai gesagt hatte: Sookie würde ihn morgen herunterholen und entsorgen.

Schließlich stand ich wieder auf und ging zu der Wand, an der ein eingerahmtes Foto von Mom und mir hing. Daneben war mit vergilbtem Klebeband ein weißes Blatt Papier befestigt – eine Liste mit Notfallnummern, die meine Großmutter, Moms Mutter, vor vielen Jahren aufgeschrieben hatte. Polizei, Feuerwehr, Helen und Tom, Ernie und Bea. All diese Menschen hatte sie anrufen können, wenn sie Hilfe brauchte. Als meine Großmutter krank geworden war, waren meine Eltern hierhergekommen und bei ihr geblieben. Ich wurde in diesem Haus geboren, ein Jahr nach ihrem Tod.

Neben dem weißen Zettel hing eine weitere Liste, geschrieben von meiner Mom. Vermutlich hatte sie es nicht übers Herz gebracht, Großmutters Liste abzunehmen, als sie ihre eigene aufgehängt hatte. Sookie stand als Nummer vier auf Moms Liste, doch ich hatte ihn noch nie zuvor angerufen.

Es war schwierig zu sagen, wer von meinen Eltern enger mit ihm befreundet gewesen war. Sookie und mein Dad waren in derselben Straße aufgewachsen und schon immer beste Freunde gewesen. In der Highschool hatte Dad ihm dann meine Mom vorgestellt, und alle drei wurden unzertrennlich. Ich erinnerte mich noch daran, wie ich eines Tages in die Küche gekommen war, während Sookie und Mom sich gerade einen ganzen Kuchen geteilt und über etwas gelacht hatten, das ich nicht verstand.

Ich nahm das Telefon in die Hand und wählte Sookies Nummer. Dann schlang ich den Umhang fester um meine Schultern.

In der kurzen Pause vor dem ersten Freizeichen übte ich meinen zurechtgelegten Satz: »Du solltest eine Biologin anrufen.«

Doch das Telefon tutete und tutete. Niemand ging ran.

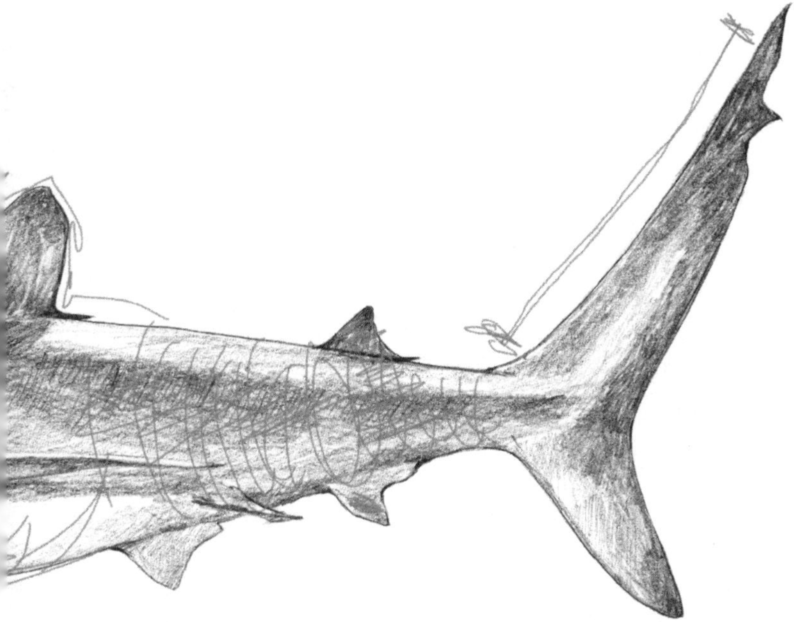

7.

Isopoden

Am nächsten Morgen stand ich auf der nassen Straße und warf kleine Kieselsteinchen gegen die Fensterscheibe von Freds Zimmer. Der Sturm hatte die Juli-Schwüle fortgeblasen und saubere Luft zurückgelassen. Die Straßen und Wege waren aber übersät mit Schmutz und Ästen, und mit einem Fuß rutschte ich im Schlamm aus, als ich einen weiteren Kiesel in Richtung Freds Haus schleuderte.

Nach einer Weile öffnete sich das Fenster, und Freds Gesicht erschien hinter dem Fliegengitter. Ich konnte leise die Musik von Led Zeppelin hören.

»Morgen!«, rief er.

»Warum hörst du diese uralten Lieder?«, rief ich zurück, während ich zu ihm nach oben schaute und meine Augen mit der Hand vor der Sonne abschirmte.

»Weil sie gut sind«, antwortete er.

Ich zuckte mit den Achseln. »War ein ganz schöner Sturm gestern.«

»Ja, stimmt. Ist dein Dad nach Hause gekommen?«

»Mhm. Heute Morgen gegen halb drei.«

»Und ist er jetzt schon wieder bei der Arbeit?«

»Genau. Hast du Zeit?«

»Klar. Was willst du machen?«

»Ich möchte mit Sookie reden. Lass uns zum Dock runterfahren«, schlug ich vor.

»Okay, aber gib mir noch einen Moment«, bat Fred.

»Warte!«, rief ich ihm hinterher, bevor er vom Fenster verschwand. »Kannst du mir was zum Frühstück mitbringen?«

»Natürlich«, antwortete er.

Ich war so hungrig, dass ich sogar einen Teller voll Gras gegessen hätte. Ich schob einige der herumliegenden Äste und Zweige mit dem Fuß zur Seite, als ich mich auf den Weg zu Mr. Pattersons Terrasse machte, um dort auf Fred zu warten.

»Guten Morgen, Mr. P.«, grüßte ich ihn und ging die Stufen hinauf.

Der alte Mann saß in einem Paar faltenfreier Hosen und einem Hemd mit ordentlich sitzendem Kragen auf seinem Stuhl. Ich wusste, dass er seine *Beinkleider* – so nannte er seine Hosen – nicht bügelte, sondern dass sie aus einem Material gemacht waren, das nicht knitterte. In den 70ern war so etwas der letzte Schrei gewesen – und seitdem hatte er sich wohl keine neuen Kleider mehr gekauft, hatte meine Mom einmal gesagt. Sie hatte vermutet, dass er kurz nach dem Tod seiner Frau aufgehört hatte, in der Stadt einkaufen zu gehen.

Aber auch wenn sich der alte Mann nicht mehr sonderlich um seine Kleidung kümmerte, waren seine weiß strahlenden Haare immer zu einer gepflegten Frisur gekämmt. Fred und ich mochten Mr. Patterson. Er war nie zu beschäftigt, um mit uns zu reden.

»Hallo, Lucy. Hattet ihr letzte Nacht auch Stromausfall?«, wollte Mr. P. wissen.

Ich setzte mich zu ihm. Aus dem Polizeiradio ertönte ein Knistern, das sich anhörte wie ein dicker Pups.

»Ich glaube schon, der Wecker hat heute Morgen geblinkt. Den Sturm habe ich aber verschlafen.«

»Na, dann hast du ja einiges verpasst.«

»Was denn?«, fragte ich neugierig.

»Umgekippte Bäume, Stromausfälle und einen Einbruch am Marmion Way«, erzählte er und deutete in Richtung Südwesten. »Außerdem ist der Hai weg.«

Mein Magen zog sich zusammen. »Sookie hat ihn schon runtergeholt?«

»Nein, das ist ja das Merkwürdige«, gab Mr. Patterson zurück. »Im Radio haben sie gesagt, er hätte ihn als verschwunden gemeldet.«

»Wo ist der Hai denn jetzt?«, wollte ich wissen.

»Das weiß man ja gerade nicht, auch die Polizei hat keine Ahnung«, antwortete Mr. P. kopfschüttelnd.

Krachend schlug die Fliegengittertür vom Haus der Kellys zu, und ich sah Fred zur Straße hinuntergehen, bevor er mich auf Mr. Pattersons Terrasse entdeckte.

Er joggte in unsere Richtung, sprang die Treppe hinauf und reichte mir einen in Alufolie eingeschlagenen Bagel. Er war noch warm vom Toaster.

»Danke«, sagte ich und wickelte ihn sofort aus. »Der Hai ist weg«, begann ich, ehe ich einen großen Bissen vom Bagel nahm.

»Wirklich?« Freds Augen weiteten sich.

»Ja, und Sookie hat nichts damit zu tun.«

Keine drei Sekunden später saßen Fred und ich auch schon auf unseren Fahrrädern. Mit einer Hand hielt ich den Lenker, mit der anderen aß ich meinen Bagel. Der Sturm hatte am Strand ein fürchterliches Chaos hinterlassen und alles an Land gespült, was im Meer zu finden war: Seegras, große Holzstücke und Müll. Die Kanalisation am Straßenrand rauschte wie ein Fluss.

Obwohl es noch nicht einmal acht Uhr war, füllten sich die Bürgersteige bereits mit Touristen. Wir fuhren die schmale Straße entlang und kamen an der Kirche und den Kunstgalerien vorbei. Die Tür zu Tucks Süßwarenladen stand weit offen, und ich konnte die Schokolade riechen, als wir dort vorbeibrausten. Fred und ich ließen uns bergab rollen, und unsere Räder machten leise sausende Geräusche wie Geister. Dann bogen wir zum Kai ab.

Zwei Streifenwagen des Rockport Police Department parkten neben der Seilwinde, und wir sahen Sookie, der zusammen mit Officer Parrelli und seinem Vater Paulie ein paar Meter von ihnen entfernt stand. Die Gurte, an denen der Hai befestigt gewesen war, hingen zerrissen und ausgefranst herunter und ließen nichts Gutes ahnen. Vom Hai fehlte tatsächlich jede Spur.

Wir überquerten den Kiesparkplatz und schoben unsere Räder zu Sookie und den anderen.

»Wo ist der Hai?«, fragte ich und musste ein Grinsen unterdrücken, weil Sookie und Officer Parrelli so gegensätzlich aussahen: Sookies Haare standen in alle Richtungen ab, als wäre er gerade erst aus dem Bett gekommen; Officer Parrelli steckte in seiner ordentlichsten Uniform.

»Er ist verschwunden«, antwortete Sookie kurz angebunden.

Ich schaute zu Officer Parrelli hinüber. »Ja, ich weiß, aber was ist passiert? Ich dachte, Sie hätten den Hai die ganze Nacht über bewacht?«

Der Polizist räusperte sich. »Es gab einen Einbruch am Marmion Way. Menschen haben Vorrang vor toten Haien, Lucy.«

Fred blinzelte. »Glauben Sie, jemand hat ihn mitgenommen?«, fragte er.

»Das wissen wir noch nicht«, antwortete Officer Parrelli. »Aber irgendetwas muss in der Nacht geschehen sein, das ist sicher. Vielleicht hat uns jemand einen Streich gespielt. Ich frage mich allerdings, wie es überhaupt möglich war, den schweren Hai zu bewegen.«

Nun ging Officer Parrelli hinüber zu seinem Wagen, setzte sich auf den Fahrersitz und kritzelte bei geöffneter Tür etwas in sein Notizbuch.

Sookies Gesicht war merklich gerötet. »Ich weiß nicht, was ich schlimmer fände – wenn jemand meinen Hai geklaut hätte oder wenn er einfach ins Wasser gefallen wäre. So oder so war die ganze Mühe gestern umsonst.«

Da Sookie eindeutig schlechte Laune hatte, beschloss ich, ihn nicht mit Fragen zu bombardieren, obwohl ich ganz viele hatte. Da kehrte Officer Parrelli auch schon zurück.

»Gibt es irgendwelche Neuigkeiten«, fragte Sookie ein wenig genervt. »Ich muss nämlich langsam anfangen zu arbeiten.«

»Nein, leider nichts«, antwortete Officer Parrelli. »Vielleicht kann ich dir später mehr sagen.«

Sookie nickte, dann machten er und Paulie sich auf den Weg zum Boot.

»Tschüss!«, rief ich ihnen hinterher.

Paulie drehte sich um und winkte. »Bis dann, Lucy!«

Nachdem die beiden ihr Boot bestiegen hatten, fuhr auch Officer Parrelli davon.

»Was glaubst du, was passiert ist?«, fragte ich Fred.

Er blickte zur Seilwinde hinauf, von der die ausgefransten Gurte herabbaumelten. »Ich weiß nicht. Erinnerst du dich, wie viele Leute dabei helfen mussten, den Hai hochzuziehen? Irgendwie kaum zu glauben, dass jemand einfach so mit ihm wegfahren konnte. Im Sommer sind rund um die Uhr Menschen unterwegs, und überall stehen Häuser. Ich vermute, der Sturm hat den Hai einfach runtergerissen.«

»Du meinst, er ist ins Wasser gefallen?«, hakte ich nach.

»Genau, und jetzt dient er den Aasfressern als Nahrung«, antwortete Fred. »Den Isopoden zum Beispiel.«

»Was sind denn Isopoden?«

»Krebstiere, die wie riesige Kellerasseln aussehen. Sie fressen die Kadaver großer Fische und Wale.«

Ich hob die Schultern und atmete tief ein. »Irgendwie wäre es schade, wenn unser Hai so enden würde.«

Ich legte mein Fahrrad ab und trottete zum Rand des Stegs, um einen Blick in das Hafenbecken zu werfen. Gerne hätte ich den weißen Bauch des Hais aufblitzen sehen, um sicherzugehen, dass er wirklich ins Meer gestürzt war. Doch das Wasser war zu trüb, um etwas zu erkennen.

Enttäuscht kehrte ich zu Fred zurück. »Falls ich irgendwann mal ein Verbrechen begehe, werde ich danach alle Beweismittel hier vernichten«, sagte ich, während ich mein Fahrrad aufhob. Ich drehte mich noch ein letztes Mal zum Hafenbecken um. »Ich glaube, jetzt brauchen wir keine Biologin mehr.«

Fred nickte und sah mindestens so traurig aus, wie ich mich gerade fühlte.

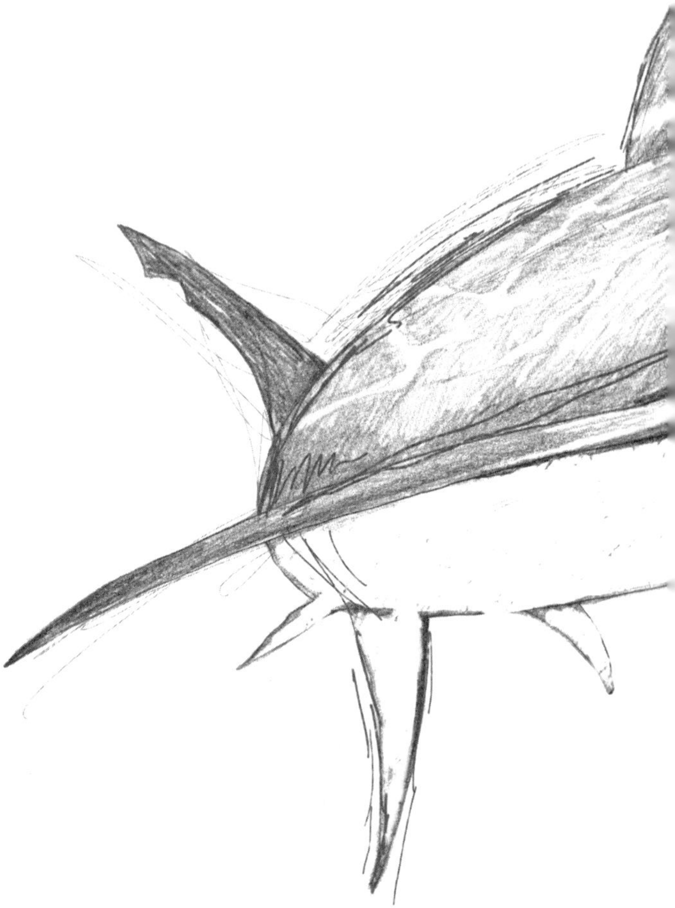

8.

Echte Frauen

Das Verschwinden des Hais hatte Fred so sehr mitgenommen, dass er Rockport unbedingt verlassen wollte, und sei es bloß für einen Tag. Zum Glück ergab sich bald schon eine Gelegenheit, und Fiona nahm uns in die Großstadt mit. Wir wollten zusammen zu *Newbury Comics* gehen und dort ein bisschen herumstöbern.

Zu dritt stiegen wir in den Pendlerzug und machten uns auf den Weg zur U-Bahn-Station Nordbahnhof. Wie Gänseküken watschelten wir Fiona hinterher, um zuerst einen Zug der grünen Linie und dann einen der roten zu nehmen. Auf dem überfüllten Harvard Square traten wir wieder ans Tageslicht.

Jetzt übernahm Fred die Führung, und wir schlugen den Weg in Richtung der *Garage* ein, einem angesagten Einkaufszentrum, das früher einmal ein Parkhaus gewesen war. Während wir durch die Seitengassen schlenderten, wurde das Trommeln der Straßenmusiker hinter uns allmählich leiser. Ich war ein bisschen enttäuscht, denn ich hätte gerne einen Zwischenstopp im Kunstgeschäft eingelegt, doch Fred war einfach daran vorbeigegangen.

Dad hatte mir Geld für neue Zeichenstifte mitgegeben, und der Besuch im Laden hätte kaum zehn Minuten gedauert, aber Fred wollte auf schnellstem Weg ins Musikgeschäft. Und wenn Fred einen Laden mit einer Musikabteilung betrat, brauchte man ganz viel Geduld. Mir kam es jedes Mal so vor, als schaute er sich stundenlang jedes einzelne Album an, bevor er endlich eine Entscheidung traf. Fiona warf mir einen Blick zu und verdrehte die Augen, während wir versuchten, mit Fred Schritt zu halten.

Da die *Garage* ein ehemaliges Parkhaus war, musste man eine lange Rampe emporsteigen, um zu den Geschäften und Restaurants zu gelangen, die auf den einzelnen Etagen lagen. Es duftete nach Pizza, und mir lief das Wasser im Mund zusammen, doch Fred war nicht zu bremsen und war uns inzwischen ein ganzes Stück voraus.

Bereits von Weitem dröhnte uns Musik entgegen. Als wir endlich ganz oben angelangt waren, schritt Fred schon unter der Leuchtreklametafel des Geschäfts hindurch, als überquerte er eine Ziellinie. Fiona und ich folgten ihm.

Der Laden war sehr groß, trotzdem dauerte es nicht lange, bis ich Freds Kopf in der Jazzabteilung erspähte. Seit der sechsten Klasse spielte er in der Schul-Jazzband Trompete, doch zu Hause hörte er lieber Led Zeppelin, Pink Floyd und ein paar andere Bands, mit denen ich nicht wirklich etwas anfangen konnte. Ich beschloss, ihm wenigstens ein paar Minuten Zeit zu geben, bevor ich ihn wieder hinausschleppte, um Pizza zu kaufen.

Während Fiona und ich warteten, probierten wir verschiedene Sonnenbrillenmodelle an. Fiona hatte mich schon immer an eine moderne Schneewittchen-Version erinnert: Sie hatte kurze schwarze Haare, elfenbeinfarbene Haut und glänzende rote Lippen. Was Mode anging, war sie wirklich talentiert, denn sie konnte einen Kissenbezug in einen Rock verwandeln, der aussah, als gehörte er in ein Hochglanzmagazin. Fiona drehte den Ständer mit den Sonnenbrillen und setzte dann eine Science-Fiction-Brille auf. Wie ein schmaler Balken lag das Gestell über ihren Augen. Mir war das seltsame Modell gar nicht aufgefallen, aber als ich es in ihrem ausdrucksvollen Gesicht sah, wirkte es irgendwie cool. Ich griff nach der gleichen Brille und setzte sie auf.

»Zwillinge«, sagte ich, während ich mich im Spiegel betrachtete. In meinem kindlichen Gesicht wirkte die Sonnenbrille ganz anders. Fiona hätte die Frontfrau einer Punkband sein können, ich dagegen sah aus wie ein pubertierendes Alien.

Wir mussten lachen.

»Probier mal die hier auf«, schlug Fiona vor und setzte mir ein anderes Gestell auf die Nase. Ich guckte wieder in den Spiegel, und Fiona nickte zufrieden. Zwar hatte ich vor langer Zeit meine persönliche Regel aufgestellt, dass ich weder Rosa noch Lila mochte, doch die lavendelfarbene Katzenaugenbrille betonte sehr schön mein rotes Haar. Ich schaute Fiona an, als wäre sie eine Zauberin.

Mit der Brille auf der Nase spazierte ich in die Comicabteilung und schnappte mir das nächstbeste Heft aus einem Ständer. *Captain Marvel.* Auf dem Titelblatt war eine muskulöse Frau in einem hautengen Ganzkörperanzug zu sehen, die eine Faust in die Luft reckte. Sie sprang so kraftvoll nach vorn, als wollte sie sich in einen Kampf stürzen. Ihre Augen waren zusammengekniffen und funkelten zornig, und auf ihrer Brust prangte der gleiche goldene Stern, der hinter ihr im Raum schwebte. Wie ein Geschoss schien sie sich aus dem Titelblatt hinauszukatapultieren. Ihre Muskeln waren angespannt, ihr Körper wirkte selbstsicher und stark. Ich konnte meinen Blick nicht von ihr abwenden.

»Echte Frauen sehen aber nicht so aus«, hörte ich plötzlich Fiona hinter mir sagen.

»Ich weiß.«

Fiona hatte sich eine neue Sonnenbrille aufgesetzt, eine mit viereckigen Gläsern. Sie blickte über meine Schulter. »Zumindest sehe *ich* nicht so aus.«

»Ich auch nicht.« Da tauchte eine Frage in meinem Kopf auf: »Aber *wie* werde ich später aussehen?«

Fiona zuckte mit den Achseln. »Wahrscheinlich wie deine Mom.«

»Findest du, dass du wie deine Mom aussiehst?«

»In mancher Hinsicht schon. Körper verändern sich, weißt du?«

Ich schaute auf die hervortretenden Bauchmuskeln der Frau auf dem Cover. »Sie ist so durchtrainiert.« Der Zeichner hatte mit Licht und Schatten gearbeitet, um die Muskeln der Superheldin besonders zu betonen. Außerdem war ihr Knie auf die gleiche Weise perspektivisch gezeichnet, wie wir es neulich im Kunstunterricht gelernt hatten. »Sie scheint geradezu aus der Seite herauszufliegen«, sagte ich nachdenklich. Ob es mir auch beim Zeichnen von Haien gelingen würde, Bewegungen mithilfe von Linien darzustellen?

Ich blätterte durch den Comic, um nach weiteren Beispielen zu suchen.

»Echte Männer sehen auch nicht so aus«, stellte Fiona fest und deutete auf ein anderes Bild in dem Heft.

Nachdem sie das Interesse an dem Comic verloren hatte, machte Fiona sich auf den Weg in die Musikabteilung. Ich folgte ihr und ging zu Fred, der noch immer mit einem ganzen Stapel CDs beschäftigt war.

»Na, hast du was gefunden?«

Überrascht blickte er auf und musterte mein Gesicht. »Schöne Brille.«

Ich schob die Brille auf meinen Kopf und griff nach der CD, die unter seinem Arm klemmte – Miles Davis. Fred suchte sich oft Alben aus, die mit schönen Illustrationen verziert waren, und dieses hier war besonders ausdrucksstark. Meine Augen wurden sofort von einer flammenden pinken Blume angezogen, die in der unteren linken Ecke des Covers prangte. In der gegenüberliegenden Ecke braute sich eine Art Sturm zusammen. Dazwischen waren drei afrikanisch aussehende Menschen zu erkennen – eine Frau mit ernstem Gesicht und ein Liebespaar, das sich umarmte. Das Pärchen betrachtete sorgenvoll den Sturm mit den heftigen Blitzen, und das ganze Bild wirkte auf mich wie ein unheilvoller Traum.

»Guck dir mal die Rückseite an«, forderte Fred mich auf.

Ich drehte die CD um. Dort waren zwei Hände abgebildet, eine dunkel- und eine hellhäutige. Die Finger waren ineinander verschränkt, und beide Ringfinger zogen sich in die Länge wie flüssiges Karamell. Die Enden der Finger mündeten jeweils in das Kinn eines Frauengesichts.

»Was für Musik ist das?«, fragte ich.

»Fusion. Eine Verschmelzung von Rock und Jazz.«

»Hört sich das gut an?«

»Manche Leute sagen Ja.«

Da wir mit drei verschiedenen öffentlichen Bahnlinien gefahren waren, um dieses Album zu finden, vermutete ich, dass Fred einer dieser Leute war.

»Wie bist du darauf gekommen?«

»Durch einen Typen aus der Schul-Jazzband«, antwortete er. »Ich spiele dir die CD vor, wenn wir zu Hause sind.«

Ich zuckte mit den Achseln. »Von mir aus. Aber jetzt brauche ich erst mal was zu essen.«

Fred nickte. »Okay, ich bin gleich so weit.«

Als wir in der Schlange vor der Kasse standen, schaute ich mir Postkarten im Drehständer an. Es waren hauptsächlich Schwarz-Weiß-Porträts verschiedener Bands und ein paar berühmte Gemälde. Fred und Fiona interessierten sich ebenfalls für die Karten.

»Das ist Miles!«, rief Fred und zog ein Porträt von Miles Davis heraus, auf dem er eine verrückte Brille trug. Sie hatte Ähnlichkeit mit einer Bug-Eye-Brille, doch ihre Gläser waren fast rechteckig. Sie wirkte viel zu groß für Miles' Gesicht.

»Die hab ich vorhin sogar gesehen«, erinnerte sich Fiona. Sie eilte zum Ständer mit den Sonnenbrillen und kam mit einem Gestell zurück, das dem auf dem Foto wirklich ähnelte. Der Rahmen war schwarz, die Gläser gelb getönt. Fiona faltete die Bügel auseinander und setzte Fred die Brille auf die Nase.

Fiona und ich kicherten. Er sah aus, als trüge er eine Tauchermaske. Fred lachte ebenfalls, doch als er mit Bezahlen an der Reihe war, legte er die Brille tatsächlich dazu. Fiona und ich brachten unsere Modelle zum Ständer zurück.

Fred steckte das Album und die Postkarte in seinen Rucksack und setzte die Brille auf.

»Erst Pizza, dann Kunstgeschäft?«, fragte er mich.

Ich nickte. Aber was ich von der Brille halten sollte, wusste ich nicht. Sie passte irgendwie nicht zu ihm.

* * *

Am Abend saß ich auf dem Teppich in meinem Zimmer. Meine Bleistifte und die neuen schwarzen Tintenroller lagen um mich herum auf dem Boden verstreut. Ich schlug meinen Zeichenblock auf und blätterte zu der Stelle, wo ich den Hai an der Seilwinde skizziert hatte. Ich war unzufrieden mit dem Bild, denn das Tier wirkte wie ein zusammengeschnürter Klops in Tragegurten. Ich versuchte mir vorzustellen, wie der Hai ausgestreckt im Meer aussähe, und fing an, ihn schwimmend zu zeichnen. Aber es gelang mir nicht. Ein ums andere Mal radierte ich meine Zeichnungen aus.

Als ich gerade wieder Radiergummistaub in die Luft pustete, ertönte von draußen ein eigenartiges Geräusch. Zuerst hielt ich es für einen Waschbären, schließlich gab es in unserer Stadt viele davon. Ich legte meinen Zeichenblock beiseite und ging zum Fenster. Während ich die Straße nach in der Dunkelheit glühenden Augenpaaren absuchte, wanderte mein Blick ganz automatisch hinüber zu Freds Zimmer. Bei ihm brannte Licht, und das Fenster stand offen.

Auf einmal zerriss der Klang seiner Trompete die Stille. Sie gab erst einen kraftlosen, lang gezogenen Ton von sich und dann ein schrilles Kreischen. Anschließend folgten ein paar Noten, die zumindest halbwegs harmonisch zusammenpassten.

Ich lauschte und nahm im Hintergrund Instrumente wahr, die die Trompete begleiteten: ein Schlagzeug; ein Keyboard, das sonderbare kosmische Klänge von sich gab; eine Art Saxofon. Die Instrumente klangen, als spielten sie nach unterschiedlichen Partituren.

Bisher hatte Fred bei unseren Schulkonzerten immer die Solos bekommen, weil er so gut war. Doch heute fand ich seine Musik irgendwie eigenartig. Er saß weit nach vorn gebeugt auf seiner Bettkante und schien dem Rhythmus auf seiner CD zu folgen. Mir fiel auf, dass er immer die gleichen Noten wiederholte, so als versuchte er angestrengt, Vokabeln einer anderen Sprache zu lernen. Alles hörte sich fremd und falsch an.

Ich räumte meine Zeichenmaterialien weg, und während ich den Reißverschluss meiner Federmappe zuzog, verstummte die Musik. Gerade wollte ich meine Sachen auf den Schreibtisch legen, da ertönte aus Freds Zimmer plötzlich eine Bassgitarre, die sich anhörte wie ein lang gezogener Pups. Er hatte ein anderes Lied ausgewählt, das mir etwas besser gefiel als das letzte.

Ich warf doch noch mal einen Blick nach draußen. Fred hatte die Trompete auf sein Bett gelegt und sich die neue Sonnenbrille aufgesetzt. Er spielte Luftgitarre und schien sich auf einem anderen Planeten zu befinden.

Schnell hielt ich mir die Hand vor den Mund, um nicht laut loszulachen oder etwas aus dem Fenster zu rufen.

Nun setzte ein Instrument nach dem anderen ein: die Bassgitarre, das Schlagzeug und schließlich das Keyboard. Dabei zupfte Fred die Saiten seiner unsichtbaren Gitarre, während er wie ein Roboter tanzte und seine Haare wild umherflogen. Es gefiel mir, Fred heimlich zu beobachten. Er wirkte lockerer als sonst, und auch seine Sonnenbrille passte mit einem Mal besser zu ihm. In diesem Augenblick wäre ich am liebsten zu ihm rübergelaufen und hätte ihn geküsst. Doch ich schob den Gedanken so hastig beiseite, als wäre er ein herausgefallener Spickzettel.

Freds Bewegungen wurden langsamer, und er suchte etwas in seiner Hosentasche. *Pffft.* Das Asthmaspray. Sein Gesicht war rot, und sein Haaransatz glänzte schweißnass. Plötzlich blickte er in meine Richtung, so als hätte er mich entdeckt.

Schnell duckte ich mich unter das Fenster und ließ mich dann so hastig zu Boden fallen, dass ich mir das Kinn am Teppich aufscheuerte.

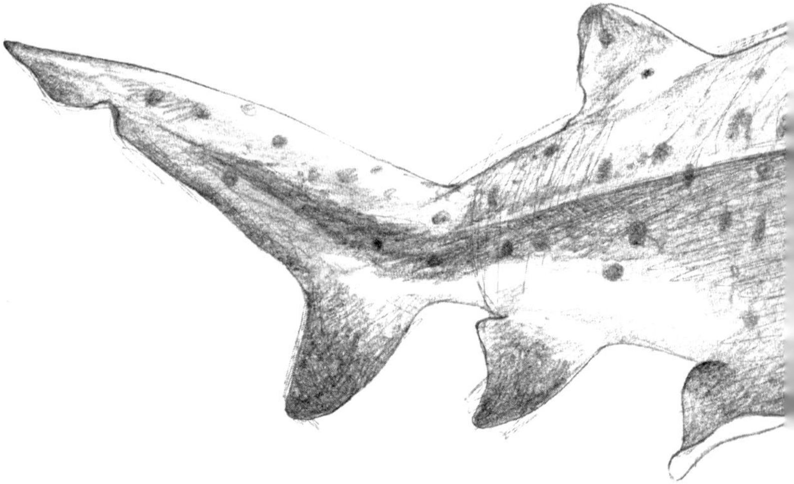

9.

Mondschnecke

Am nächsten Tag, bei Ebbe, fragte mich Fred, ob wir nach Folly Cove fahren könnten. Wir waren schon unzählige Male dort gewesen. Die Bucht war Freds Lieblingsort, um seltene Tiere für sein außergewöhnliches Aquarium zu sammeln, das er in der Garage stehen hatte. Zwar ähnelte es eher einem Sumpf als den sauberen Wasserbecken in der Zahnarztpraxis, doch die Meeresbewohner, die wir für unseren Naturführer sammelten, fühlten sich darin wohl. Das Aquarium bot ihnen ein vorübergehendes Zuhause, bis ich dazu kam, sie zu zeichnen.

Fred wollte einen Eimer und etwas Proviant mitbringen. Ich packte meinen Zeichenblock ein, dann verließ ich das Haus und holte mein Fahrrad. Als Fred mir draußen entgegenkam, trug er seine Miles-Davis-Sonnenbrille.

»Du hast da was in den Haaren«, bemerkte er und rollte mit seinem Fahrrad ein wenig näher an mich heran. Er griff mit zwei Fingern nach einer Haarsträhne und ließ den geheimnisvollen Fremdkörper die Spitzen entlanggleiten. Eine Gänsehaut breitete sich von meinen

Schultern bis über mein Gesicht aus. Ich warf einen Blick auf seine ausgestreckte Handfläche.

»Nur ein Blatt«, stellte er fest.

Nach dem Sturm fielen noch immer Blätter und Äste von den Bäumen. Mir war völlig gleichgültig, ob ich Raupen, Brombeeren oder Läuse in den Haaren hatte, ich wollte lediglich, dass Fred mich noch einmal berührte. Doch er stieß sich bereits mit seinem Fuß vom Boden ab und brachte sein Fahrrad ins Gleichgewicht.

Wir traten in die Pedale und fuhren die Smith Street entlang, bis das Meer in Sichtweite kam. Das Wasser verfärbte sich graublau unter dem aufklarenden Himmel. Ich übernahm die Führung, als wir an den Parkuhren entlang des Strands vorbeirollten. Immer wieder mussten wir abgebrochenen Ästen ausweichen.

Wir ließen den Pavillon am Ende unserer Straße hinter uns, in dem jeden Samstagabend im Sommer die Band der Amerikanischen Legion spielte, und überquerten die Beach Street. Ich schaute zu den Tauchern hinüber, die auf dem Parkplatz gegenüber des Back Beach standen. Im Sommer hingen oft halb bekleidete Taucher am Straßenrand herum, da sich diese Bucht perfekt für Anfänger eignete. Sie lag geschützt, und das Wasser war nicht sehr tief.

Heute warteten sieben Leute am Strand und halfen sich gegenseitig, die Reißverschlüsse ihrer Neoprenanzüge zuzuziehen. In ihrer schwarzen Gummihaut sahen sie aus wie Ameisen. Ich fragte mich, ob sie Angst davor hatten, so nah an dem Ort zu tauchen, wo ein großer Weißer Hai an Land gezogen worden war.

Wir radelten die Route 127 in Richtung Folly Cove hinunter und durchquerten ein Viertel mit gepflasterten Bürgersteigen und Häusern aus Granitblöcken. Dann rollten wir am Eingang des Naturparks vorbei, in dem Freds Schwestern manchmal im Baggersee schwammen. *Im Eva-Kostüm*, wie Fred ihr Nacktbaden nannte. Ich warf einen Blick über meine Schulter, obwohl ich wusste, dass Fred noch da war. Ich konnte seinen Eimer gegen den Fahrradrahmen schlagen hören.

Schließlich legten wir unsere Räder ab und machten uns zu Fuß auf den Weg zu den großen Felsen am Rand der Bucht. Eiförmige Granitbrocken knirschten unter unseren Schuhen. Vor der Küste bot eine nicht fertiggestellte Mole Tangwäldern und wirbellosen Meerestieren ein Zuhause. Auch dieser Ort war bei Tauchern sehr beliebt.

Zwischen den Gezeiten war es schwierig, bis zum Wasser zu gelangen, weil die Strecke felsig war und immer wieder Steine unter unseren Füßen davonrollten. Braune, mit glitschigem Seegras bewachsene Felsbrocken sahen aus wie haarige Trolle.

»Hast du mich gestern Abend Trompete spielen gehört?«, fragte Fred plötzlich.

Ich hielt den Atem an. Er hatte mich am Fenster gesehen. »Ich habe schon etwas gehört«, begann ich zaghaft und trat vorsichtig auf den nächsten Stein. »Aber es hat nicht wirklich nach Musik geklungen.«

»Toll, danke«, sagte er, und ich merkte, dass er ein wenig gekränkt war.

»Nein, so meinte ich das nicht. Es war einfach ungewohnt«, erklärte ich, während ich ihm über den Arm strich, um mich zu entschuldigen. »Hast du versucht, mit dem Album mitzuspielen?«

»So was in der Art«, antwortete er.

»Hörst du überhaupt noch Lieder mit Texten?«

»Manchmal.«

Wir balancierten zu einer Stelle, an der sich zwischen großen Felsen ein Gezeitentümpel gebildet hatte. Ich setzte mich auf einen Granitbrocken, legte den Zeichenblock auf meinen Schoß und schlug die Zeichnung des Weißen Hais auf. Ich fragte mich immer noch, was mit ihm geschehen war, doch ich war mir ziemlich sicher, er würde nicht wieder auftauchen. Wäre meine Mom da gewesen – davon war ich überzeugt –, wäre eine so seltene Gelegenheit, einen Weißen Hai zu untersuchen, nicht sinnlos vergeudet worden. Ich blätterte zu einer leeren Seite.

»Wonach halten wir heute Ausschau?«, fragte ich.

»Nach nichts Besonderem.« Fred schob sich die Sonnenbrille auf den Kopf. »Guck dir das hier mal an!« Er hob einen Seestern auf, dem ein Arm fehlte.

»Wie kommt es, dass Seesterne ihre Arme nachwachsen lassen können?«, fragte ich. »Warum können Menschen das nicht?«

»Seesterne haben halt herausgefunden, wie es geht«, antwortete Fred. »Dein Dad hat mir mal eine Geschichte über Austernfischer erzählt. Die Fischer waren sauer, weil die Seesterne ihnen die Austern wegaßen, also haben sie ihnen die Arme abgeschnitten und sie zurück ins Meer geworfen. Nur hat sich dadurch die Anzahl der Seesterne verdoppelt, und sie haben die gesamte Austernpopulation zerstört.«

»Schlechtes Karma«, bemerkte ich und kritzelte in die Ecke meines Blatts eine Gruppe Seesterne, die eine einzelne Auster umzingelten. »Macht's dir was aus, wenn ich die Butterbrote anbreche?«

»Nur zu«, erwiderte Fred und durchsuchte den Tümpel.

Ich schnappte mir die große Papiertüte aus dem Eimer und schaute hinein. Es waren zwei in Butterbrotpapier verpackte Scheiben Weizenbrot mit Truthahn darin, ein paar Äpfel sowie zwei Müsliriegel. Ich wickelte ein Butterbrot aus und machte mich darüber her. Fred und ich mochten unsere Sandwiches trocken – kein Senf, keine Mayo.

Fred hatte derweil eine Mondschnecke mit einem Gehäuse in der Größe eines Baseballs gefunden. Wir hatten schon eine Mondschnecken-Seite in unserem Naturführer, doch dieses Exemplar war irrsinnig groß. Fred leerte den Eimer, füllte ihn mit einem Schwall Meerwasser und setzte das Tier hinein. Dann griff er nach den Messinstrumenten, die er in seinem Eimer mitgebracht hatte.

Während ich an einem Apfel kaute, sah ich mir die Schnecke genauer an. Dann zeichnete ich mit Bleistift eine Spirale mit fünf Umdrehungen. Die Mitte der Spirale versah ich mit einem Muster, das sich vom innersten Kreis bis zum Rand des äußersten erstreckte. Die Mitte des innersten Kreises war blau gefärbt, der Rest des Gehäuses von orange-weißen Streifen durchzogen. Ich fragte mich, wer diese Farben ausgewählt hatte. Obwohl es sich um eine merkwürdige Zusammenstellung von Komplementärfarben handelte, harmonierten sie perfekt.

Fred setzte sich neben mich auf den Felsen, in der Hand hielt er ein Maßband aus dem Nähkästchen seiner Mutter. Er nahm die Mondschnecke wieder aus dem Eimer. Ich zeichnete Freds Hand, wie sie das Tier festhielt, seinen Daumen, der sich über die Vorderseite legte, und seine Finger, die die Rückseite umschlossen. Das ganze Jahr über hatte ich daran gearbeitet, Hände zu zeichnen, und allmählich wurde ich richtig gut darin. Ich führte die Linie seines Handgelenks bis zum Ende der Zeichenblockseite fort. Unter seiner klobigen Uhr wirkte das Gelenk schmal.

Ich wünschte, ich hätte Buntstifte mitgenommen, um die Farben der Schnecke nachmalen zu können. Fred beugte sich über meine Skizze, während ich mir am Rand etwas zu den Farben des Gehäuses notierte. Ich spürte seine Wange in der Nähe meiner Schulter.

»Wie machst du das?«, wollte er wissen.

Ich schaute ihn an. »Wie mache ich *was*?«

»Dinge zeichnen, sodass sie dreidimensional aussehen.«

Ich zuckte mit den Achseln. »Ich bin halt ein Kunstmensch. Und du ein Wissenschaftsmensch.«

»Glaubst du nicht, dass du auch ein Wissenschaftsmensch bist?«, fragte er.

»Nicht wirklich.«

»Warum nicht?«

»Weil ich keine Gleichungen mag.« Ich dachte einen Moment nach. »Aber wenn du etwas Wissenschaftliches so wie eine Geschichte erzählen könntest, würde ich dir zuhören. Mir hat deine Geschichte über die Seesterne und die Austern gefallen.«

»Ich kann dir auch eine über die Mondschnecke erzählen.«

»Schieß los.«

»Okay. Schau dir mal das Gehäuse an, es ist ein perfektes Beispiel für den Goldenen Schnitt. Es ist aufgebaut wie eine logarithmische Spirale mit dem Verhältnis eins zu eins Komma sechs eins acht ...«

»Warte mal«, unterbrach ich ihn. »Also, erstens solltest du die achte Klasse überspringen oder am besten gleich zur Uni gehen. Und zweitens hörst du dich an wie ein Roboter. Was bedeutet das alles?«

»Es bedeutet, dass die Spirale perfekte Proportionen besitzt. Siehst du dir nie etwas Lebendiges an und fragst dich, wie es entstanden ist?«

»Doch, manchmal.« Ich dachte an die endlosen Zahnreihen des Hais. »Aber das ist immer noch keine Geschichte.«

Er überlegte einen Augenblick. »Okay, mir ist eine eingefallen. Hast du schon mal am Strand nach Muscheln gesucht und welche mit einem kreisrunden Loch an der Unterseite gefunden?«

Ich nickte. Ich wusste genau, wovon er sprach. »Ich habe Schnüre durchgezogen und Halsketten daraus gemacht.«

»Genau. Weißt du, wie das Loch dort hineingekommen ist?«, fragte er.

Ich schüttelte den Kopf.

»Es war die Mondschnecke.«

Ich blinzelte ungläubig.

»Sie besitzt ein Werkzeug, eine Art Zunge, die wie ein Bohrer funktioniert. Aber es ist keine richtige Zunge, denn sie ist mit lauter kleinen Zähnen bedeckt. Die Schnecke bohrt ein Loch und sondert eine Flüssigkeit ab, die die Schale aufweicht, damit sie das Innere der Muschel essen kann.«

Ich gab es nur ungern zu, doch ich hatte mich tatsächlich schon öfter gefragt, wie die Löcher in die Muscheln gelangt waren. Jetzt war das Geheimnis gelüftet.

Ich lächelte Fred an. »*Das* war eine Geschichte. Du hast gewonnen.«

Er lächelte zurück. »Ich kenne noch viele andere.«

»Aber bitte ohne Zahlen«, sagte ich.

»Warte einfach ein bisschen«, sprach er mir Mut zu. »Du wirst schon noch Gefallen an Zahlen finden.«

Das Besondere an Fred war, dass ich ihm jedes Wort glaubte. Denn er war nicht nur klug, wenn es um Wissenschaften ging, sondern auch, wenn es um mich ging. Wenn er mir voraussagte, dass ich eines Tages Zahlen mögen würde, gab es keinen Grund, daran zu zweifeln.

»Isst du gar nichts?«, wechselte ich das Thema, während ich einen der Müsliriegel aus der Papiertüte nahm.

Fred ließ die Schnecke zurück in den Gezeitentümpel plumpsen. Lange schaute ich in seine Richtung, doch er erwiderte meinen Blick nicht. Er war zu sehr damit beschäftigt, einen Haufen Seegras zu untersuchen. Endlich stand er auf, und wir schauten uns an.

Ich lächelte ihm zu. »Ich bin irgendwie enttäuscht. Wegen der Sache mit dem Hai.«

»Enttäuscht?«

»Ja, weil er weg ist«, erklärte ich.

»Wirklich?« Seine Frage war berechtigt, schließlich hatte ich nie besonders viel Interesse an Biologie gezeigt. Doch dann fuhr er fort: »Ich bin auch enttäuscht. Aber wir können trotzdem weiter an dem Naturführer arbeiten. Ich komme heute Abend vorbei, okay? Dann können wir uns die Hai-Bücher deiner Mom anschauen.«

Auf einmal wurde mir klar, dass Moms schwere Biologie-Wälzer, die ich immer zum Blumenpressen oder Glätten von Fotos benutzt hatte, für Mom und Fred ganz andere Qualitäten besaßen. Neugier stieg in mir auf.

»Ist gut«, stimmte ich zu.

Fred setzte seine Sonnenbrille wieder auf, und sie schmiegte sich passgenau an seinen Nasenrücken.

»Was guckst du so? Die sieht doch cool aus!«, sagte er überzeugt.

Ich schaute ihn skeptisch an.

Das einzig Coole war Freds Überzeugung, dass er cool aussah.

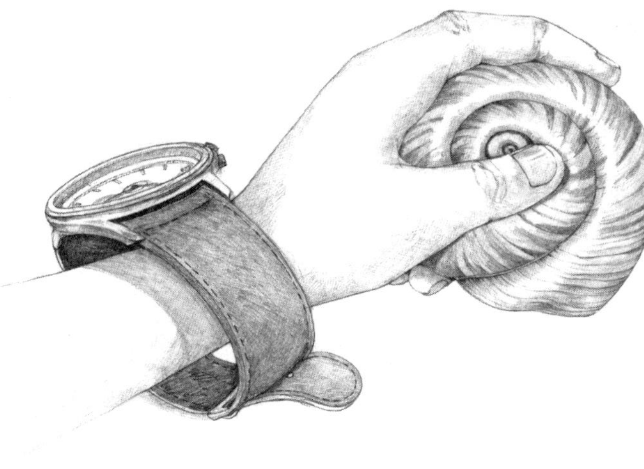

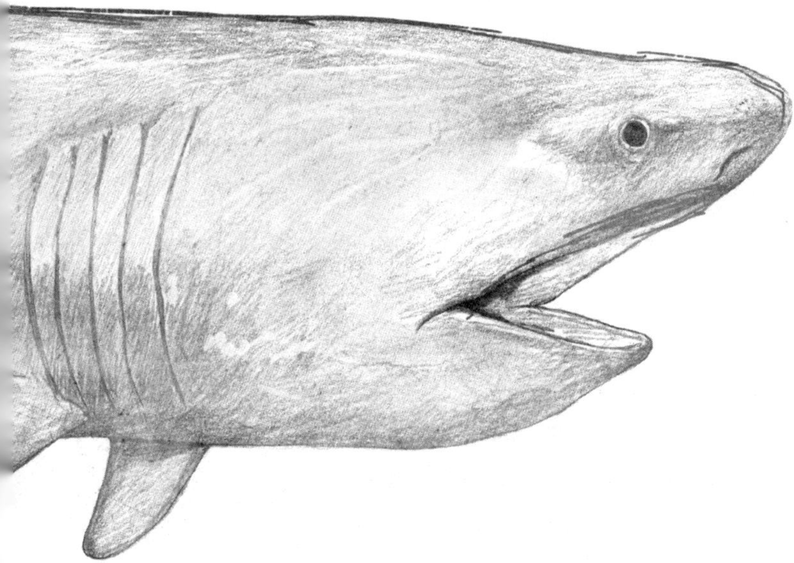

10.

Hackbällchen

Später am Nachmittag fuhren wir zurück. Das Wasser in Freds Schneckeneimer schwappte hin und her, als wir auf unsere Häuser zusteuerten.

»Arbeiten wir nachher am Naturführer weiter?«, fragte Fred.

»Klar«, antwortete ich. »Komm einfach nach dem Essen vorbei.«

Dads alter Volvo parkte in der Einfahrt. Ich erspähte Einkaufstüten mit Lebensmitteln im Kofferraum und ließ mein Fahrrad unter der Kiefer liegen. Dann schnappte ich mir eine der Tüten und schaute hinein, während ich zum Haus ging. Dad öffnete gerade die Fliegengittertür und machte sich auf den Weg zum Auto.

»Hi«, begrüßte er mich. »Wie war dein Tag?«

»Gut. Aber jetzt habe ich einen Bärenhunger.«

Nachdem wir alle Einkaufstüten in die Küche gestellt hatten, legte ich die Lebensmittel auf den Tisch. Eine halbe Wassermelone, ein Sandkuchen, Milch und Hackfleisch waren dabei.

»Lucy«, begann Dad, während er eine Pizza in der

Tiefkühltruhe verstaute. »Es tut mir leid, dass der Kühlschrank so leer war.«

»Ist denn alles okay bei dir?«, fragte ich.

Er dachte einen Augenblick nach. »Ja. Manchmal schaffe ich nur nicht alles, was ich mir vornehme. Das Tauchteam hat in diesem Sommer viel zu tun.« Er lächelte. »Aber dafür mache ich heute Hackbällchen zum Abendessen.«

Ich drückte ihn so fest an mich, als würde ich mich an einer Rettungsboje festklammern.

»Eigentlich wollte ich eins von diesen Rezepten ausprobieren«, sagte Dad und zeigte auf das Kochbuch auf dem Tisch. »Allerdings ist mir das heute Abend zu viel Arbeit.«

Nachdem ich Dad wieder losgelassen hatte, trug ich die Wassermelone zur Spüle und wickelte die Plastikfolie ab. Der pinkfarbene Saft tropfte ins Becken. Ich viertelte die Melone und schnitt anschließend das Fruchtfleisch in dicke Scheiben. In ein Küchentuch geschlungen nahm ich eins der Stücke mit nach oben in mein Zimmer. Ich wollte lieber nicht bei Dad in der Küche sein, während er die Zwiebeln für die Hackbällchen anbriet, weil mein Magen dann noch viel mehr geknurrt hätte.

* * *

Beim Abendessen erzählte Dad, dass man inzwischen wusste, was mit dem Hai passiert war. Er hatte Officer Parrelli im Supermarkt getroffen und die Neuigkeit von ihm erfahren.

»Am frühen Morgen wurde Parrelli von einem Mann aus Pigeon Cove angerufen«, begann Dad. »Der Anrufer hat sich über den fürchterlichen Fischgestank aus dem Garten seines Nachbarn beschwert. Doch als die Polizei dort ankam, hat sie lediglich die Überreste eines ausgiebigen Hummeressens gefunden. Der Sturm hatte die Mülltonne des Nachbarn umgeworfen und den ganzen Inhalt auf dem Boden verteilt.«

»Wie eklig«, warf ich ein.

Dad sprach weiter: »Dann hat eine Frau angerufen. Ihr Nachbar habe etwas unter einer Plane auf seinem Autoanhänger transportierte, meinte sie. Doch am Ende stellte sich heraus, dass es nur ein Jet-Ski war.«

Ich verdrehte die Augen und fragte mich, wie viele alberne Anrufe das Rockport Police Department wohl jede Woche erhielt.

»Später hat ein Officer allerdings einen Anruf von einem Mann entgegengenommen, der am Bearskin Neck wohnt. Er war in der Nacht wach geworden, weil die Sturmflut die untere Etage seines Hauses überschwemmt hatte.«

»Ich würde nicht gern so nah am Hafen wohnen«, sagte ich.

»Ich auch nicht«, stimmte Dad mir zu.

»Jedenfalls hat sich der Mann in der oberen Etage in Sicherheit gebracht und per Telefon Hilfe gerufen. Von seinem Fenster aus hat er dann gesehen, wie der Hai an der Seilwinde hin und her schwang, als wäre er ein riesiger Boxsack. Und plötzlich gab es eine heftige Windböe, die Seile rissen, und der Hai fiel ins Hafenbecken.«

Ich horchte auf. »Denkst du, er liegt immer noch dort?«

Dad schüttelte den Kopf. »Die Strömung hat ihn mittlerweile bestimmt weit weg gespült.«

Ich spürte die Hackbällchen wie Steine in meinem Magen liegen. »Also ist er nicht mehr da.«

»Definitiv nicht.« Dad nickte.

»Weiß Sookie schon Bescheid?«

»Ja, da bin ich mir ziemlich sicher.«

Bestimmt war Sookie bei dieser Nachricht vor Wut geplatzt. Er hatte sich die Mühe gemacht, den Hai an Land zu schleppen, und nun war er einfach fortgespült worden wie Treibholz. Und keine Biologin würde mehr die Chance bekommen, ihn zu untersuchen. Fred würde darüber wohl ebenso enttäuscht sein wie ich, wenn ich ihm die Geschichte erzählte.

»Warum bist du so still?« Dad kratzte mit der Gabel die Reste von seinem Teller.

Ich seufzte. »Nur so.«

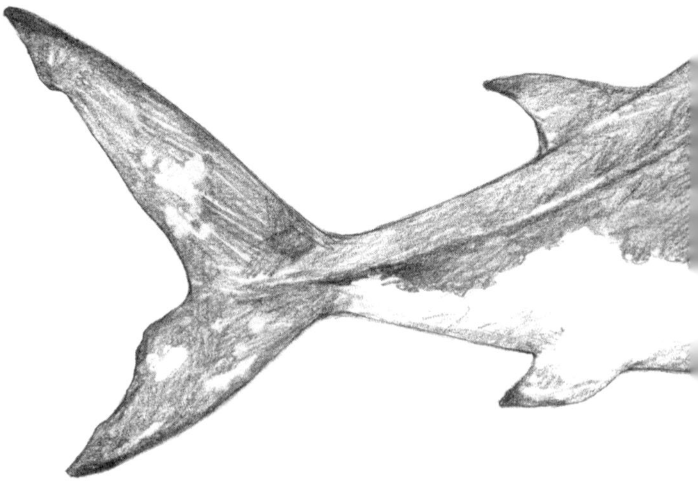

11.

Klasperkopf!

Als Fred rüberkam, war mein Bauch so voll, dass ich kaum noch aufrecht stehen konnte. Ich hatte eine ordentliche Portion Hackbällchen mit einem Törtchen-Nachtisch gekrönt und das Ganze mit sprudelnder Brause heruntergespült.

»Alles gut?«, fragte Fred, als ich ihm die Tür öffnete. In seinen Haaren steckte die neue Sonnenbrille, dabei war es draußen beinahe dunkel.

Ich zuckte mit den Achseln. »Hab nur ein bisschen Magenschmerzen.«

Während Fred mir ins Haus folgte, berichtete ich ihm ohne Umschweife, dass der Hai von der Winde gefallen und vermutlich von der Strömung fortgetrieben worden war.

Fred runzelte die Stirn, doch dann nickte er. »Ich denke, das macht Sinn. Wäre schon komisch gewesen, wenn ihn jemand gestohlen hätte. Dafür war er einfach zu schwer.«

»Das stimmt. Aber du möchtest ihn trotzdem noch in den Naturführer aufnehmen, oder?«

Fred zog seinen Rucksack vom Rücken und hielt ihn in die Höhe. »Jap. Ich habe alles mitgebracht.«

»Du musst mir zeigen, wo die Hai-Bücher sind, okay?«, bat ich ihn auf dem Weg nach oben. Zwar hatte ich manchmal auch in Moms Bücher geschaut, aber ich kannte mich längst nicht so gut in ihrer Bibliothek aus wie Fred. Er hatte sich schon sein Leben lang Bücher von uns geborgt.

Ich drückte auf den Lichtschalter an der Wand, woraufhin eine Reihe Deckenstrahler drei riesige Bücherregale erhellte, die vom Boden bis zur Decke reichten. Die Bücher hatten hauptsächlich meiner Mom gehört, doch Dad blätterte sie auch hin und wieder durch.

Fred setzte sich auf den Boden und schlug eine leere Seite in unserem Naturführer auf. Ganz oben auf das weiße Blatt schrieb er *Weißer Hai. Sichtdatum: 9. Juli.* Dann suchte er ein paar grundlegende Informationen aus einem von Moms Büchern heraus und notierte sie darunter. Für mich ließ er eine große Lücke, damit ich später ein Bild des Weißen Hais einfügen konnte.

Ich schaute mir die Abbildung im Buch an und runzelte die Stirn. Auf dem Bild war lediglich der Kopf des Tiers zu sehen, dabei wollte ich doch gerne den ganzen Körper zeichnen.

»Gibt es ein Buch mit besseren Bildern?«

»Versuch's mal ganz oben.«

Als ich mich auf die Zehenspitzen stellte, fiel mir ein

Buch auf, das von Cousteau und Cousteau geschrieben worden war. Ich erinnerte mich, dass ich diesen Namen bereits in der Schule gehört hatte. Ich nahm das Buch aus dem Regal, ließ den Verschluss meines Kunstkästchens aufschnappen und wühlte darin nach den türkisfarbenen Buntstiften. Ich breitete alle meine Sachen auf dem Boden neben Fred aus, der gerade durch eine Hai-Enzyklopädie blätterte. Dann ließ ich mich bäuchlings auf dem Teppich nieder. Mit aneinandergelehnten Füßen machten wir uns an die Arbeit.

Fred kritzelte ein paar Daten aus einem der Bücher aufs Papier, während ich mir die Fotos in Cousteaus und Cousteaus Buch anschaute. Mein Blick blieb an einem ungewöhnlichen Foto auf Seite dreißig hängen. Es zeigte einen Sandhai, der mit sauber aufgetrenntem Bauch auf dem Boden lag. Eine Frau mit Zöpfen klappte einen der Haut- und Muskellappen über der Bauchhöhle zur Seite und untersuchte die inneren Organe. Ich war beeindruckt von den ungewöhnlichen Farben im Körper des Hais – orangefarbene Innereien waren in fleischfarbene Wände gebettet, die von blutigen Streifen durchzogen waren. Die Frau, die den Hai sezierte, hatte den Mund erstaunt geöffnet, während ihr Blick auf ein ganzes Dutzend Hai-Babys fiel, die aus der Gebärmutter quollen. Die Bildunterschrift lautete: *Nachdem die Hai-Mutter ihre Babys zur Welt gebracht hat, wird sie tagelang nicht in der Gegend fressen, in der die Jungen geboren wurden.*

Auf diese Weise stellt sie sicher, nicht versehentlich eins ihrer Kinder zu verschlingen.

Sofort schossen mir zwei Gedanken durch den Kopf: *Fressen Hai-Väter manchmal ihre Babys?* Und *War Sookies Hai ein Weibchen?*

»Hör dir das mal an«, sagte Fred, der ebenfalls gerade eine Passage in einem Buch las. »*Weiße Haie sind Warmblüter, doch ihr Herz und ihre Kiemen behalten die Wassertemperatur bei.*«

»Was? Warum?«, wollte ich wissen.

Fred las mir den Text weiter vor: »*Die erhöhte Temperatur in den Eingeweiden erleichtert dem Hai das Verdauen von Nahrung und beschleunigt die Entwicklungsprozesse der Jungen im Uterus.*«

Ich lehnte für einen Moment meinen Kopf gegen seine Schulter.

»Ich mag es, dass du so selbstverständlich das Wort *Uterus* benutzen kannst. Du klingst manchmal so erwachsen.«

Jetzt warf ich selbst einen Blick in Freds Buch. Meine Augen blieben an einem einzelnen Satz hängen. Ich erinnerte mich, dass meine Mom immer die medizinischen Fachbegriffe für Geschlechtsteile verwendet hatte. Doch irgendwie kam es mir unanständig vor, das Wort *Vagina* gedruckt zu sehen, während ich Fred so nahe war.

»Oh mein Gott, bei manchen Hai-Arten haben die

Weibchen zwei Vaginen!«, las ich laut vor. Ich schaute Fred mit aufgerissenen Augen an.

Er lächelte. Sein Gesicht war so dicht an meinem, dass ich seine Sonnencreme riechen konnte.

»Ja, und die Männchen haben zwei Penisse, *Klaspern* genannt«, fügte er hinzu und hob die Augenbrauen.

»Klaspern? Warum haben sie die?«

»Vielleicht um sicherzustellen, dass die Befruchtung funktioniert«, vermutete Fred. »Möglicherweise haben sie nicht so viele Gelegenheiten, es zu versuchen.«

»Warum hast du mir das noch nie erzählt?« Ich stupste ihn mit meinem Fuß an.

»Du hast mich nie danach gefragt.« Er wandte sich wieder seinem Buch zu.

Meine Wangen begannen zu brennen. »Du Klasperkopf!«, rief ich.

»Klaspernase!«, rief er zurück.

Dann nahmen wir unsere Arbeit wieder auf. Doch wann immer mir ein neues Schimpfwort mit *Klasper* einfiel, schleuderte ich es ihm entgegen.

Nachdem wir eine Weile still geschrieben und gezeichnet hatten, begann Freds Fuß zu wippen. Immer wieder stieß er dabei gegen meinen, bis mir auf einmal ein Kribbeln in die Waden schoss. Es kletterte meine Beine empor und breitete sich wie ein elektrischer Strom in meinem Körper aus.

Überrascht schaute ich auf. Warum reagierte ich in

letzter Zeit so empfindlich auf Berührungen? Selbst wenn mir jemand bloß die Haare kämmte oder mich am Rücken kratzte, fühlte es sich an, als würde unter meiner Haut ein Feuerwerk explodieren.

Freds Fuß klopfte weiter gegen meinen, und ich wagte es nicht, mich zu bewegen. Er bekam von meinem Kribbeln nichts mit, sondern lag bloß da, las und kritzelte hin und wieder etwas auf seinen Notizblock.

Weil ich mich nicht mehr konzentrieren konnte, rollte ich mich auf den Rücken, starrte zur Decke und seufzte. »Warum eigentlich Haie? Warum hat sie sich ausgerechnet Haie ausgesucht?«

»Wer?«

»Meine Mom.«

»Weil sie etwas ganz Besonderes sind«, meinte Fred.

»Ja, aber *warum* sind sie das?«, wollte ich wissen.

»Na ja, sie leben auf der Erde, seit es Dinosaurier gab. Doch wir wissen fast nichts über sie, vor allem nicht über Weiße Haie.« Fred rollte sich auf die Seite und schaute mich an. »Stell dir mal vor, wie cool es wäre, wenn du eine wichtige Entdeckung über Haie machen würdest. Und wenn deine Entdeckung dazu beitragen würde, die Tiere zu schützen.«

»Glaubst du, meine Mom hat irgendwelche Entdeckungen gemacht?«

»Ja. Du solltest mal mit deinem Dad reden.« Fred stand auf, fischte sein Asthmaspray aus dem Rucksack und nahm einen Zug. Dann ging er zum Bücherregal und suchte die Bretter ab. Er holte einen der Aktenordner aus Pappe herunter, der mit der Jahreszahl 1991 beschriftet war. Es war die aktuellste Jahreszahl, die es gab, die anderen Ordner waren älter. »Schon mal da reingeguckt?«, fragte er.

Ich schüttelte den Kopf.

Er sah sich den Inhalt des Ordners an. »Alle Unterlagen sind mit dem Namen deiner Mutter beschriftet. Es könnten Berichte sein.« Er las einen der Titel laut vor: »*Reproduktionsverhalten und soziale Organisation der Dornhaie*. Deine Mom hat den Text im Januar 1991 geschrieben.«

»Wirklich – so was hat sie erforscht?« Ich zuckte mit den Schultern. »Wenn du mich fragst, sollten Dornhaie aufhören, sich zu vermehren. Sie sind doch sowieso nutzlos.«

»Wie bitte?« Fred schaute mich entsetzt an. »Was sollten die größeren Haie denn fressen, wenn es keine Dornhaie mehr gäbe?«

»Menschen«, erwiderte ich, ohne nachzudenken.

Fred verdrehte die Augen und blätterte weiter durch die Papiere.

Ich spürte Enttäuschung und Wut in mir aufsteigen, weil Fred sich lieber mit langweiligen Dornhaien beschäftigte als mit mir. Ich wünschte, er würde die Unterlagen zur Seite legen.

Doch Fred ließ sich von meiner schlechten Laune nicht anstecken. Er nahm den letzten Stapel Papiere aus dem Ordner heraus. »*Forschungsvorschlag für eine Studie über Weiße Haie und Kegelrobben am Cape Cod*«, las er vor. Dann schlug er das Deckblatt um, schaute sich das Inhaltsverzeichnis an und blätterte durch die Seiten.

»Von wann ist der Forschungsvorschlag?«, wollte ich wissen.

»Vom Mai 1991.«

Meine Mom war im Juni 1991 gestorben, nur einen Monat später. Vermutlich hatte sie diesen Vorschlag damals gerade zu Ende geschrieben. Ich fragte mich, ob sie ihre Unterlagen jemals an der Universität eingereicht hatte. Falls ja, hatte sie bis zu dem Tag, an dem sie gestorben war, vermutlich noch keine Antwort erhalten.

»Macht es dir was aus, wenn ich mir den mit nach Hause nehme?« Fred riss mich aus meinen Gedanken.

»Was hast du gesagt?« Plötzlich kam es mir so vor, als wäre das Forschungspapier ein Drachen an einer zerrissenen Schnur. Fred hatte ein umherfliegendes Stück meiner Mom eingefangen, das ich noch nie zuvor gesehen hatte. Und dieses Stück enthielt Moms Worte, die sie kurz vor ihrem Tod niedergeschrieben hatte. Ich fühlte mich ausgeschlossen und war traurig. Fred hatte den Schatz meiner Mutter gefunden, nicht ich. Warum wollte Fred ihre Worte lesen? Und was sagte Mom zu ihm?

Meine Gedanken rasten, und mein Körper spannte sich an. Am liebsten hätte ich Fred den Forschungsvorschlag aus der Hand gerissen, doch ich sagte bloß: »Du musst ihn aber zurückgeben.«

Fred hatte das Zittern in meiner Stimme scheinbar gehört, denn er schaute mir direkt in die Augen. »Keine Sorge. Das werde ich.«

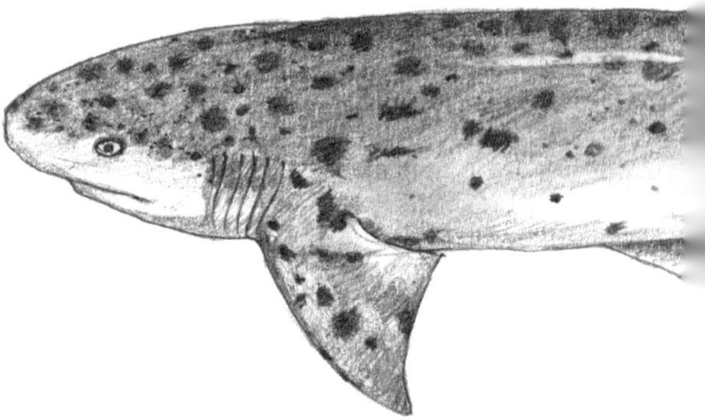

12.

Circulus Willisi

An einem Sommertag, als ich sieben Jahre alt war, fuhr meine Mutter frühmorgens hinunter zum Cape Cod, bestieg in Chatham ein Forschungsboot und legte zusammen mit vier anderen Wissenschaftlern vom Ufer ab. Wie gewöhnlich waren sie auf der Suche nach Haien.

Irgendwann nach dem Mittagessen bekam Mom plötzlich schreckliche Kopfschmerzen und musste sich übergeben. Die anderen Wissenschaftler ahnten direkt, dass etwas nicht stimmte. Sie wussten allerdings nicht, dass in einem Teil von Moms Gehirn, der Circulus Willisi genannt wird, ein Blutgefäß geplatzt war. Zwar ließ der Kapitän das Boot sofort wenden und alarmierte die Küstenwache, doch sie waren mehr als zehn Meilen vom Festland entfernt.

Ich war zu diesem Zeitpunkt im Sommercamp und hörte der Betreuerin zu, die uns *Julie von den Wölfen* vorlas. Dad befragte den Zeugen eines Raubüberfalls in Salem. Es war ein wolkenloser, windiger Tag.

Schließlich rief einer von Moms Kollegen meinen Dad

an. Dad fuhr sofort zum Cape Cod, während Mr. Patterson mich vom Camp abholte. Wir saßen auf seiner Terrasse, und ich schaute zu unserem Wohnhaus auf der anderen Seite der Straße.

»Lucy«, begann der alte Mann auf einmal und schaute mir tief in die Augen. »Als deine Mutter auf dem Boot war, ist etwas Schlimmes in ihrem Gehirn passiert.«

»Wird sie wieder gesund?«, fragte ich.

Er schüttelte den Kopf. »Die Ärzte glauben, dass sie schon fortgegangen war, bevor die Sanitäter eintrafen.«

Verwirrt schaute ich ihn an. Fortgegangen? Wohin denn?

»Sie ist gestorben«, erklärte er. Mit einer Hand streichelte er mir über den Rücken, mit der anderen bedeckte er seine Augen.

Ich fühlte mich, als wäre die Luft, die ich gerade eingeatmet hatte, in meiner Brust stecken geblieben.

Manchmal fragte ich mich, warum ausgerechnet Mr. Patterson mir die Nachricht überbracht hatte und nicht mein Dad. Doch seit meine Mom auf dem Boot zusammengebrochen war, nahmen die Dinge nicht mehr ihren gewohnten Lauf. Mom hatte ihre Forschungen nicht abgeschlossen, und sie war auch nicht zu einem späten Abendessen nach Hause gekommen. Sie war überhaupt nie wieder nach Hause gekommen.

13.

Der Steinbruch

Für Samstagabend hatte Fred mich zu sich nach Hause eingeladen, um weiter an unserem Naturführer zu arbeiten. Ich packte meine Sachen zusammen und verließ das Haus. Mr. Patterson saß auf seiner Terrasse und reinigte sein Waldhorn mit einem weißen Stofftuch.

»Was hast du in deiner Tasche?«, rief er mir zu.

»Bücher, Zeichensachen und Klamotten«, antwortete ich.

»Willst du von zu Hause weglaufen?«

»Nein, ich gehe nur zu Fred.«

»Weißt du, dass ich meine Frau schon kannte, bevor wir in die Schule gekommen sind?«, fragte Mr. P. »Sie wohnte dort hinten an der Ecke.« Er zeigte die Straße hinauf. »Wir sind immer zusammen Muscheln suchen gegangen. Eines Tages habe ich sie dann plötzlich mit anderen Augen gesehen. Also habe ich sie gefragt, ob sie mich auf eine Party begleiten möchte. Und das Ende der Geschichte kennst du ja.«

»Äh, ich muss jetzt wirklich los«, stotterte ich.

»Das Leben ist kurz, Lucy!«

»Da haben Sie recht«, gab ich zurück und zeigte auf sein Waldhorn. »Spielen Sie heute Abend?«

»Es ist Samstag, nicht wahr?«

Ich nickte. Im Sommer spielte Mr. Patterson jeden Samstagabend zusammen mit der Band der Amerikanischen Legion im Pavillon in unserer Straße. Fred und ich blieben hin und wieder davor stehen, um zuzuhören, wobei Fred die Blechbläser kritisch beäugte.

»Bis dann«, verabschiedete ich mich und lief schnell den Weg zu Freds Haus hinauf.

Ich klopfte an die Vordertür, doch niemand öffnete. Also ließ ich mich selbst hinein und stieg die Treppen zu den oberen Etagen empor. Vorsichtig umschiffte ich die Haufen aus Kleidungsstücken, die überall herumlagen. Hätte ich mich für Mode interessiert, hätte ich aus all den farbenfrohen, glitzernden Teilen bestimmt etliche filmreife Outfits zusammenstellen können. Ich folgte der Musik, die den Flur erfüllte, bis ich in der zweiten Etage vor der offenen Badezimmertür stand. Bridget saß auf dem Toilettendeckel und lackierte ihre Fingernägel in Ballettrosa. Fiona stand vor dem Spiegel und bog ihre Wimpern. Der Wasserkasten der Toilette diente als Radioständer. Freds Schwestern waren irische Zwillinge, das heißt, sie lagen altersmäßig nur ein Jahr auseinander. Bridget war siebzehn und Fiona sechzehn.

»Hi, Lu«, begrüßte mich Bridget. Sie schraubte die kleine Nagellackbürste wieder auf das Fläschchen und blies über ihre Nägel, als wäre sie ein Schwenkföhn. Was die beiden wohl heute Abend vorhatten? Überall lagen Haarspraydosen, Plastikspangen und Wattebällchen herum. Das Badezimmer glich einem Beautysalon.

Fiona griff nach einem Spender mit Styling-Gel, pumpte etwas davon in ihre Hand und arbeitete die Masse in ihre nassen Haare ein. Dann schnappte sie sich eine Kiste voller Kosmetikartikel und wühlte lautstark darin herum.

»Soll ich dich schminken?«, fragte sie mich plötzlich.

Ich hätte alles dafür getan, um so auszusehen wie sie, doch das verriet ich ihr nicht. »Klar«, antwortete ich bloß.

»Cool, setz dich hierhin.« Bridget erhob sich vom Toilettendeckel. Sie bewegte ihre Hände wie Fächer durch die Luft und ging zum Spiegel.

Fiona summte die Melodie im Radio mit und betrachtete als Erstes gründlich meine Augen.

Ich wusste nicht, ob ich ihren Blick erwidern sollte, und konzentrierte mich lieber auf den Wäscheschrank hinter ihr. Jedes Mal, wenn ich diesen Schrank sah, musste ich an den Tag denken, an dem ich zum ersten Mal meine Periode bekommen hatte.

Damals war ich allein zu Hause gewesen, und natürlich fand ich unter unserem Badezimmerschränkchen nichts weiter als eine Spuckschüssel und eine Handvoll Wattestäbchen. Also wickelte ich eine halbe Rolle Toilettenpapier ab, stopfte sie notdürftig zwischen meine Beine und ging hinüber zu den Kellys.

Fred öffnete mir die Tür, und ich fragte ihn, ob eine seiner Schwestern oder seine Mutter zu Hause waren – doch natürlich waren alle weg. Enttäuscht marschierte ich nach oben ins Badezimmer und machte mich auf die Suche nach den Hygieneartikeln. Im Wäscheschrank wurde ich fündig. Er war so vollgestopft mit Kartons voller Binden und Tampons, dass er einem Drogeriemarkt glich. Ich entschied mich für ein paar verschiedene Produkte und verstaute sie in meinen Shorts. Nur eine der Binden wollte ich schon vor dem Rückweg benutzen.

Als ich die Badezimmertür wieder öffnete, stand Fred mit fragendem Gesicht vor mir.

»Ich hab meine Periode bekommen«, sagte ich.

»Oh«, machte er nur.

Ich war überrascht, wie unbeeindruckt ihn die Neuigkeit ließ. Er wirkte in etwa so interessiert, als hätte ich ihm gerade erzählt, dass ich die Klopapierrolle gewechselt hätte.

Auf einmal legte er seine Hand auf meine Schulter, schob mich sanft zur Seite, betrat das Bad und begann ebenfalls, den Wäscheschrank zu durchwühlen.

»Was machst du?«

»Hier«, sagte er und streckte mir eine Packung Tabletten entgegen.

»Wofür sind die?«, fragte ich, obwohl ich sie bereits aus der Fernsehwerbung kannte.

»*Diese Tabletten lindern die Symptome des prämenstruellen Syndroms*«, las er von der Packung ab.

»Ich glaube aber, ich habe das *menstruelle* Syndrom«, erwiderte ich.

Er schüttelte den Kopf und drückte mir die Packung in die Hand. »Das ist doch alles das Gleiche.«

Fiona riss mich aus meinen Gedanken. Sie betupfte meine Augenlider mit einem winzigen Schaumstoffpinsel, den sie vorher in apricotfarbenem Puder gerollt hatte. Dann zog sie mit einem braunen Stift einen Strich entlang meiner Wimpernlinie. Meine Augen begannen unkontrolliert zu zucken.

»Halt still«, wies sie mich an.

Ich gab mir große Mühe, mich nicht zu bewegen, doch als Fiona dann auch noch mit einer Mascarabürste anrückte, flackerten meine Lider, ohne dass ich etwas dagegen tun konnte.

»Verflixt«, fluchte Fiona und wischte einen klebrigen Fleck von meiner Nasenwand. Dann trat sie einen Schritt zurück, schaute sich ihr Werk an und zog zufrieden ihre Brauen in die Höhe. »Sieht ganz gut aus.« Sie wandte sich den Puderdosen zu.

»Ich hab viele Sommersprossen«, sagte ich entschuldigend.

»Ich weiß.« Fiona fuhr mit einem weichen Pinsel über ein Kissen aus honigfarbenem Rouge. »Aber ich werde sie nicht abdecken.«

»Nicht? Ist Schminke nicht extra dafür gedacht?«

Fiona sah mir in die Augen. »Warum willst du deine Sommersprossen abdecken? Sie sind ein Teil von dir, sie sehen schön aus.«

Sanft verstrich sie das Rouge auf meinen Wangen, und es fühlte sich an, als würden Pusteblumensamen über mein Gesicht fliegen. Ich zuckte zusammen, und Fiona hielt inne.

»Alles okay?«

»Ja, das fühlt sich schön an.« Sofort überlegte ich, ob ich da gerade etwas Komisches gesagt hatte, doch Fiona wirkte unbeeindruckt.

Auf einmal erschien Fred an der Tür. »Was macht ihr mit Lucy?«

»Nur schminken«, antwortete ich.

»Steht dir.« Er klang ein bisschen ungeduldig. Oder machte er sich Sorgen, dass ich nun den Abend lieber mit seinen Schwestern verbringen würde? Ich hatte aber keine Lust, mich zu beeilen, und genoss es, so viel Aufmerksamkeit von den älteren Mädchen zu bekommen.

Fiona schraubte einen korallenfarbenen Lippenstift aus einem schwarzen Behälter. »Mach mal so«, wies sie mich an und zog einen Schmollmund. Dann betupfte sie meine Lippen mit der hellroten Farbe.

»Und jetzt reib sie übereinander.« Fiona öffnete und schloss ihren Mund wie ein Goldfisch, um es mir vorzumachen.

»Ich dachte, wir wollten an unserem Naturführer arbeiten«, meldete sich Fred zu Wort.

»Ja, machen wir, ich bin gleich fertig.«

»Sie hat Spaß am Schminken, Freddy, gedulde dich«, sagte Bridget, die gerade ihr aschblondes Haar mit einem Lockenstab bearbeitete. Der Geruch angesengter Haare breitete sich im Bad aus und mischte sich unter den des Nagellackentferners und eines Parfüms.

»Dieses Lied ist schrecklich«, beschwerte sich Fred mit einem Blick zum Radio und verzog sich in sein Zimmer.

Ich wusste, dass ich ihm eigentlich folgen sollte, doch Fiona entließ mich noch nicht. Sie reichte mir einen Spiegel, und ich schaute hinein.

Das Erste, was mir auffiel, waren meine Augen. Ich war überrascht, wie kräftig der Strich unter meinen Wimpern wirkte. Doch insgesamt war ich sehr zufrieden. Weder meine Sommersprossen noch meine roten Haare waren versteckt, und trotzdem sahen sie richtig schön aus. Vor lauter Begeisterung konnte ich meinen Blick nicht abwenden.

Fiona lächelte. »Ist toll geworden.«

»Ihre Augen sind ein bisschen zu dunkel«, stellte Bridget fest.

Kurze Zeit später kündigten donnernde Schritte Maggies Ankunft auf der zweiten Etage an. Sie stellte sich breitbeinig in die Tür und starrte mich an.

»Du siehst gut aus, Lucy«, sagte sie. Ich wusste nicht,

ob sie es ernst meinte oder ironisch, doch ihre Stimme klang freundlich. »Aber die Augen sind zu dunkel. Wer hat dich geschminkt?«

Maggie nahm sich ein Papiertuch von der Ablage und zeigte mir, wie man überschüssiges Augen-Make-up entfernte, ohne alles zu verwischen. Dann wandte sie sich Bridget und Fiona zu. »Also gut, was habt ihr vor?«

Einen Moment lang herrschte betretenes Schweigen. Nervös begann Fiona, jede Schminkdose einzeln zurück in die Kiste zu legen.

»Ein paar Leute wollen sich heute Abend bei Lauren treffen, um einen Film anzuschauen«, begann Bridget zaghaft.

»Ist unter den *paar Leuten* auch ein gewisser Dominick Maffeo?«

Dominick war Bridgets neuer Freund. Seinem Vater gehörte eine sizilianische Bäckerei in Gloucester. Zwar waren alle der Meinung, Dominick sei ein anständiger Kerl. Doch wenn es um Jungs ging, die sich für ihre Töchter interessierten, hatte Maggie Radar-Augen. Und von Dominick musste sie unheilvolle Signale empfangen haben.

»Okay. Aber ihr nehmt Lucy und Fred mit«, sagte Maggie bestimmt.

»Was?«, ertönte Freds Stimme aus seinem Zimmer, bevor er auch schon zum Bad gestürmt kam. Sein Asthmaspray steckte griffbereit in seiner Hand. *Pffft.*

Fiona schaute in den Spiegel und suchte Bridgets Blick.

»Ach komm schon, Mom«, flehte Bridget und hängte den heißen Lockenstab zurück in den Ständer. »Das ist doch albern.«

»Nein, ist es nicht!«, widersprach Maggie. »Wenn ihr euch nur einen Film anschauen wollt, gibt es keinen Grund, warum die Kinder nicht dabei sein sollten. Ich bin sicher, deine Freunde werden das verstehen. Ende der Diskussion.«

»Aber Lucy und ich haben was zu erledigen!«, protestierte Fred. »Spiel *du* doch den Babysitter für Bridget und Fi!«

»Gute Idee«, gab Maggie zurück und baute sich vor ihren Töchtern auf. »Ihr habt die Wahl: Fred und Lucy oder ich.«

* * *

Eine Stunde später saßen wir in Dominicks Auto auf dem Weg zum Steinbruch, um dort zu schwimmen. Das war von Anfang an der Plan gewesen, auch wenn Fred und ich nun als unerwartete Gäste dabei waren. Das Wetter hatte sich zum Abend hin aufgeklart, doch es lag noch immer eine feuchte Kühle in der Luft, die eigentlich überhaupt nicht dazu einlud, ins Wasser zu gehen.

»Warum haben wir so viel Zeit damit verbracht, uns zu schminken, wenn wir sowieso nass werden?«, fragte ich Fiona, die mit Fred und mir auf dem Rücksitz saß.

Sie zuckte mit den Achseln. »Weil es Spaß macht, sich zu stylen?«

Wir nahmen die graniteingefassten Kurven der 127sten Straße und sahen zu unserer Rechten das Meer. Etliche Häuser, die den Weg zum Steinbruch säumten, waren aus massiven Granitblöcken mit Quarz, Feldspat und Glimmer gefertigt. Fred hatte mir einmal gezeigt, wie man die unterschiedlichen Gesteine mit bloßem Auge erkennen konnte. Sogar das Fundament der amerikanischen Freiheitsstatue war aus dem Granitgestein der Cape-Ann-Steinbrüche hergestellt worden.

Wir fuhren von der 127sten Straße ab, kehrten dem Ozean den Rücken zu und erreichten einen Waldrand.

»Ich kann nichts sehen, das ist ja richtig düster hier«, beschwerte sich Fred, als das Auto zum Stehen kam. Er spähte aus dem Fenster.

Bridget ließ die Schnalle ihres Sicherheitsgurts aufschnappen und drehte sich zu uns um.

»Freddy, mach dich mal locker.«

»Er hat nicht darum gebeten mitzukommen«, schaltete Fiona sich ein.

»Was hast du für ein Problem?«, fuhr Bridget ihre Schwester an.

»Keins«, flüsterte Fiona und lehnte ihren Kopf zurück.

Dominick entriegelte per Knopfdruck den Kofferraum und war bereits aus dem Auto gestiegen, als ein zweites Paar Scheinwerfer hinter uns auftauchte. Ein Ford Bronco, aus dessen Radio übertrieben laute Musik dröhnte, hielt einige Meter entfernt von uns an. Der Wagen gehörte Lester, Sookies Bootshelfer.

Lester war muskulös und durchtrainiert, was ihn deutlich älter wirken ließ, als er war. Hin und wieder schaute er sich mit Fred und mir Red-Sox-Spiele an, während er im Wohnzimmer der Kellys auf Bridget und Fiona wartete. Eigentlich war Lester ganz nett, doch heute saß er nicht allein im Wagen.

Ein Junge, der Simon Cabot hieß, öffnete die Beifahrertür, woraufhin sich Fiona neben mir unwillkürlich aufrichtete. Simon war ein hochgewachsener, blonder Typ, der auf ein Internat in St. Marks ging. Ich hatte zwar keine Ahnung, wo dieser Ort lag, doch die Schule schien auf jeden Fall sehr nobel zu sein. In den Sommerferien und zu den Feiertagen kehrte Simon immer nach Rockport zurück.

»Wie viele Leute kommen denn noch?«, wollte Fred wissen. Er beugte sich über mich, um aus Fionas Fenster zu schauen.

Ich bemerkte, wie Fiona Simon ein schüchternes Lächeln zuwarf und winkte.

Nachdem wir alle ausgestiegen waren, gingen wir den kurzen Waldweg entlang. Fred und ich hatten ihn schon hundertmal bei Tag gesehen, doch jetzt war es so dunkel, dass wir kaum die Hand vor den Augen erkennen konnten. Glücklicherweise hatte Dominick eine Taschenlampe dabei, und Lester trug sogar einen Handscheinwerfer. Um nicht über Wurzeln oder Steine zu stolpern, liefen Fred und ich den schmalen Lichtstrahlen mit ganz kleinen Schritten hinterher.

In der Luft lag ein Geruch von nassem Wald und fischigem Ozean. Ich hörte das Klimpern von Glasflaschen, die in irgendeiner Tasche aneinanderschlugen.

Fred nahm einen Zug von seinem Asthmaspray.

Als wir den Wald hinter uns gelassen hatten, tauchte der riesige, rechteckige Steinbruchsee vor uns auf. Mr. Patterson hatte mir einmal erzählt, dass Arbeiter vor über hundert Jahren Granit aus diesem Steinbruch abgetragen hatten, um eine Brücke zwischen Boston und Cambridge zu bauen. Danach hatte sich der Steinbruch mit Regenwasser gefüllt und war zu einem Badesee geworden.

Der sichelförmige Mond am Himmel warf kaum Licht auf die Wasseroberfläche, und Lesters Scheinwerfer erhellte bloß einen schmalen Streifen entlang des felsigen Ufers.

Lester stellte seinen Scheinwerfer auf einen großen Felsüberhang, sodass er in Richtung See leuchtete. »Juchuuu!«, schrie er, bevor er durch die Dunkelheit rannte und sich wie ein Zementsack vom Überhang fallen ließ.

»Es ist Juli!«, brüllte er. »Warum ist das Wasser immer noch so verdammt kalt?«

»Aus dem Weg!«, hörte ich nun Dominick rufen, bevor er im Licht des Scheinwerfers auftauchte. Er drehte sich kurz um, dann verschwand er mit einem Kopfsprung im Steinbruch.

»Der spinnt doch total«, sagte Fred trocken, und ich musste lachen.

Als Nächster sprang Simon so elegant ins Wasser wie ein Olympia-Schwimmer. Kurz darauf fingen alle drei Jungen an, sich gegenseitig nass zu spritzen und aufeinander loszugehen. Sie drückten einander unter die finstere Wasseroberfläche, und ich fragte mich, ob sie gar keine Angst hatten.

Schließlich erschien Bridget im Scheinwerferlicht. Sie bedeckte ihre Brust, hielt sich die Nase zu und sprang kreischend in den Steinbruch. Dann tauchte sie prustend wieder auf, strich sich die Haare aus dem Gesicht und rieb sich die Augen. Vermutlich hatten sich ihre Schminke und das Haargel gerade innerhalb von Sekunden aufgelöst.

»Es ist zu leise hier!«, brüllte Lester.

Schon gab es einen weiteren Platscher. Und dann sah ich Fionas Kopf durch die Wasseroberfläche brechen. »Ist das kaaaaalt!«

»Hast du schon genug von unserem Ausflug?«, flüsterte ich Fred zu, doch ich bekam keine Antwort. »Fred?«

Pffft. Das Asthmaspray.

Er griff nach meiner Hand.

Gänsehaut breitete sich auf meinem Rücken aus wie ein Umhang. Dann standen wir einfach nur da und schauten den anderen zu.

* * *

Nachdem sich alle abgetrocknet und wieder angezogen hatten, ließen wir uns auf Decken nieder, nur Simon paddelte noch immer im Steinbruch. Lester und Dominick reichten Flaschen mit Bier, Wein und Whiskey herum.

Die Weinflasche rückte immer näher an Fred und mich heran. Fiona nahm einen Schluck und lehnte sich anschließend nach vorne, um den Wein an Fred und mir vorbeizureichen. Doch Fred griff nach der Flasche.

Für einen kurzen Moment schaute Fiona ihn irritiert an – dann ließ sie los, und Fred nahm die Flasche an sich. Er legte die Lippen an und ließ die knallrosa Flüssigkeit seine Kehle hinabrinnen.

»Langsam, Freddy«, mahnte Bridget.

»Du bist noch zu jung«, stimmte Fiona ihr zu.

Fred sah Fiona an. »Du auch.« Dann reichte er den Wein an mich weiter.

Ich warf ihm einen Blick zu. Was sollte ich damit?

Er zuckte mit den Achseln.

Plötzlich musste ich an einen Tag in der fünften Klasse denken, an dem Officer Parrelli in die Schule gekommen war, um uns über mögliche Gefahren des Erwachsenwerdens aufzuklären. Ich erinnerte mich an die Rollenspiele, bei denen wir üben sollten, Alkohol abzulehnen, wenn uns welcher angeboten wurde. Doch damals war mein Übungspartner natürlich immer ein anderer Fünftklässler gewesen, der nur so getan hatte, als wollte er mich zum Trinken drängen. Niemals war ich von einer ganzen Gruppe Leute umgeben gewesen, die ich eigentlich mochte. Und niemals hatte mir jemand rosafarbenen Wein vor die Nase gehalten, der fruchtig roch.

Zögernd setzte ich die Flasche an die Lippen und probierte einen Schluck. Der Geschmack erinnerte mich an Smarties.

Während der Wein die Runde machte, kam Simon aus dem Wasser zurück. Er trocknete sich ab, zog sich an und setzte sich neben Fiona. »Echt unheimlich da drin«, sagte er.

Fiona schlang ein Handtuch um ihre Schultern. »Aber wenigstens gibt es hier keine Haie. Was wollte Sookie überhaupt mit dem toten Hai?«

»Die Kiefer und Zähne verkaufen?«, vermutete Fred.

»Nein, die Kiefer hätte er selbst behalten«, widersprach Lester.

»Oder er wollte eine Biologin rufen, um den Hai zu sezieren«, warf ich ein.

Fiona nickte. Ich wusste, dass auch sie an meine Mom dachte.

»Aber wonach würde eine Biologin dann eigentlich suchen?«, überlegte Bridget.

»Das frage ich mich auch«, antwortete ich nachdenklich.

* * *

Etwa eine Stunde später lag Freds Kopf auf meinem Schoß. Wir schauten hinauf in die Sterne, obwohl mir davon ein bisschen schwindelig wurde. Freds Atem roch nach Alkohol – oder vielleicht war es auch mein eigener? Fred kicherte immer noch über eine Geschichte, die er vor fünf Minuten erzählt hatte. Sie handelte davon, wie ich einmal zu Fuß den halben Weg nach Gloucester zurückgelegt hatte, ohne zu merken, dass sich der Saum meines Rocks im Bund meiner Unterhose verfangen hatte.

»Wann hast du eigentlich das letzte Mal einen Rock getragen?«, fragte er mich.

»Vor zwei Jahren.«

»Vermisst du es?«

»Überhaupt nicht.«

Plötzlich rappelte er sich umständlich auf, legte seine Hände um meinen Kopf und küsste mich.

Der Kuss fühlte sich nicht unangenehm an, doch ich war so überrascht, dass ich mich nicht das kleinste Bisschen bewegte. Freds Lippen waren warm, und mein ganzer Körper kribbelte wie elektrisiert. Ich erwiderte seinen Kuss, bis mir erneut schwindelig wurde.

Unsere Lippen trennten sich, und auf einmal wurde mir übel. Ich sprang auf, doch es fiel mir schwer, mein Gleichgewicht zu finden. Mein Fuß landete auf Fionas Hand, aber Fiona war so sehr in ihr Gespräch mit Simon vertieft, dass sie nicht einmal zusammenzuckte.

Fred sprang nun ebenfalls auf. »Alles in Ordnung?« Sein Blick flackerte unruhig hin und her. »War das okay?«

»Ja, war es. Irgendwie komisch, aber okay.« Ich lächelte.

»Komisch?«

»Ja. Aber ich mag komische Dinge.«

Er lächelte so breit, dass ich alle seine Zähne sehen konnte.

»Ich geh noch ein letztes Mal rein«, verkündete Lester, zog sein T-Shirt aus und sprang über den Felsvorsprung ins Wasser.

»Los, wir gehen auch Schwimmen!«, sagte Fred.

Ich schüttelte den Kopf. »Ich hab heute schon genug komische Sachen gemacht. Mein Bedarf ist gestillt.«

»Ach, denk doch mal an die Sterne!« Er zeigte in den Himmel, der sich über dem tiefschwarzen Abgrund erstreckte.

Unschlüssig schaute ich aufs Wasser.

»Ich geh jedenfalls rein«, sagte er schließlich und zog sein Sweatshirt aus. »Komm nach, wenn du magst.« Er lächelte noch einmal, dann sprang er in Shorts den Fels hinunter. Ich behielt die Stelle im Blick, wo er eingetaucht war, bis sein Kopf wieder durch die Wasseroberfläche brach.

Kurz nach ihm sprang auch Fiona ins Wasser, gefolgt von Simon, Bridget und Dominick. Ich sah ihnen eine Weile beim Baden zu und zog irgendwann meinen Pullover aus, doch zu mehr konnte ich mich noch immer nicht entschließen. Es fühlte sich so falsch an, mit den älteren Jugendlichen zusammen zu sein. Zwischen Fiona und mir lagen zwar nur vier Jahre, doch der Altersunterschied erschien mir trotzdem wie eine riesige Kluft. Es war, als ständen Fred und ich auf der einen Seite einer Schlucht und der Rest der Gruppe auf der anderen.

Ich hörte Fred rufen. Hatte ich ihn gerade wirklich geküsst?

Schließlich fasste ich mir ein Herz und sprang tatsächlich ins Wasser. Als ich eintauchte, sprudelten unzählige Bläschen um mich herum, und mein T-Shirt bauschte sich vor meiner Brust auf. Ich strich mir die Haare aus dem Gesicht und begann, mit den Beinen zu treten.

Bei Tageslicht war das Wasser des Steinbruchs so klar, dass man mehrere Meter tief sehen konnte. Dadurch bildete man sich leicht ein, der Grund des Sees ließe sich locker erreichen. In Wirklichkeit war er jedoch so tief, dass selbst geübte Schwimmer vorsichtig sein mussten. Nachts zeigte das Gewässer sein anderes, unheimliches Gesicht. Da die Lichtstrahlen von Lesters Scheinwerfer nicht durch die Wasseroberfläche drangen, wirkte der See wie ein klaffender schwarzer Abgrund. Ich schaute mich um und konnte in der Entfernung Lesters Kopf auf und ab hüpfen sehen.

Bridget und Fiona spritzten sich gegenseitig nass, bevor sie dazu übergingen, Simon zu attackieren.

Ich schaute nach oben in den Nachthimmel und schob meine Gedanken an den bodenlosen See beiseite. Millionen von Sternen leuchteten um die Mondsichel herum – ich erkannte die bläuliche Wega, das Sternbild Kassiopeia und den Großen Bären.

»Fred!«, rief ich, als ich plötzlich etwas entdeckte. »Sieh mal, Meteoriten!«

Vor dem schwarzen Himmelsvorhang sausten winzige weiße Lichter vorbei. Das Wasser umspielte meine Ohren, und ich hörte nichts außer dem pulsierenden Blut in meinem Kopf. Mein Blick war wie gebannt von den kleinen Lichtblitzen über mir.

»Fred?«, rief ich noch einmal.

Doch ich bekam keine Antwort.

14.

Die Goldene Stunde

Wird ein Kind auf dem Grund des Steinbruchs vermisst, zählt jede Minute. Dad hatte mir das schon viele Male erklärt. Ein Rettungstaucher wird an einer Leine ins Wasser gelassen, die so lang ist wie ein Haus. Der Leinenführer hält das Seil an der Oberfläche fest, während der Taucher in das dunkle, kalte Wasser hinabsteigt. In einer Wolke aus aufgewirbeltem Sand und Sedimenten erreicht er den Boden. Um ihn herum ist es stockdüster, deshalb muss er sich auf seinen Tastsinn verlassen. Der Rettungstaucher zieht nun genau ein Mal an der Leine, um dem Leinenführer zu signalisieren, dass er den Grund erreicht hat.

Während der Leinenführer das Seil festhält, beginnt der Taucher, eine sogenannte Bogensuche durchzuführen. Er sucht seine Umgebung kreisförmig ab und tastet dabei nach dem Kind. Der Radius des ersten Kreises beträgt etwa einen Meter. Findet der Rettungstaucher das Kind nicht, nimmt er einen weiteren Meter hinzu und setzt die Suche fort. Auf diese Weise tastet er in immer größer werdenden Kreisen den Grund des Steinbruchs ab.

Gibt es nach zwanzig Minuten noch immer keine Spur des Kindes, kehrt der Taucher an die Oberfläche zurück, denn der Wasserdruck und die Kälte in der Tiefe sind zu gefährlich. Jetzt übernimmt der Reservetaucher die Suche, während der erste Taucher sich ausruht.

Die Retter hoffen, das Kind in weniger als sechzig Minuten zu finden. Diese Zeitspanne ist so bedeutend, dass sie die *Goldene Stunde* genannt wird. Innerhalb dieser Stunde verlangsamt sich der Herzschlag des Kindes, und sein Blut fließt nicht mehr in die Hände, Füße, Arme und Beine. Dadurch sorgt der Körper dafür, dass zumindest noch das Herz und das Gehirn weiter mit Sauerstoff versorgt werden. Kinder sind sehr widerstandsfähig, wenn es darum geht, im kalten Wasser zu überleben.

Während der Suche warten der Leinenführer, die Familie des Kindes, die Polizei und die Rettungssanitäter auf ein viermaliges Ziehen an der Leine. Denn vier Züge bedeuten, dass das Kind gefunden wurde. Sechs Züge hingegen signalisieren einen Notfall. All die Menschen an Land sind darauf vorbereitet, das Kind aus dem Wasser zu ziehen, es in Decken zu wickeln, es zu beatmen und eine Herzmassage durchzuführen. Dabei wird es in Windeseile zum Krankenwagen gebracht. Die Retter werden nicht aufhören zu kämpfen, bis das Kind entweder wieder bei Bewusstsein ist oder im Krankenhaus für tot erklärt wird.

Bei Fred geschah dies um 23:52 Uhr.

15.

In unseren besten Kleidern

Dad und ich saßen im vorderen Teil der bis auf den letzten Platz belegten Kirche. Links neben mir an der Wand hing das Bild einer Kreuzwegstation, zu meiner Rechten saß Mr. Patterson.

Wie die meisten Kirchen entlang der Nordostküste verfügte auch diese nicht über eine Klimaanlage, weshalb wir in der Juli-Hitze in unseren besten Kleidern unglaublich schwitzten. Einige Leute fächerten sich mit ihren Kirchenheften Luft zu. In Altarnähe waren zwei riesige Ventilatoren aufgestellt worden, deren Luftzug so stark war, dass ich mich fühlte wie auf einer Flugzeugstartbahn. Es kam mir vor, als wären meine Ohren noch immer voll Wasser, denn ich konnte kaum etwas hören.

Als meine Mom noch gelebt hatte, war ich öfter mit ihr in die Kirche gegangen. Sie hatte mir einmal erzählt, sie glaube nicht, dass eine bestimmte Religion die richtige sei. Aber sie war offen für die Idee, es könne eine höhere Macht geben. Manchmal, so sagte sie, spüre sie diese höhere Macht in der Kirche, manchmal auf dem Ozean. Mom und ich besuchten die Messe zwar nicht jeden Sonntag, aber zumindest häufiger als nur zu Ostern und Weihnachten. Hin und wieder hatte Dad uns begleitet, doch nachdem Mom gestorben war, ließen wir sogar manche Feiertage ausfallen. Immer, wenn ich in der Kirche saß, dachte ich vor allem daran, wie Mom und ich zusammen hierhergekommen waren. Dad erinnerte sich vermutlich eher an ihre Beerdigung.

Das rechte Bein meines Dads ragte in den Gang hinein, der Gips um seinen Fuß war hart wie Zement. Unter der Bank tippte ich eine seiner metallenen Krücken mit der Spitze meiner blauen Stoffschuhe an. Dad war einer der Rettungstaucher gewesen, die zum Steinbruch gerufen worden waren, um Fred zu suchen. In den dunklen Untiefen des Sees war sein Fuß von einem Ast zerquetscht worden. Sechs Züge als Signal an den Leinenführer.

Ich schaute Mr. Patterson an, der sich mit einem Taschentuch über die Augen wischte. Dad hielt seine Brille fest.

Zwar erinnerte ich mich nicht mehr an viele Einzelheiten von Moms Beerdigung, doch ich wusste noch, wie traurig Mr. Patterson auch damals gewesen war. Er hatte mit Dad und mir ganz vorne gesessen. Das Haus auf der gegenüberliegenden Seite unserer Straße hatte ihm schon gehört, als meine Mom noch ein Baby gewesen war.

»Die Pattersons haben nie eigene Kinder gehabt«, hatte Dad mir nach Moms Beerdigung erklärt. »Deshalb war deine Mom wie eine Tochter für sie.«

»Ist alles okay, Lucy?« Mr. Pattersons Stimme riss mich aus meinen Erinnerungen. Er legte sein Taschentuch in den Schoß.

Ich nickte zaghaft und blickte mich um. Auf der anderen Seite der Kirche saß Maggie Kelly. Fiona und Bridget stützten ihre Mutter, die zerbrechlich wie ein kleines Kind wirkte. Neben ihnen erspähte ich Freds Dad. Ich hatte ihn schon seit mehreren Wochen nicht mehr gesehen.

Meine Augen füllten sich mit Tränen, und ich zog ein Papiertaschentuch aus der Tasche meines marineblauen Kleids. Maggie anzuschauen, war kaum zu ertragen. Als Mom gestorben war, hatte sich Freds Mutter sofort um mich gekümmert. Sie hatte mir Essen gekocht, mich von der Schule abgeholt und sichergestellt, dass ich meine Hausaufgaben machte. Ich schnäuzte mir die Nase.

Am Ende des langen Gangs, der die Kirche in zwei Hälften teilte, stand Freds Sarg unter einem großen weißen Tuch. Während der Totenwache war der Sarg geschlossen gewesen, und ich ertappte mich immer wieder bei dem Gedanken, dass Fred womöglich gar nicht dort drin lag. Dass er es irgendwie geschafft hatte, aus dem Steinbruch zu entkommen, und bloß als vermisst galt.

Plötzlich wurde mir heiß und übel. Ich versuchte zu schlucken, aber es klappte nicht. Ich tippte gegen Dads Arm.

»Geh schnell nach draußen an die frische Luft. Ich komme gleich nach«, sagte er. Er drückte seinen Rücken flach gegen die Eichenholzbank, damit ich an ihm vorbeiklettern konnte.

Ich stolperte hastig den Gang hinunter, um zu den Türen zu gelangen. Seit dem Unfall hatte ich Probleme zu schlucken, und je mehr ich darüber nachdachte, desto schlimmer wurde es. Ich konzentrierte mich auf das Licht, das durch die geöffneten Türflügel fiel, und versuchte, nicht in die Gesichter um mich herum zu schauen. Hinter mir konnte ich bereits das Klacken von Dads Krücken hören.

»Wie geht es dir?«, fragte er atemlos, als er mich im Vorraum der Kirche eingeholt hatte. Schweiß rann von seinen Koteletten über seine Wangen.

»Ganz okay«, antwortete ich. »Können wir einfach hierbleiben?«

Er nickte, und einer der Pförtner brachte ihm einen Stuhl.

»Ich konnte schon wieder nicht schlucken«, sagte ich.

»Das hab ich gemerkt.«

»Wann hört das bloß auf?«

»Bestimmt ganz bald.«

Im Krankenwagen, am Steinbruch, hatte die Rettungssanitäterin mir erklärt, dass mein Erstickungsgefühl wahrscheinlich eine Reaktion auf den Unfall war. Und dass ich noch eine ganze Weile lang Panik verspüren könnte, obwohl ich nicht in Gefahr war. Als ich kurz darauf mit Fiona allein im Krankenwagen saß, stellte ich mir vor, um meine Hand sei eine Schnur gewickelt, die sich fortbewegte wie ein lebendiges Wesen. In meiner Fantasie lief sie zur Tür des Krankenwagens hinaus, spann sich über den Trampelpfad fort und rollte vorbei an den Füßen der Menschen, die den Rettern zuschauten. Schließlich erreichte sie den Felsen, durchstieß die Wasseroberfläche und sank hinunter zu Fred, als würde sie magnetisch angezogen. Und dann, als die Schnur ihn endlich gefunden hatte, wickelte sie sich um sein Handgelenk, und ich war für den Rest meines Lebens mit ihm verbunden.

Nun stand ich neben meinem Dad am Ausgang der Kirche. Er drückte meine Hand, während der Diakon die Kanzel emporstieg, um eine Predigt zu halten. Ich musste daran denken, wie ich mit Fred Hand in Hand am Rand des Steinbruchs gestanden hatte.

Als ich mich ein wenig beruhigt hatte, schaute ich mich um. Auf den Bänken saßen mehr Kinder, als ich jemals in der Kirche gesehen hatte. Ein halbes Dutzend Mitglieder des Schachclubs hatten sich versammelt. Fred hatte sie alle gemocht, obwohl er sie mühelos hatte besiegen können. Allerdings entdeckte ich auch unzählige Kinder, die sich früher nicht einmal die Mühe gemacht hatten, Fred zu grüßen. Einige von ihnen weinten.

Schließlich erspähte ich Sookie, der neben seinem Vater Paulie saß, und Officer Parrelli. Der Polizist trug keine Uniform, doch seine Kleidung war perfekt gebügelt.

Dads Tauchteam nahm zwei ganze Bankreihen ein. Das Telefon zu Hause hatte seit dem Unfall etliche Male geklingelt, und immer war es einer seiner Kollegen gewesen.

Nun begannen die Leute, sich von den Bänken zu erheben und zum Gang zu strömen.

»Ich muss raus«, sagte ich schnell, denn ich wollte mit niemandem reden.

»Ich warte noch auf Mr. Patterson, dann komme ich nach«, erwiderte Dad.

Nachdem ich in das grelle Sonnenlicht hinausgetreten war, machte ich mich sogleich auf die Suche nach einem Versteck. Ich entschied mich für einen niedrig gewachsenen Busch neben dem Ausgang und duckte mich dahinter.

Die ersten Trauernden verließen die Kirche. Mrs. Lynch vom Buchladen kam allein die Treppe herunter. Sie wirkte erschöpft. Fred war einer ihrer Stammkunden gewesen. Kurz darauf trat unsere Biologielehrerin Ms. Solomon durch die Tür. Sie schluchzte auf, so als hätte sie ihr Weinen unterdrückt, bis sie an der frischen Luft war. Ihr Mann legte ihr eine Hand auf den Rücken, während sie gemeinsam die Treppen hinabstiegen. Dann flüsterte er ihr etwas zu, drückte ihren Arm und steuerte schnellen Schrittes auf die Straße zu. Ms. Solomon zog ein Papiertaschentuch hervor und schnäuzte sich geräuschvoll die Nase.

Plötzlich schlug sie meine Richtung ein. Sofort begann mein Herz schneller zu schlagen. Hatte sie mich gesehen? Ich wollte doch einfach nur allein sein.

Unsere Blicke trafen sich. Sie atmete tief ein und blieb vor mir stehen.

Ich richtete mich auf. Wir waren ungefähr gleich groß und hatten beide viele Sommersprossen. Ms. Solomons Haare waren kurz und dunkel, und sie trug bequeme, weite Kleidung. Sie machte einen Schritt auf mich zu und umarmte mich.

Ich glaube, Ms. Solomon hielt mich für eine schwierige Schülerin. Einmal beispielsweise, als wir die chemische Formel für die Fotosynthese wiederholen sollten, hatte ich hinter ihrem Rücken die Augen verdreht. Natürlich hatte sie sich genau in diesem Moment zu mir umgewandt.

»Ich hab nur versucht, meine Kontaktlinsen zu reinigen, das schwöre ich!«, hatte ich versucht mich rauszureden. Dabei hatte ich noch nie Kontaktlinsen getragen.

Und nun umarmten wir uns – in der Hitze vor diesem Busch.

»Ist alles okay mit dir?«, fragte sie.

»Na ja, geht so.«

Ihre Ohrhänger mit Federschmuck kitzelten meinen Hals.

Wir lösten uns aus der Umarmung, und sie wischte sich mit dem Handrücken unter den Augen entlang.

Es war Fred gewesen, der Ms. Solomon in der letzten Schulwoche vor den Ferien vorgeschlagen hatte, einen Naturführer zu erarbeiten. Sie war es nicht gewohnt, dass Schüler sich über die Sommerferien selbst Hausaufgaben erteilten, deshalb war sie überrascht gewesen. Doch sie hatte den Vorschlag angenommen und gesagt, ich könne Fred helfen. Das hatte ich sowieso vorgehabt, denn ich wollte meine Zeit mit Fred verbringen.

Ich blickte mich um und sah ein Auto, das mit laufendem Motor vor der Kirche wartete.

»Bist du so weit?«, rief Ms. Solomons Mann durch das geöffnete Wagenfenster.

Ms. Solomon ergriff meine Hand. »Ruf mich gerne zu Hause an, wenn du etwas brauchst, ja?«

Ich konnte mir beim besten Willen nicht vorstellen, meine Lehrerin anzurufen. Fred und mein Dad waren die einzigen Menschen, mit denen ich jemals telefonierte.

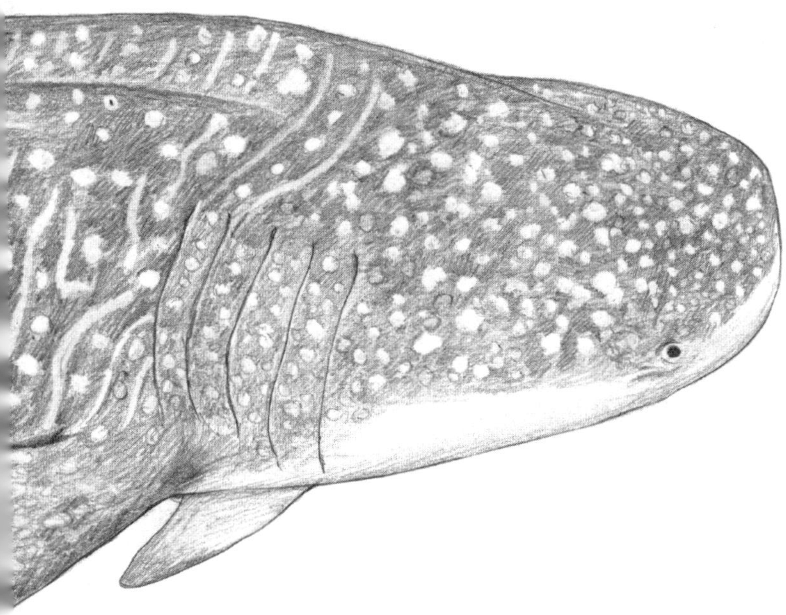

16.

Aus dem Fenster

Nach der Beerdigung ging ich ein paar Tage lang nicht nach draußen. Ich blieb die meiste Zeit in meinem Zimmer und schaute mir abends die Red Sox im Fernsehen an. Vom Fenster aus behielt ich das Haus der Kellys im Blick. Manchmal verschwanden Besucher darin und kamen kurze Zeit später wieder heraus.

Wegen seines gebrochenen Fußes verbrachte Dad die Tage überwiegend auf dem Sofa. Eines Morgens allerdings lief ich die Treppe hinunter und stellte fest, dass er es immerhin bis in die Küche geschafft hatte. Er saß am Tisch und hatte seinen Fuß auf einen Stuhl gelegt.

Im Großen und Ganzen folgten unsere Tagesabläufe dem gleichen Rhythmus: Wir durchforsteten den Kühlschrank nach etwas Essbarem, legten uns wieder hin, schauten uns abends die Sox an und wurden nachts von Schlaflosigkeit gequält. Es stand noch nicht fest, wann Dad wieder zur Arbeit gehen konnte, außerdem durfte er mindestens fünf Wochen lang nicht Auto fahren.

Ich reichte Dad den Sportteil der Zeitung, die auf dem Küchentisch lag, und schlug die Lokalnachrichten auf.

Seit dem Tag nach dem Unfall versuchte ich zu rekonstruieren, was genau im Steinbruch passiert war. Dad schwieg beharrlich, also musste ich die Einzelheiten selbst herausfinden.

Nachdem Fred nicht wieder aufgetaucht war, hatte Bridget mir aus dem Wasser geholfen. Während der Suche der Polizeitaucher hatte ich mich zuerst mit Fiona unter einer Decke gewärmt, später wurde ich in einen Krankenwagen gebracht. Es war mir vorgekommen, als wollten mich die Erwachsenen vom Ort des Geschehens fernhalten.

Nun las ich jeden Tag die *Gloucester Daily Times* und den *Boston Globe*. Beide Zeitungen beschäftigten sich noch immer mit dem Unfall. Die Artikel, die ich im *Globe* finden konnte, waren aber meist sehr kurz. Die *Gloucester Times* hingegen berichtete ausführlicher. In dieser Zeitung hatte ich auch gelesen, dass eine Gruppe Teenager nach Anbruch der Dunkelheit im Steinbruch schwimmen gegangen war und dass dabei ein dreizehnjähriger Junge verschwunden war.

Insgesamt wurde die Rettungsaktion so ähnlich geschildert, wie ich sie in Erinnerung hatte, nur dass jeder Artikel ein weiteres Detail hinzufügte. Doch je genauer das Bild der Abläufe für mich wurde, desto mehr bekam ich den Eindruck, die Zeitungen würden ein völlig anderes Ereignis beschreiben als das, was ich erlebt hatte. Ich erfuhr, dass das Tauchteam Fred aus einem Gewirr von Ästen befreit hatte und dass *ein Freund der Familie, der Tom Everhart hieß*, Fred unter Wasser gefunden hatte.

»*Du* hast Fred gefunden?«, hatte ich meinen Dad sofort gefragt, der stumm auf dem Sofa gesessen und seine Getreideflocken gegessen hatte.

»Ja.«

»Warum hast du mir das nicht gesagt?«

Er hatte mit den Achseln gezuckt. »Ich wollte nicht, dass du dich aufregst.«

Es war typisch für Dad, dass er manchmal einfach nicht über die Dinge redete, die für mich am wichtigsten waren.

Schon in den letzten Tagen hatten die Zeitungen damit begonnen, verschiedenste Schuldzuweisungen abzudrucken. Heute, am Mittwoch, erklärte ein Staatsanwalt in einem Interview, dass möglicherweise Alkohol einer der Gründe gewesen sei, die zu Freds Ertrinken geführt hatten.

Mir wurde ganz flau im Magen. Da ließ Dad auf der anderen Seite des Tischs plötzlich seine Zeitungsseite fallen und machte ein Gesicht, als könnte er nicht glauben, was er gerade gelesen hatte.

»Was ist?«

»Nichts«, antwortet er ausweichend.

Wir griffen im selben Augenblick nach der Seite. Das Papier spannte sich zwischen uns, und wir starrten einander an wie zwei sture Hunde, die sich weigerten, eine dreckige Socke loszulassen. Ich richtete meinen Blick auf eine der Schlagzeilen.

»*Abwesende Eltern, tragische Konsequenzen*«, las ich laut vor. »Was soll das denn heißen?« Ich schaute Dad an.

»Lass es gut sein«, versuchte Dad mich aufzuhalten. »Der Mann weiß nicht, wovon er redet.«

Doch jetzt wollte ich erst recht wissen, worum es in dem Zeitungsbericht ging. Grimmig zog ich ein letztes Mal an dem Papier und befreite es aus Dads Griff. Er stieß einen resignierten Seufzer aus und verschränkte die Hände hinter seinem Kopf.

Ich stellte fest, dass es sich bei dem Text um einen Leserbrief handelte, der von einem der Pförtner in unserer Kirche stammte.

Letzte Woche ist ein Junge in einem Steinbruch in Rockport ertrunken. Das Kind war gerade einmal dreizehn Jahre alt. Statistisch betrachtet ist das Risiko, bei Badeunfällen ums Leben zu kommen, für Jugendliche am höchsten. Einer der Gründe mag das fehlende Realitätsbewusstsein von Teenagern sein, die mit der Überzeugung durch die Welt gehen, ihnen könne nichts Schlimmes passieren. Doch gerade diese Selbstüberschätzung sollte ein Grund mehr für die Eltern sein, ein wachsames Auge auf ihre Kinder zu werfen. Wer aber wachte in jener Nacht über Fred Kelly?

»Warum schreibt er so was?« Meine Stimme zitterte. »Er kennt Maggie doch!«

Dad legte seine Hand auf meine und schaute mir in die Augen. »Er spinnt.«

»Aber ich verstehe das nicht!«

Ich merkte, dass Dad Schwierigkeiten hatte, die richtigen Worte zu finden. »Manche Leute versuchen, Dingen einen Sinn zu geben, indem sie jemandem die Schuld dafür zuschieben.«

In meinem Kopf hörte ich Maggies Stimme, wie sie Fred daran erinnerte, sein Asthmaspray einzustecken. Es war so ungerecht. Ich vergrub mein Gesicht in den Händen.

Auf einmal klopfte es an der Hintertür, und das Fliegengitter quietschte. Anscheinend hatte sich unser Besucher selbst hereingelassen.

»Da seid ihr ja«, stellte Mr. Patterson fest, als er durch den Abstellraum in die Küche kam. »Wie geht es euch beiden?«

»Ganz gut«, antwortete ich, doch dann korrigierte ich mich. »Nein, eigentlich fürchterlich.«

In der Nacht des Unfalls hatte Mr. Patterson mit mir im Krankenhaus gewartet, während Dads Fuß geröntgt wurde. Ich wollte ihm gern dafür danken, doch ich wusste nicht, wie.

Der alte Mann setzte sich zu uns an den Tisch, und Dad bot ihm eine Tasse Kaffee an.

»Warum gehst du nicht mal rüber und schaust nach Maggie und den Mädchen?«, fragte mich Mr. P. »Ich dachte, ihr könntet füreinander da sein. Und wenn ich etwas für dich tun kann, Liebes … Du weißt immer, wo du mich findest.«

»Danke«, sagte ich. Mr. Patterson hatte recht, doch was sollte ich zu Maggie, Fiona und Bridget sagen? Ich hoffte inständig, dass sie die heutige Zeitung nicht gelesen hatten.

* * *

Als ich am Abend auf meinem Bett saß, hörte ich etwas durch das geöffnete Fenster. Jungenstimmen näherten sich und entfernten sich dann wieder. Ich stand auf, ging zum Fenster und beobachtete zwei Kinder, die auf ihren Fahrrädern am Pavillon vorbeistrampelten. Ich fragte mich, wo sie hinwollten und was sie vorhatten. Anschließend starrte ich zu Freds Haus hinüber und wünschte mir, er würde sein Fenster öffnen.

Und plötzlich ging das Licht an!

Für eine Sekunde glaubte ich, er wäre zu Hause. Die Rollläden waren hochgezogen, die Vorhänge weit geöffnet. Ich konnte das Led-Zeppelin-Poster über seinem Bett hängen sehen und das eingerahmte Foto von Richard Feynman an der Wand.

In meinem Kopf hörte ich Freds Stimme: »Er hat den

Nobelpreis gewonnen, *und* er konnte Bongos spielen«, hatte er mir erklärt.

»Na und? Er hat verflixt noch mal geholfen, die Atombombe zu bauen!«, hatte ich gekontert.

Da tauchte Maggie in meinem Blickfeld auf und holte mich in die Gegenwart zurück. Sie stand im hell erleuchteten Zimmer und sah sich um. Dann setzte sie sich auf Freds ungemachtes Bett, griff nach einem Sweatshirt und vergrub ihr Gesicht darin. Ob sie wohl weinte?

Aber als sie den Pulli in ihren Schoß sinken ließ, erkannte ich, dass sie blass aussah. Maggie, Fred und ich hatten die gleiche helle, irische Haut: Sie färbte sich rot, wenn wir weinten. Maggie hob das Sweatshirt erneut an ihr Gesicht, als wollte sie daran riechen. Plötzlich bemerkte sie mich. Sie hatte mich beim Beobachten ertappt.

Sofort begann mein Herz in dreifacher Geschwindigkeit zu schlagen. Unwillkürlich hob ich meine Hand und winkte ihr zögerlich zu.

Maggie stand auf und öffnete das Fenster. »Hi!«, grüßte sie mich über die Smith Street hinweg.

»Hi!«

Wir schauten uns eine Weile einfach nur an.

»Möchtest du rüberkommen?«

»Ja.«

Ich lief die Treppe hinunter und rief meinem Dad zu: »Ich gehe zu Fred!«

Wie seltsam diese Worte klangen, fiel mir erst hinterher auf.

* * *

Maggie empfing mich an der Haustür. Sie trug ein T-Shirt der Rockport Highschool, das aussah, als hätte es einmal Freds Dad gehört. Ihre Shorts enthüllten den Großteil ihrer muskulösen Beine. Ihre Hüfte wirkte zu schmal für den kräftigen Oberkörper.

Sie schlang einen Arm um mich und drückte meinen Kopf in ihre Haare. Ihr Atem roch nach Alkohol. Als sie sich von mir löste, um mir einen Kuss auf die Wange zu geben, begann ich zu weinen.

»Geht es dir halbwegs gut?«, fragte sie.

»Nicht wirklich.«

»Mir auch nicht. Lass uns nach oben gehen. Ich hol nur noch ein paar Papiertaschentücher und komme gleich nach.«

Während ich die Treppe nach oben lief, überlegte ich, ob Bridget und Fiona auch zu Hause waren. In Freds Zimmer brannte immer noch Licht. Es war schwer zu sagen, ob jemand etwas angefasst hatte. Fred hatte einen penibeln Ordnungssinn besessen: Alle Bücher standen in den Regalen, und auf seinem Schreibtisch waren bloß ein Löschblatt und ein Red-Sox-Becher mit Bleistiften zu sehen. Die Postkarte mit Miles Davis und der Bug-Eye-

Sonnenbrille hing an der Pinnwand. Freds CD-Sammlung war fein säuberlich in einem Musikkoffer verstaut, nur ein kleines Kästchen mit einer Handvoll Alben stand auf der Stereoanlage. Der Deckel der CD-Box war ein altes Nummernschild aus Massachusetts. Fred bewahrte darin die Musik auf, die er am liebsten hörte.

Mit Ausnahme des Sweatshirts, das Maggie über das Fußende des Betts gehängt hatte, befand sich Freds getragene Kleidung im Wäschekorb. Das Zimmer sah so aufgeräumt aus, dass es beinahe unbenutzt wirkte. Lediglich Freds halb offener Rucksack neben dem Schreibtischstuhl und seine zusammengeknüllte Bettdecke gaben mir das Gefühl, er sei noch am Leben. Fred hatte nie viel Wert darauf gelegt, sein Bett zu machen.

Mein Blick wanderte hinüber zum Nachttisch und fiel auf ein Glas mit Eis und einer braunen Flüssigkeit darin. An den Seiten des Glases floss Kondenswasser hinab. Daneben lagen Freds Asthmaspray und die Bug-Eye-Sonnenbrille.

Zum ersten Mal traute ich mich, etwas zu tun, was ich mir schon oft in Gedanken vorgestellt hatte: Ich griff nach dem Spray und nahm einen Zug. Sofort spürte ich einen heftigen Ruck, dann begann mein Herz zu rasen. Als ich das Spray gerade wieder zurückgelegt hatte, erschien Maggie in der Tür.

Sie reichte mir ein Taschentuch, und ich schnäuzte mir die Nase. Anschließend setzte ich mich vorsichtig aufs

Bett, um Freds unordentliche Decke nicht durcheinanderzubringen. Maggie ließ sich auf den Schreibtischstuhl fallen, reichte mir das Sweatshirt und griff nach ihrem Getränk.

»Riech mal«, forderte sie mich auf und deutete auf den Pulli.

Ich hob das Sweatshirt an mein Gesicht. Es roch nach nichts. Vielleicht nach Baumwolle. Ich schüttelte den Kopf. »Ich rieche nichts.«

Maggies Nase begann sich rot zu verfärben.

Wieder vergrub ich mein Gesicht in dem Stoff und atmete tief ein. Jetzt konnte ich einen Hauch von Waschmittel oder Deo wahrnehmen. »Fändest du es schön, wenn der Pulli nach Fred riechen würde?«, fragte ich.

Maggie nickte.

»Ich auch.«

Nun schenkte mir Maggie ein müdes Lächeln. Ihr Fußgelenk begann zu wippen, und ihre nackten Zehen tippten auf den Teppich. »Wie geht's deinem Dad?«

»Ganz okay«, antwortete ich. »Er muss ein paar Wochen lang den Gips tragen.«

»Ich wollte eigentlich mal nach ihm sehen«, seufzte sie. »Was hast du in letzter Zeit so gemacht?«

Ich ließ den Pullover sinken. »Nicht viel.«

Maggie schaute in ihr Glas. »Es tut mir so leid, dass ich dir und Fred an dem Abend aufgetragen habe, auf Bridget und Fi aufzupassen. Das war falsch.«

Ich wusste nicht, was ich sagen sollte.

»Ich dachte, ihr würdet nur einen Film anschauen und dann nach Hause kommen.« Sie nahm den letzten Schluck ihres Getränks. »Ich dachte, Dominick wäre derjenige, wegen dem ich mir Sorgen machen müsste.« Ihr Fußgelenk wippte heftiger. »Nicht Lester.«

»Wie meinst du das?« Gab sie etwa Lester die Schuld an Freds Tod? Plötzlich sah Maggie gar nicht mehr aus, als würde sie gleich weinen. Ihre Augen glichen denen eines Wolfs.

»Ich habe mich darauf verlassen, dass sich Lester wie ein Erwachsener benehmen würde«, fuhr sie fort.

Als ich den scharfen Unterton in ihrer Stimme hörte, wünschte ich mir auf einmal, wir wären nicht allein. Jetzt war nicht länger nur Maggies Nase, sondern ihr ganzes Gesicht rot, und sie wirkte so wütend, als würde sie jeden Augenblick vom Stuhl aufspringen.

»Ich weiß nicht, wer den Alkohol mitgebracht hat«, sagte ich. »Und niemand hat uns gezwungen, ihn zu trinken.«

»Man gibt Kindern keinen Alkohol und lässt sie danach ins Wasser gehen. Vor allem nicht, wenn man gerade eine Ausbildung zum Rettungssanitäter macht.«

Hastig stand Maggie auf und lief unruhig auf und ab.

In diesem Moment ertönte ein Klopfen, und Fiona erschien in der Tür.

»Hey«, sagte sie sanft. Sie kam leise ins Zimmer und

setzte sich neben mich aufs Bett. Unsere Schultern berührten sich. Am liebsten hätte ich für immer so dagesessen, doch Maggie fuhr sie an: »Bring das Bettzeug nicht durcheinander!«

Fiona glitt vom Bett und ließ sich auf dem Teppich nieder.

Ich war ihr seit der Beerdigung nicht mehr begegnet. Auf der rechten Seite ihres Kopfs standen ihre Haare ab, als hätte sie gerade geschlafen, und sie sah müde aus. Ganz automatisch begann ich, ihre zerzausten Haare mit meinen Fingern glatt zu streichen.

»Dad sagt, du sollst ihn anrufen«, sagte Fiona zu ihrer Mutter.

»Was will er?«, fragte Maggie schroff.

»Ich weiß nicht.«

»Es ist immer dasselbe mit ihm!« Maggie knallte ihr leeres Glas auf den Schreibtisch und verließ das Zimmer.

»Mach weiter«, bat Fiona, als ich aufhörte, mit ihren Haaren zu spielen. Sie lehnte ihren Kopf gegen mein Knie, und ich fuhr fort, ihre Strähnen zu glätten. Nach einer Weile rutschte ich ebenfalls vom Bett hinunter und setzte mich neben sie.

»Alles okay mit dir?«, fragte ich.

»Na ja, was glaubst du? Wie ist es bei dir?«

Ich schüttelte wortlos den Kopf, und Fionas Blick verriet mir, dass sie mich genau verstand.

»Wo ist Bridget?«

»Bei einem Freund, wahrscheinlich Dominick. Meine Mom hasst ihn jetzt noch mehr als früher.«

»Sie ist sehr wütend«, sagte ich.

Fiona nickte. »Ich bin so müde. Jedes Mal, wenn ich versuche einzuschlafen, sehe ich Freddy und all die Polizisten und Taucher, die Bridget, Mom und mich zur Seite geschoben haben. Und die Reporter.«

Ich horchte auf. »Du hast Fred gesehen?«

»Nur für eine Sekunde. Als ich dich im Krankenwagen zurückgelassen habe, um nach meiner Mom zu schauen. Die Sanitäter haben ihn auf einer Bahre vorbeigetragen. Er war in Decken gewickelt und sah schrecklich blass aus. Noch blasser als sonst. Und sein Gesicht war zerkratzt.«

Plötzlich konnte ich wieder nicht mehr schlucken. Ich wollte aufspringen und ins Badezimmer rennen, doch meine Beine gehorchten mir nicht.

»Ist alles okay?«, fragte Fiona besorgt. »Ich hätte es dir nicht erzählen sollen.«

Ich schnappte nach Luft und nickte. »Mir ist nur übel.«

»Lucy, es tut mir so leid.«

Fiona nahm meine Hand und begann, meine Handfläche an verschiedenen Stellen zu massieren.

»Was machst du?«

»Akupressur. Auf der menschlichen Hand liegen Druckpunkte, die gegen Übelkeit helfen sollen.«

Ich lächelte. »Vielleicht muss ich dann nicht mehr spucken, weil meine Hand so wehtut.«

»Oder zumindest nicht hier im Zimmer«, sagte Fiona und lächelte ebenfalls. »Meine Mom dreht sonst durch.«

»Ich versuch's.«

»Du vermisst Fred bestimmt ganz schrecklich, oder?«

»Ja, das tue ich.«

Fiona massierte eine Zeit lang weiter meine Hand, dann räusperte sie sich. »Darf ich dich was fragen?«

»Klar.«

»Ich hab in der Nacht gesehen, wie Fred dich geküsst hat. Ich dachte, ihr wärt nur Freunde?«

»Sind wir auch.« *Waren wir*, korrigierte ich mich in Gedanken.

»Oder ist da noch mehr gewesen?«

»Du meinst, ob wir zusammen waren?«

»Ja.«

»Nein. Also ... ich weiß nicht.«

Fiona hielt nun meine Hand.

Ich musste an den Naturführer und die Forschungsunterlagen meiner Mom denken. Fred hatte alles mit nach Hause genommen.

»Glaubst du, Maggie wäre sauer, wenn ich ein paar Sachen mitnehmen würde?«, fragte ich. »Aus Freds Zimmer, meine ich?«

Fiona schnaubte. »Was glaubst du? Was für Sachen sind es denn?«

»Ein Naturführer und ein paar Unterlagen meiner Mom. Sie sind in dem Rucksack.«

Fiona stand auf und ging zum Fenster. Dann löste sie die Halterung des Fliegengitters und hob es heraus. »Gib mir den Rucksack. Schnell!«

»Was hast du vor?«

»Meine Mom wird niemandem etwas überlassen, das Fred gehört hat. Selbst dir nicht. Schnapp dir den Rucksack, wenn du wieder rüberläufst. Und jetzt gib ihn mir, *mach schon!*«

Plötzlich fiel mein Blick auf Freds CD-Box. Hastig griff ich danach und stopfte sie in den Rucksack. Dann reichte ich ihn Fiona, und sie warf ihn aus dem Fenster.

In dem Augenblick hörten wir Maggies Schritte.

Fiona hängte das Fliegengitter blitzschnell wieder ein, bevor ihre Mutter in der Tür auftauchte.

»Was hast du am Fenster gemacht?« In Maggies Stimme lag Misstrauen.

»Nur eine Spinne rausgelassen«, antwortete Fiona.

»Beim nächsten Mal töte sie doch einfach.« Maggie nahm ihr leeres Glas in die Hand.

Ich wollte so schnell wie möglich von hier weg. »Danke für die Einladung, Maggie«, sagte ich. »War schön, euch zu sehen.«

»Jederzeit, Schatz. Grüß deinen Dad«, erwiderte Maggie.

Ich nickte und wandte mich Fiona zu. »Danke für alles, Fi.«

»Ich danke dir auch.« An ihrem Gesicht konnte ich erkennen, dass sie traurig war, weil ich ging.

Doch ich war froh, Maggie zu entkommen, und konnte es kaum erwarten, den Rucksack an mich zu reißen.

17.

Freds Rucksack

Als ich zu Hause war, setzte ich mich auf den Fuß der Treppe und zog den Reißverschluss von Freds Rucksack auf. Der Geruch von Zimtkaugummi schlug mir entgegen. Es fühlte sich eigenartig an, Freds Tasche zu durchwühlen, auch wenn er nicht da war, um sich zu beschweren.

Ich nahm den Naturführer mit dem blauen Leineneinband heraus und blätterte durch die Seiten. Alle waren in Freds zierlicher, sauberer Handschrift beschrieben. Seine Schreibkunst war für mich immer ein klarer Hinweis dafür gewesen, dass er eine großartige Zukunft an der Uni vor sich hatte. Er hatte gewusst, wie man lauter kluge Dinge notierte, ohne viel Platz zu verschwenden.

Ich griff erneut in den Rucksack und zog einen gelben Schreibblock hervor, in dem Fred sich Notizen über Weiße Haie gemacht hatte. Das Verhalten, die Fortpflanzung und die Atmung der Tiere schienen ihn besonders interessiert zu haben. An einer Stelle hatte er den Stichpunkt *Ausschau halten* notiert und drei kleine Sterne an den linken Rand gezeichnet.

Darunter stand: *Weiße Haie gehören zu den wenigen Hai-Arten, die regelmäßig ihren Kopf aus dem Wasser strecken, um Beute zu erspähen!*

Es gefiel mir, dass er den Satz mit einem Ausrufezeichen beendet hatte. Es zeigte, dass er auf etwas Außergewöhnliches gestoßen war. Ich konnte seine Begeisterung verstehen, schließlich war dieses Ausschauhalten tatsächlich besonders. Allerdings fand ich es auch ein wenig gruselig, weil es so menschlich und berechnend wirkte. Ich stellte mir einen Hai vor, der seinen Kopf aus dem Wasser hob, um eine Kolonie fetter, schmackhafter Robben zu beobachten, die sich auf den Felsen sonnten. Würde der Hai daraufhin wieder abtauchen, näher an die Robben heranschwimmen und sie schließlich von unten angreifen?

Zwar verstand ich nicht alle biologischen Fachwörter, die Fred benutzt hatte, und ich wusste auch nicht, wie man die Verwandtschaft verschiedener Hai-Arten bestimmte. Doch seine Aufzeichnungen über das Verhalten dieser Raubtiere fand ich spannend.

Als ich weiterblätterte, stieß ich auf einen Abschnitt über Hai-Babys im Mutterleib. Bereits in der Gebärmutter, so las ich, verschlangen Hai-Embryos ihre jüngeren Geschwister, sodass letztendlich nur ein einziges Junges zur Welt kam. Ein Schauer lief mir über den Rücken.

Schnell schlug ich die Seite um und überflog Freds ausführliche Stichpunkte, die er sich über die Atmung, die Verdauung und die Vermehrung Weißer Haie gemacht hatte. Nur wenn er einen Gedanken mit einem Ausrufezeichen versehen hatte, las ich den Text genauer.

Niemand hat Weiße Haie je bei der Paarung beobachtet!!!, hatte Fred an einer Stelle sogar mit drei Ausrufezeichen notiert.

Ich legte den Schreibblock neben mich und nahm die Unterlagen meiner Mutter aus dem Rucksack. Auf der Titelseite stand: *Forschungsvorschlag für eine Studie über Weiße Haie und Kegelrobben am Cape Cod.*

Ich strich ein Eselsohr glatt, das sich vermutlich beim Sturz aus dem Fenster gebildet hatte. Am rechten unteren Rand der Seite waren ein Datum und zwei Namen aufgedruckt:

Helen Everhart. Meine Mom.

Vernon Devine. Dieser Name sagte mir nichts.

Ich ließ meinen Finger über die Buchstaben gleiten.

Plötzlich hörte ich ein Geräusch aus der Küche. Es klang, als würde mein Dad Gläser im Kühlschrank hin und her schieben. Ich legte die Papiere beiseite und ging zu ihm.

Dads Rücken schaute hinter der geöffneten Kühlschranktür hervor, während er auf einer Krücke balancierte.

»Möchtest du Kuchen?«, fragte er und humpelte mit einer Glasschale in der Hand zum Tisch. Es war Blaubeercrumble mit einer goldbraun gebackenen Kruste.

»Von wem ist der?«, wollte ich wissen.

»Jemand von der Arbeit hat ihn heute vorbeigebracht.«

Ich nahm zwei Teller aus dem Schrank und Gabeln aus der Besteckschublade. Dad goss uns beiden ein Glas Milch ein, dann setzten wir uns an den Tisch.

»Wie war dein Besuch bei Maggie?«, erkundigte er sich.

»Ziemlich komisch.« Am liebsten hätte ich nicht weiter darüber geredet, doch Dad schaute mich an, als erwartete er eine ausführlichere Erklärung. »Maggie geht es gar nicht gut, und Fiona hat Angst vor ihr«, erzählte ich.

Vorsichtig nahm ich einen kleinen Bissen vom Kuchen und kaute ihn sorgfältig. Doch als ich schlucken wollte, geriet ich in Panik und griff hastig nach der Milch. Ich trank ein wenig, dann schob ich meinen Teller beiseite.

Dad bemerkte davon nichts, denn er hatte währenddessen seinen Fuß auf einen Stuhl gelegt und versuchte nun, sich mit einem Essstäbchen unter dem Gips zu kratzen.

»Wann kannst du wieder tauchen?«, fragte ich ihn.

Dad legte das Stäbchen zur Seite, stützte seine Ellbogen auf den Tisch und legte sein Kinn in die Hände. »Wahrscheinlich erst im Winter. Wir werden sehen.«

»Du hast mir immer noch nicht erzählt, was eigentlich passiert ist«, sagte ich.

Er rieb sich das Gesicht, und mir fiel auf, dass er sich schon länger nicht mehr rasiert hatte. »Lucy, ich möchte nicht, dass du so viel darüber erfährst. Das wäre nicht gut für dich.«

»Ich will es aber wissen!«

Dad wischte sich mit einer Serviette den Mund ab und seufzte. Und dann begann er tatsächlich zu erzählen: »Lester und Bridget haben uns gezeigt, wo Fred verschwunden ist. Daraufhin haben sich ein paar Taucher in die Tiefe gelassen, um die Umgebung zu erkunden. Dabei sind sie auf eine Menge Schutt und verschiedene sperrige Gegenstände gestoßen, hauptsächlich Äste. Große Äste sind gefährlich, weil sich die Sauerstoffflaschen und Seile darin verfangen können. Der Leinenführer war deshalb sehr besorgt und hatte Angst um die Sicherheit seiner Taucher.«

»Hattest du auch Angst?«, wollte ich wissen.

»Nein. Wir hatten uns mit der Chefin beraten, und sie hatte sich dafür entschieden, als Erste nach Fred zu suchen. Zu dem Zeitpunkt war die Goldene Stunde bereits überschritten, doch wir hatten trotzdem noch Hoffnung. Aber als die Chefin ohne Erfolg wieder aufgetaucht ist, bin ich noch einmal selbst ins Wasser gegangen. Ich war unruhig, weil es mir vorkam, als würde mein eigenes Kind vermisst.«

Während Dad redete, griff ich wieder nach der Milch und nahm hastig mehrere große Schlucke. Dad hatte zum Glück wieder nichts gemerkt, er schaute auf seinen halb aufgegessenen Kuchen.

»Ich konnte im Wasser nichts sehen, nicht einmal mit dem Scheinwerfer«, erzählte er weiter. »Und Fred lag an einer heiklen Stelle. Ich hätte gründlicher nachdenken sollen, doch ich habe einfach den Schutt zur Seite geräumt, um zu ihm zu gelangen. Dabei ist mir ein dicker Ast auf den Fuß gefallen. Aber ich war wie besessen von dem Gedanken, Fred zu retten, und habe es kaum gemerkt.«

»Es tut mir leid, dass du dich verletzt hast«, sagte ich.

»Nein, Lucy, das ist nicht der Punkt«, entgegnete Dad. »Ich hätte den Tauchgang gar nicht erst machen dürfen, weil es sich um Fred handelte, verstehst du? Ich konnte nicht mehr logisch denken, weil meine Gefühle mir im Weg standen. Andererseits hätte ich es niemals übers Herz gebracht, mich vom Steinbruch fernzuhalten. Ich dachte wirklich, ich könnte ihn lebendig zurückbringen.«

Ich vergrub mein Gesicht in den Händen und weinte.

Dad beugte sich über den Tisch und streichelte meinen Rücken. Wir saßen eine Weile schweigend beieinander.

»Warum bist du heute Abend eigentlich zu Fred gegangen?«, fragte Dad schließlich.

»Ich habe in meinem Zimmer am Fenster gestanden und Maggie gesehen. Sie hat mich gefragt, ob ich rüberkommen möchte.« Ich putzte mir die Nase mit einer Serviette. »Außerdem wollte ich den Naturführer wiederhaben.«

Was der Naturführer war, brauchte ich Dad nicht zu erklären, er wusste davon.

»Fiona hat gesagt, Maggie würde mich nichts aus Freds Zimmer mitnehmen lassen. Also hat sie seinen Rucksack mit dem Naturführer heimlich aus dem Fenster geworfen, damit ich ihn mir später holen kann.«

»Maggie weiß doch, dass der Naturführer dir gehört«, wandte Dad ein. »Sie hätte bestimmt nicht versucht, ihn zu behalten.«

»Na ja, sie scheint irgendwie nicht mehr sie selbst zu sein«, erwiderte ich.

Wir schwiegen beide für einen Moment.

»Wer ist eigentlich Vernon Devine?«, fragte ich.

Ein überraschtes Lächeln breitete sich auf Dads Gesicht aus. »Er ist ein Hai-Experte. Damals, an der Universität, war er der Professor deiner Mom. Warum fragst du?«

»Weil sein Name auf Moms allerletztem Forschungsvorschlag steht, der auch in Freds Rucksack war.«

Dad kratzte sich am Kopf. »Warum war der denn bei Fred?«

»Wir haben die Unterlagen neulich in Moms Büro gefunden, und Fred wollte sie lesen. Deshalb habe ich ihm erlaubt, sie auszuleihen.«

»Vern und deine Mom haben zusammen an vielen Projekten gearbeitet«, erklärte Dad.

»War er dabei, als sie gestorben ist?«, wollte ich wissen.

»Nein. Vern war damals schon im Ruhestand und ist nicht mehr so oft mit dem Boot rausgefahren.«

Ich nickte. »Ich gehe hoch in mein Zimmer, Dad. Bis später.«

Nachdenklich stand ich auf und machte mich auf den Weg zur Treppe. Freds Rucksack lag auf der untersten Stufe. Ich nahm die Forschungsunterlagen und den Notizblock in die Hand und wollte beides gerade wieder in die Tasche stecken, als ich ein merkwürdiges Klappern hörte. Im ersten Moment dachte ich, es käme von Freds Nummernschild-CD-Box, doch als ich meine Hand in den Rucksack schob, stieß ich auf etwas Kleines, Eckiges. Ich schloss meine Finger darum und zog ein geheimnisvolles Päckchen hervor, das mit blumigem Geschenkpapier umwickelt war. Zusammengehalten wurde es von einer Unmenge an Klebeband. Ich hatte noch lange nicht Geburtstag, und ebenso wenig standen Maggies Geburtstag oder der Muttertag vor der Tür. Ich schüttelte das Päckchen ein paarmal und hörte ein leises Klimpern, so als würde etwas in einem Metallkästchen hin und her geworfen werden.

Hastig setzte ich mir den Rucksack auf den Rücken, rannte in mein Zimmer und schloss die Tür hinter mir.

Am liebsten hätte ich das Päckchen sofort geöffnet. Doch ich wollte auch nicht einfach ein Geschenk behalten, das vielleicht gar nicht für mich gedacht gewesen war. Wieder schüttelte ich es, dann roch ich daran. Es hatte den Duft des Zimtkaugummis angenommen.

Ich hielt es nicht länger aus. Ohne weiter nachzudenken, ließ ich den Rucksack zu Boden fallen. Und dann versuchte ich, das Päckchen mit beiden Händen aufzureißen.

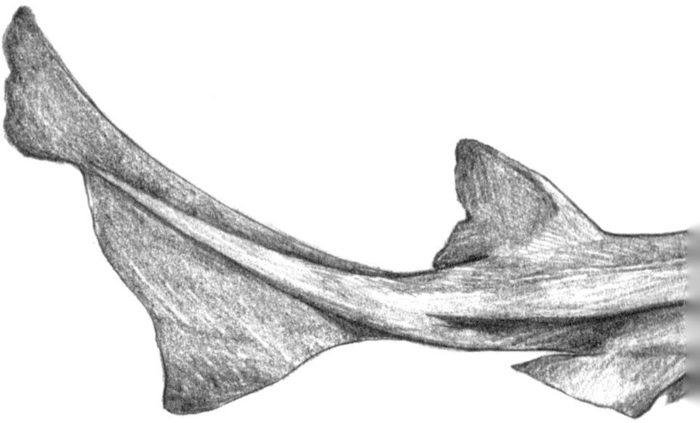

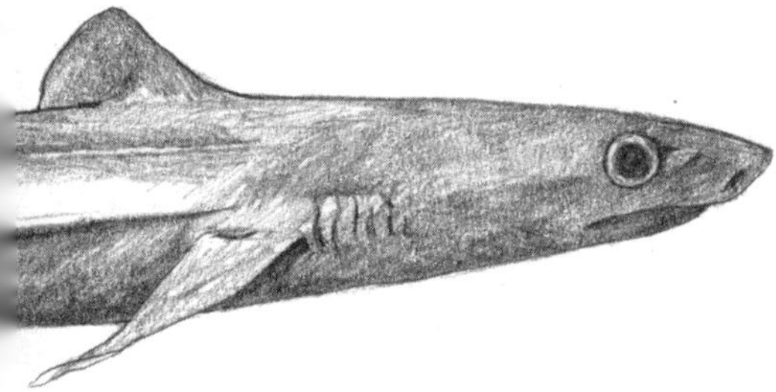

18.

Postkarte

Mein erster Anlauf, das Papier zu entfernen, scheiterte. Fred musste eine ganze Rolle Klebeband verbraucht haben, so fest war das Kästchen umwickelt. Mit zitternden Händen starrte ich auf das Blumenpapier und überlegte, was sich wohl darunter verbarg. Das Päckchen konnte etwas richtig Schönes enthalten, zum Beispiel einen Silberring mit einem Mondstein. Oder aber es könnten Knochen und Zähne aus dem Gewölle einer Eule zum Vorschein kommen – so etwas hätte Fred cool gefunden.

Ich unternahm einen zweiten Versuch und rammte meinen Finger in einen dünnen Streifen Geschenkpapier, der nicht vom Klebeband bedeckt war. Dann zog und zerrte ich so lange daran, bis das Papier zerriss.

Ich hielt ein Pflasterkästchen in der Hand. Es war aus Zinn gefertigt, mit einem Klappdeckel verschlossen und hatte einst eine Familienpackung zurechtgeschnittener Fingerpflaster enthalten. Ich ließ den Deckel mit meinem Daumennagel aufspringen. *Plopp.*

In dem Kästchen befand sich etwas, das in ein Taschentuch gewickelt war – nein, in Toilettenpapier. Vorsichtig nahm ich es heraus. Es fühlte sich erstaunlich schwer an. Haifischzähne oder ein Ring konnten es also nicht sein.

Ich legte das Zinnkästchen auf den Teppich und wickelte die Lagen Toilettenpapier ab. Allmählich, als würde ich ein Mikroskop scharfstellen, kam ein längliches, gelb schimmerndes Stäbchen zum Vorschein. Ich entfernte die letzte Lage Papier und hielt einen Gegenstand in der Hand, der aussah wie eine kleine, in Gold getauchte Wachsmalkreide. Auf einer Seite war eine Meerjungfrau eingestanzt. Was mochte das nur sein?

An einem Ende des geheimnisvollen Dings befand sich eine kleine Schlaufe, als wäre es ein Anhänger. Am anderen Ende entdeckte ich ein winziges Loch. Ich drehte das Stäbchen hin und her und sah, dass es von zwei Verschlussklammern zusammengehalten wurde. Doch es ließ sich nicht öffnen. Vorsichtig strich ich mit meinem Finger über die Meerjungfrau. Der Anhänger wirkte sehr alt.

Ich setzte mich auf meinen Stuhl und ließ den Blick über meinen Schreibtisch wandern. Neben einem Berg aus Notizblöcken erstreckte sich ein Meer aus Nagellackfläschchen, Buntstiften und Fingerpuppen, die ich als Kind gebastelt hatte. Schließlich fand ich, wonach ich gesucht hatte: ein kleines Döschen Zahnseide mit Zimtgeschmack. Eilig riss ich einen langen Faden ab und fädelte den Anhänger darauf. Dann legte ich die Kette um meinen Hals und band einen Knoten in meinem Nacken. Die Meerjungfrau hing unter meinem Herzen wie das Pendel einer Standuhr.

Ich nahm das Zinnkästchen noch einmal hoch und suchte die einzelnen Lagen Toilettenpapier nach einer Nachricht ab, doch ich fand nichts. Vielleicht hatte Fred geplant, mir beim Überreichen des Geschenks alles zu erklären – falls es überhaupt für mich gedacht gewesen war.

Wie gern wäre ich jetzt zu ihm hinübergerannt, um ihn zu fragen, was das alles bedeutete. Stattdessen öffnete ich meine Schreibtischschublade und durchforstete sie nach einem Stapel Postkarten, die ich einmal in einem Kunstmuseum in Boston gekauft hatte. Unter einem alten Tageskalender und einem Haufen Bibliotheksbüchern, die ich längst hätte zurückgeben müssen, entdeckte ich die Tüte des Museumsshops.

Ich nahm die Postkarten heraus, legte sie auf meinen Schoß und schaute die einzelnen Motive durch. Mein Blick blieb an der Fotografie eines japanischen Holzdrucks hängen. Auf dem Bild waren Wellen im Meer zu sehen, deren Kämme von weißem Schaum bedeckt waren. Ich drehte die Karte um, nahm mir einen Stift und begann zu schreiben:

Die große Welle vor Kanagawa (ca. 1830),
Farbholzschnitt von Katsushika Hokusai

Ich weiß, dass die Tiere in deinem Aquarium sterben werden, wenn sich niemand um sie kümmert, doch ich kann es nicht tun. Bin ich deswegen ein schlechter Mensch?
Für wen war das Geschenk in deinem Rucksack gedacht? Ich hoffe, es macht dir nichts aus, dass ich es geöffnet und behalten habe.

Fred Kelly

Ich starrte eine Zeit lang nachdenklich auf meine geschriebenen Worte, dann ging ich nach unten. Ich warf einen Blick ins Wohnzimmer und sah, dass Dad auf dem Sofa eingeschlafen war. Erleichtert, dass ich nicht mit ihm reden musste, huschte ich durch den Flur, zog meine Schuhe an und schlich mich lautlos aus dem Haus.

Mit meinem Fahrrad strampelte ich in der Dunkelheit bis zum Ende der Smith Street und bog dann in die King Street ein, die zum Ozean führte. Das Wasser war so schwarz wie der Nachthimmel, an dem vereinzelte Sterne funkelten. Die Luft fühlte sich frisch auf meiner Haut an und roch nach nassem Sand.

Es war schon eine Weile her, dass ich ohne Fred mit dem Fahrrad gefahren war, deshalb kam es mir nun ganz komisch vor. Mühsam arbeitete ich mich zu dem Briefkasten auf der kleinen Anhöhe empor, auf der sich auch der Buchladen befand. Hinter dem Hügel mündete die Straße in eine lang gezogene Allee mit einer steinernen Bank am Ende. Von dort hatte man einen wunderschönen Ausblick auf die felsige Küstenlinie. Ich erreichte den Briefkasten und stellte mein Fahrrad ab. Dann öffnete ich die quietschende Metallklappe des Briefkastens und ließ meine Postkarte hineinfallen. Ich hatte keine Ahnung, wo sie landen würde, doch ich fühlte mich so erleichtert, als wäre mir ein großer Stein vom Herzen gefallen.

19.

Alle Biologen möchten wissen, warum

Am nächsten Morgen durchsuchte ich wieder einmal die Zeitung nach Artikeln über den Unfall am Steinbruch. Gerade hatte ich mich zum Lokalteil vorgearbeitet, da hielt ich plötzlich erschrocken inne. Ich blätterte eine Seite zurück und schaute mir einen Artikel mit einem großen, etwas unscharfen Foto an. Darauf war ein Gewässer abgebildet, aus dem zwei Umrisse herausragten. Der erste war länglich und schmal wie ein Baumstamm, der zweite nach oben hin spitz zulaufend wie ein Dreieck. Die Bildunterschrift lautete: *Kajakfahrer vor Strand von Cape Cod von Weißem Hai verfolgt.*

»Heiliger Fisch«, flüsterte ich und griff nach Freds goldener Meerjungfrau, die um meinen Hals hing.

Bei genauerem Hinsehen zeigte das Bild einen Mann in seinem Kajak, der über seine Schulter auf eine große Rückenflosse blickte. Ich überflog den Artikel. Der Hai hatte das Kajak verfolgt, während der Mann zum Strand gepaddelt war, doch dann war das Tier davongeschwommen. Es gab keine Schäden am Boot und keine Verletzungen.

Weiße Haie waren vor der Küste von Massachusetts ziemlich selten. Meine Mom hatte zwar immer gesagt, dass sie dort vorkamen, doch bis zu diesem Sommer hatte ich noch von keiner glaubhaften Sichtung gehört. Und jetzt waren innerhalb kürzester Zeit gleich *zwei* Haie in unserer Gegend aufgetaucht! Das konnte doch kein Zufall sein! Für eine Sekunde kam mir die verrückte Idee, Fred könnte mir die Geschichte in der Zeitung als Antwort auf meine Postkarte geschickt haben. Schnell schüttelte ich diesen Gedanken wieder ab.

»Dad?«, rief ich hinüber ins Wohnzimmer.

»Was ist?«, murmelte er verschlafen vom Sofa aus. »Komm rüber.«

Ich stellte mich in den Türrahmen. »Hast du in der Zeitung von heute Morgen von dem Weißen Hai vor Cape Cod gelesen?«

»Ja«, antwortete er.

»Worum ging es noch gleich in Moms letztem Forschungsvorschlag?«

Er lächelte. »Um Weiße Haie vor Cape Cod.«

»Glaubst du, der Kajak-Hai hat etwas mit Moms Studie zu tun?«

Dad nickte zögerlich. »Vielleicht.«

»Und mit Sookies Hai?«

»Kann sein.«

Ich rannte nach oben, nahm Moms Forschungsunterlagen aus Freds Rucksack und schaute mir noch einmal die Titelseite an: *Forschungsvorschlag für eine Studie über Weiße Haie und Kegelrobben am Cape Cod.*

Anschließend las ich das Inhaltsverzeichnis und blätterte langsam durch die Seiten. Ich wollte versuchen, Moms Idee zu verstehen.

In einem Abschnitt, der wichtige Hintergrundinformationen enthielt, erzählte Mom Folgendes: Die Kegelrobben-Population vor Cape Cod war geschrumpft, weil die Tiere wegen ihres Fleischs, Öls und Fells gejagt wurden. Dann hatte die amerikanische Regierung ein Gesetz erlassen, das verbot, Meeressäugetiere zu töten. Daraufhin waren die Robben allmählich zurückgekehrt, und Mom und ihre Kollegen hatten sie dabei beobachtet. Auf einigen kleinen Inseln in der Nähe hatten sich bereits erste Robbenkolonien gebildet.

Das Interesse meiner Mom an den Robben war eher ein Nebeneffekt gewesen. Eigentlich war sie Hai-Expertin, doch in den Gewässern vor Massachusetts waren Haie rar. Da Haie aber gern Robben fraßen, hatten Mom und ihre Kollegen eine Idee: Wenn es bald wieder mehr Robben vor Cape Cod gab, weil sie nicht mehr gejagt wurden, dann wäre es denkbar, dass die Weißen Haie in unsere Gegend zogen. Auch die zunehmende Erwärmung des Ozeans könnte dazu beitragen.

Ich blätterte weiter in den Unterlagen und gelangte zu einem Abschnitt, der für mich etwas verwirrend war, weil er so viele Fremdwörter enthielt. Doch soweit ich ihn verstand – hauptsächlich anhand von Moms Zeichnungen –, wollten sie und ihre Kollegen mit einem Harpunenboot zu einem Ort fahren, an dem Fischer Weiße Haie gesichtet hatten. Ein Harpunenboot war mit einer langen Planke ausgestattet, die weit über dem Wasser schwebte. Wenn sich die Fischer auf diese Planke stellten, kamen sie näher an die großen Fische heran – ähnlich wie bei Moby Dick. Mom und die anderen Biologen wollten die Haie mit ihren Harpunen aber auf keinen Fall töten, sondern sie wollten an jedem Hai einen Sender anbringen. Der Sender, den Mom als *Peilsender* bezeichnete, gab in regelmäßigen Abständen Signale von sich, und die Signale wurden von einem Gerät aufgefangen. Auf diese Weise konnten die Biologen verfolgen, wo sich jedes Tier aufhielt und wohin es zog. Allerdings war es sehr schwierig, den Sender an der richtigen Stelle des Hais zu befestigen, deshalb hatte meine Mom einen erfahrenen Fischer vorgeschlagen, der diese Aufgabe übernehmen sollte: Paul Sawyer. Sookie.

Ich lief wieder nach unten ins Wohnzimmer. Dad war gerade dabei, in einer Zeitschrift zu blättern.

»Was machst du so?«, fragte er.

»Ich lese.«

»Und was?«

»Moms Forschungsvorschlag.«

Er schaute von seiner Zeitschrift auf und grinste. »Gar nicht so einfach zu verstehen, hm?«

»Geht so«, gab ich zu. »Hat es dir eigentlich Angst gemacht, dass Mom Weiße Haie mit Sendern markieren wollte?«

»Nein«, antwortete Dad. »Sie hätte das ja nicht allein getan, sie hätte Hilfe gehabt. Und außerdem hätte ich es ihr sowieso nicht ausreden können.«

»Hast du ihre Unterlagen gelesen?«, wollte ich wissen.

»Jap.«

»Dann wusstest du auch, dass Sookie ihr helfen sollte?«

»Natürlich.« Er schaute mich mit gerunzelter Stirn an, so als würde er sich fragen, worauf ich hinauswollte.

»Sollte Vern ebenfalls mit aufs Boot gehen?«, hakte ich nach.

»Nein, das glaube ich nicht. Er und deine Mom haben zwar die Idee zusammen entwickelt, aber er wollte sie nicht mit durchführen.«

Dad rieb sich über das Gesicht und strich sich dann durch seine dunklen Locken. »Was hat dich und Fred eigentlich dazu gebracht, Moms Forschungsarbeit zu lesen?«

»Wir haben für unseren Naturführer nach Büchern über Weiße Haie gesucht«, antwortete ich. »Dabei hat Fred ihre Unterlagen im Regal gefunden. Kennst du das Gefühl, wenn du in einen Buchladen gehst und genau *das* Buch findest, das du haben wolltest? So als hätte es *dich* ausgesucht und nicht umgekehrt?«

»Klar.«

»So war es mit Moms Unterlagen«, erklärte ich. »Fred hat sie zwar gefunden, aber ich wollte sie auch lesen.«

Dad lächelte. »Was ist das um deinen Hals?«

Ich griff nach dem goldenen Anhänger. Er war kalt und schwer. »Nichts weiter. Hab ich gefunden.«

Dad schaute mich einen Augenblick lang an. »Sag Bescheid, wenn du Fragen zu Moms Arbeit hast, okay?«

»Mach ich.« Schnell steckte ich die Meerjungfrau unter den Kragen meines T-Shirts. Ich wollte niemandem erklären müssen, woher ich sie hatte. Und ich wollte erst recht nicht, dass jemand sie mir wegnahm.

Ich lief die Treppe zu meinem Zimmer hinauf und setzte mich wieder an den Schreibtisch.

Wie genau funktionierte ein Peilsender? Fred hätte mir bestimmt helfen können, er kannte sich mit Physik aus. Durch mein Fenster blickte ich auf die andere Seite der Straße. Dann klappte ich Moms Unterlagen zu, nahm die Postkarten aus meiner Schublade und schrieb eine weitere Nachricht an Fred:

Spiegel mit Minerva, Venus und Juno; römische Kunst aus der Kaiserzeit (hergestellt etwa 100–200 n. Chr.)

Ich habe Moms Forschungsvorschlag aus deinem Zimmer geholt. War gar nicht so einfach. Bisher hat mir der Inhalt gefallen. Wenn sich die Robben weiter vermehren, wie viele Haie werden dann kommen ...? Wusstest du, dass Sookie Mom helfen sollte, die Peilsender anzubringen? Eine Sache verstehe ich nicht: Sookie wollte für Mom die Haie markieren, aber er hat keine Biologin gerufen, als ihm der Hai ins Netz ging. Warum?

Fred Kelly

Ich sprang auf mein Fahrrad und machte mich mit der Postkarte in der Hosentasche auf den Weg in die Stadt. Während ich in die Pedale trat, dachte ich über die Robben nach, die sich vor Cape Cod vermehrten.

Mir war klar, dass ich auf keinen Fall im Meer schwimmen würde, wenn ich eine Robbe in der Nähe des Strands entdeckte. Allerdings war es nach dem, was ich erlebt hatte, sowieso unwahrscheinlich, dass ich in nächster Zeit ins Wasser ging. Ich stellte mir vor, wie ich stattdessen andere Leute warnte. Es gab nicht so viele Tiere auf der Welt, die in der Lage waren, Menschen zu verspeisen. Die Angst der Menschen vor Haien war also durchaus begründet. Und sowieso war uns die Angst, von wilden Tieren gefressen zu werden, ja angeboren.

Auf der anderen Seite dachte ich daran, was meine Mom in dem Fernsehinterview gesagt hatte: *Man muss sich lediglich darüber im Klaren sein, dass man sich in ihrem Zuhause aufhält. Man muss sich wie ein Gast benehmen.* Wir Menschen waren zu Gast im Ozean. Wenn die Weißen Haie tatsächlich weiter nach Norden zögen – wäre es dann nicht *unsere* Aufgabe, sich anzupassen?

Als ich am Briefkasten ankam, flüsterte ich der Karte an Fred etwas zu, bevor ich sie einwarf:

»Ich weiß, du kannst mir nicht zurückschreiben, aber könntest du mir vielleicht ein Zeichen senden?«

Nachdem ich einen letzten Blick auf den Briefkasten geworfen hatte, lenkte ich mein Fahrrad wieder zurück auf die Straße. Und dann fuhr ich geradewegs zu Sookies Boot.

* * *

Sookie lief aufgeregt auf dem Anleger hin und her, während sein Dad und Lester sich scheinbar über etwas stritten. Ich ließ mich etwas näher an das Boot heranrollen, um alles mitzubekommen. Es war das erste Mal seit dem Unfall, dass ich Lester sah.

»Das muss genäht werden«, sagte Lester, während er einen Verband stramm um Paulies Finger wickelte. »Du hast Glück, dass du nicht den ganzen Finger verloren hast.«

»Näh ihn doch einfach hier!«, gab Paulie zurück.

»Nein, ich fahr dich ins Krankenhaus«, widersprach Lester. »Das sollte sich ein Arzt anschauen. Für den Fall, dass ein Nerv geschädigt ist oder so.«

»Wozu?«, erwiderte Paulie. »Wenn der Nerv kaputt ist, ist er kaputt. Da kann man nichts machen. Ich hab zu tun!«

Es schien eine ernstere Verletzung zu sein, denn das Blut sickerte schneller durch die Mullbinde hindurch, als Lester sie wickeln konnte. Schließlich klebte er das Ende des Verbands mit Klebeband zu und ließ Paulies Hand los.

»Ich denke auch, dass du zum Arzt gehen solltest«, sagte ich.

Überrascht schauten die Männer auf. Sie hatten mich bisher gar nicht bemerkt.

»Lucy!«, rief Lester, und ich hatte den Eindruck, dass er sich freute, mich zu sehen.

Ich winkte ihm zu.

Er lief zu mir. »Wie geht's dir?«

Ich zuckte mit den Achseln.

»Ich vermisse deinen Kumpel«, gestand er. »Es tut mir so leid.«

Wir schauten einander an, und meine Augen füllten sich mit Tränen.

»Hier läuft Blut raus«, beschwerte sich Paulie.

»Dad! Fahr ins Krankenhaus!«, rief Sookie verärgert.

Er kletterte auf das Boot und schleuderte seine Handschuhe über das nasse Deck.

»Lester ist Rettungssanitäter, das ist genauso gut«, gab Paulie zurück.

Lester blickte zu Paulie und schüttelte den Kopf. »Ich hab im Juni erst mit meiner Ausbildung begonnen.«

»Ist mir egal!«, entgegnete Paulie. »Komm rüber und fang an zu nähen.«

Lester ließ sich nicht darauf ein, sondern lief zu seinem Truck, der direkt vor dem Anleger parkte, und öffnete demonstrativ die Beifahrertür. »Los, Paulie!«

»Hey, das kann ich ja wohl noch allein!«, protestierte Paulie. Mürrisch ging er zum Truck, knallte die Autotür wieder zu und öffnete sie anschließend mit seiner gesunden Hand.

Als Paulie endlich im Wagen saß, grinste Lester Sookie und mir zu und verdrehte die Augen. Dann kletterte er auf den Fahrersitz und startete den Motor.

»Was ist eigentlich passiert?«, rief ich Sookie zu, nachdem der Ford Bronco losgefahren war.

»Dad hat sich mit einem Angelhaken richtig tief in den Finger geschnitten.«

»Oh nein.«

»Ja, das ist nicht schön«, stimmte Sookie zu. Dann fragte er: »Willst du mir nicht bei der Arbeit helfen? Mir fehlen ja jetzt zwei Mitarbeiter, und ich muss noch ein paar Fische ausnehmen.«

»Okay. Auf dem Boot?«

»Klar, wo sonst? Komm rauf!«

Hätte er mich gestern gefragt, hätte ich auf jeden Fall abgelehnt. Doch heute fühlte ich mich irgendwie stärker.

Sookie trat näher an die Bootsreling heran und streckte mir seine Hand entgegen. Skeptisch beäugte ich das grüne Wasser, das zwischen dem Anleger und der *Clara Belle* aufblitzte, doch ich zwang mich, nicht nach unten zu sehen. Vorsichtig setzte ich einen Fuß auf den Rand des Boots.

Sookie half mir an Bord und reichte mir Lesters Handschuhe. Ich streifte sie über und stellte fest, dass sie so riesig waren wie Bärentatzen. Nun zog Sookie mir auch noch eine Schürze über den Kopf, die ich problemlos zweimal hätte um mich schlingen können.

»Und was genau soll ich tun?«, erkundigte ich mich.

Sookie griff nach einem der Fische, die in einer hölzernen Wanne lagen, und warf ihn auf die Arbeitsfläche. Dann machte er mit einem Messer mehrere kleine Einschnitte über dem Schwanz und am Kopf, ehe er mit einem einzigen tiefen Schnitt die Bauchhöhle öffnete. Mit einem geübten Handgriff nahm er die inneren Organe heraus, hackte dem Fisch den Kopf ab und warf die fleischige Hülle in eine Plastiktasche. In dieser Tasche wurden die Fische gewogen und später verkauft. Sookie war nicht nur Fischer, sondern auch Geschäftsmann.

»Jetzt du«, forderte er mich auf.

Zögernd nahm ich ein Messer und einen Fisch in die Hände und schnitt in das Fleisch in der Nähe des Schwanzes. »Gewöhnt man sich jemals an diesen Geruch?«

»An welchen Geruch?«

Sollte das ein Witz sein? Doch Sookies sonnenverbranntes Gesicht wirkte ausdruckslos. Auf einmal musste ich an die Zeit vor Moms Tod denken, als er uns noch oft zu Hause besucht hatte. Es war eine Ewigkeit her, dass wir zusammen etwas unternommen hatten, trotzdem fühlte es sich völlig normal an, mit ihm hier auf dem Boot zu stehen.

»Mache ich das richtig?«

»Ja, perfekt.« Nach einer kurzen Pause fuhr Sookie fort: »Ich wollte dich und deinen Dad eigentlich nach der Beerdigung besuchen, aber ich war mir nicht sicher, ob ich stören würde. Wie geht es Toms Fuß?«

»Er ist gebrochen«, antwortete ich.

»Und wie geht es dir?«

»Ganz okay.«

Er schaute mir tief in die Augen. »Es tut mir sehr leid um deinen Freund. Wenn ich dir irgendwie helfen kann …«

Ich nickte bloß und starrte auf die nassen Bootsplanken.

»Sookie?«, fragte ich nach einer Weile, während ich an einem Fischknochen sägte.

»Ja?«

»Erinnerst du dich an den Tag, an dem du den Weißen Hai gefangen hast?«

»Natürlich.«

»Warum hast du eigentlich keine Biologin gerufen?«

Ich konnte spüren, dass er am liebsten das Thema gewechselt hätte, doch er antwortete trotzdem: »Ich habe wirklich darüber nachgedacht. Und wenn deine Mom da gewesen wäre, hätte ich sie sofort kontaktiert. Aber irgendwie …« Er hielt einen Moment inne. »Ich hatte an dem Tag so sehr an deine Mom gedacht, und dann habe ich sie plötzlich im Fernsehen gesehen.«

Vor Überraschung wäre mir beinahe das Messer aus der Hand gefallen. Sookie hatte sich das Interview also auch angeschaut?

»Ich bin auf einmal sehr traurig geworden und deshalb erst mal mit meinen Kumpels ausgegangen. Als ich dann nach Hause kam, habe ich im alten Büro deiner Mom angerufen, doch da sprang nur ein Anrufbeantworter an. Ich habe eine Nachricht hinterlassen und darum gebeten, dass am Morgen jemand vorbeischaut. Aber du weißt ja, was in der Nacht passiert ist. Der Hai ist verschwunden.«

Obwohl fast alle Leute in Rockport die Lokalnachrichten schauten, war es ein komischer Gedanke, dass auch Sookie meine Mom gesehen hatte. Eine Million Fragen schossen mir durch den Kopf: *Findest du ihr Lä-*

cheln auch so schön? Hattest du das Gefühl, sie schaute nur dich allein an? Dachtest du, genau wie ich, sie würde gleich nach dem Interview vor dir stehen?

Aber ich behielt all diese Fragen für mich und erkundigte mich nur vorsichtig: »Warum hast du in Moms Büro angerufen?«

Sookie lächelte. »Weil ich wusste, dass deine Mom und ihre Kollegen sich darüber gefreut hätten, den Hai zu sezieren.«

»Weißt du, warum Mom so gerne Haie seziert hat?«

»Ich glaube, sie wollte einfach wissen, wie das Innere der Tiere aussieht. Sie hat sich für so viele Dinge interessiert und sich gewünscht, sie zu verstehen. Auch wenn wir auf dem Boot etwas Neues entdeckt haben, war sie jedes Mal sehr aufgeregt.«

»So wie Fred«, warf ich ein.

»Einmal hat sie mir einen Tintenfisch mit drei Herzen gezeigt«, fuhr Sookie noch immer lächelnd fort.

»Wirklich? Aber warum braucht ein Tintenfisch drei Herzen?«

»Genau das hat deine Mom sich damals auch gefragt«, erklärte er. »Alle Biologen möchten wissen, warum.« Sookie machte eine Pause, um eine weitere Handvoll glibberiger Eingeweide aus einem Fisch herauszuholen.

»Aber warum hat ein Tintenfisch denn nun drei Herzen?«, hakte ich nach.

Jetzt breitete sich auf Sookies Gesicht ein Grinsen aus.

»Das kann ich dir nicht sagen. Ich weiß nur, wie viel ein Pfund Tintenfisch auf dem Markt einbringt.«

Auf einmal musste ich an Moms Forschungsvorschlag denken. »Mom hat dir erzählt, dass wegen der Robben wahrscheinlich bald mehr Weiße Haie nach Massachusetts kommen werden, nicht wahr? Ich habe ihren Forschungsvorschlag gelesen. Du wolltest ihr helfen, die Haie mit Sendern zu markieren.«

Sookie nickte.

»Hast du schon mal eine Harpune benutzt?«

»Ja, früher hatte ich ein Harpunenboot. Damit haben wir Jagd auf Schwert- und Thunfische gemacht. Irgendwann habe ich es an einen Kumpel verkauft, aber ich hätte es mir ausleihen können, um deine Mom zu unterstützen.«

»Und was wird jetzt aus ihrer Studie?«, fragte ich.

»Ich weiß nicht. Vor ein paar Monaten hat sich eine Biologin bei mir gemeldet, ich habe sie allerdings gar nicht zurückgerufen.«

Sookie weidete ein paar weitere Fische aus und warf sie zu den anderen in die Plastiktasche. »Warte mal, ich hab was für dich!«, sagte er plötzlich. Eilig zog er sich die Handschuhe aus, verschwand im Steuerraum und kam mit einem verblichenen, alten Foto zurück. Ich schaute mir das Bild an, während er es für mich festhielt.

Das Foto zeigte Dad, Sookie und meine Mom. Mom stand zwischen den beiden Männern und lachte, ihre langen Haare glänzten in der Sonne. Sookie hatte einen Vollbart, mein Dad hingegen war ordentlich rasiert. Er lächelte und sah richtig gut aus.

»Von wann ist das Foto?«, fragte ich.

»Da waren wir achtzehn.«

»Und warst du in sie verliebt?«

Sookie schnaubte. »Du nimmst kein Blatt vor den Mund, oder?« Er begann zu erzählen: »Damals wollten alle Jungs mit deiner Mutter zusammen sein, weil sie so klug und witzig war. Doch am meisten gefiel uns, dass sie sich überhaupt nicht für ihre Verehrer interessierte. Dein Vater und ich waren ihr natürlich wichtig, trotzdem hat sie nie zu Hause gesessen und darauf gewartet, dass jemand sie anrief. Sie war immer mit irgendwelchen Projekten beschäftigt, die wir nicht verstanden. Genau das hat uns fasziniert, weißt du?«

Ich nickte und dachte an Fred und sein schmutziges Aquarium.

»Aber deine Mom und dein Dad gehörten einfach zusammen«, fuhr Sookie fort. »Und ich liebe sie beide.« Sookies Augenbrauen zogen sich zusammen, und er sah auf einmal traurig aus.

»Warum besuchst du meinen Dad nicht mehr?«

»Ich schätze, dein Dad und ich sind einfach sehr beschäftigt«, antwortete Sookie. »Und manchmal glaube ich, dass deine Mom diejenige war, die uns zusammengehalten hat.«

»Also warst du mehr mit Mom befreundet als mit Dad?«

»Nein. Ich weiß nicht … Es fiel ihr einfach leichter, auf Menschen zuzugehen. Dein Dad und ich können das nicht so gut.«

Ich nickte.

»Möchtest du irgendwann mal mit Lester und mir mit dem Boot rausfahren?«, wechselte Sookie das Thema. »Wir könnten ein wenig Hilfe gebrauchen.«

»Ich bin im Moment nicht gerade begeistert von Wasser«, gab ich zu. »Aber danke für die Einladung.«

»Dann komm einfach runter zum Dock, und wir nehmen gemeinsam Fische aus«, schlug er vor. »So wie heute.«

»Klingt toll.« Ich schaute auf den Haufen glibberiger Innereien und konnte mir ein Grinsen nicht verkneifen. »Vielleicht mache ich das wirklich. Und über das Foto freu ich mich.«

Ich steckte das Bild vorsichtig in meine Tasche, verabschiedete mich und radelte davon.

Sookie tat mir sehr leid, denn irgendwie hatte er meine Mom *und* meinen Dad gleichzeitig verloren.

Als ich am Süßwarenladen vorbeifuhr, hätte ich um ein Haar Fred angerufen, um ihn zu fragen, ob er etwas unternehmen wollte. Ich hielt an und traute mich erst wieder weiterzufahren, als ich ordentlich schlucken konnte.

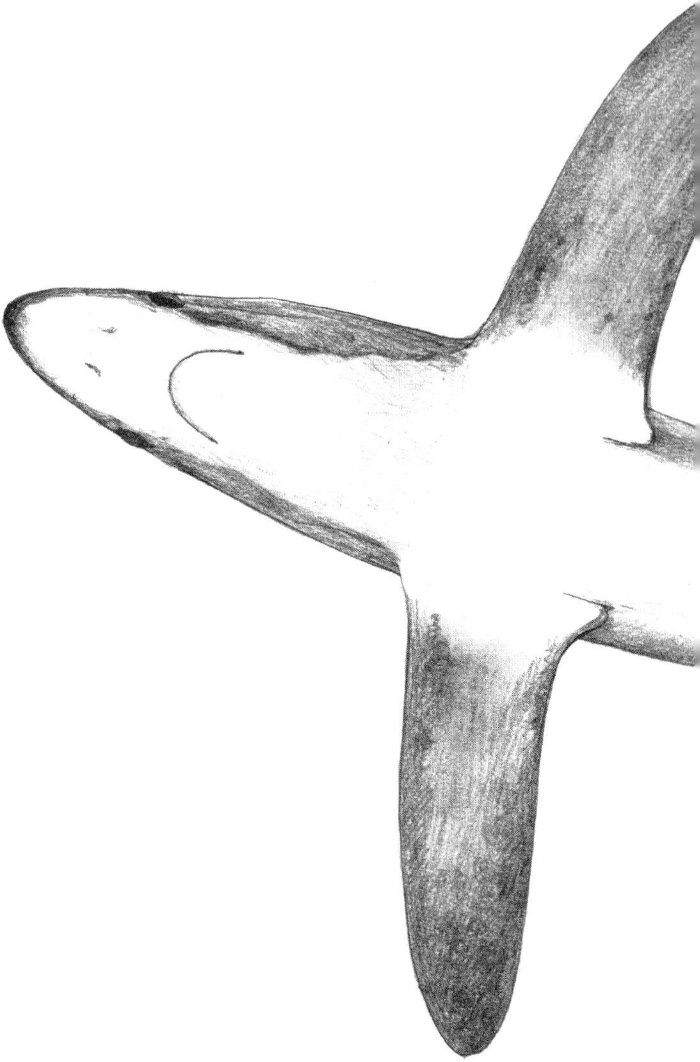

20.

Vern Devine

Auf dem Nachhauseweg umgab mich eine Geruchswolke aus Fisch und Schweiß. Ich dachte über Sookie nach, der mit Mom Weiße Haie markieren wollte, und über Tintenfische mit drei Herzen. Gerne hätte ich mit einer Biologin gesprochen, um zu erfahren, wie genau all diese Dinge funktionierten.

Als ich unser Haus erreichte, saß Mr. Patterson auf seiner Terrasse und kühlte seine Füße mit einem Ventilator. Ich bremste und stellte mein Fahrrad ab.

»Hey, Mr. P.«, grüßte ich ihn und stieg die Treppe zu ihm hinauf.

»Hallo, Lucy.«

»Darf ich mich auch durchpusten lassen?«

»Nur zu.«

Ich ließ mich auf den warmen Holzplanken nieder.

»Dad sagt immer, es sei wichtig, nach älteren Leuten zu sehen, wenn es draußen heiß ist«, begann ich. »Geht es Ihnen gut?«

»Was glaubst du?«

»Ich weiß nicht. Deshalb frage ich ja.«

»Es sind nur neunundzwanzig Grad, und wir wohnen bloß einen Block vom Meer entfernt. Besser könnte ich mich gar nicht fühlen. Trotzdem nett, dass du fragst.«

Ich lächelte.

»Schön, dass du unterwegs warst«, sagte Mr. Patterson und goss eine braune Flüssigkeit aus einer Plastikkanne in ein Glas. »Hier. Du schwitzt ja wie verrückt.«

»Danke.« Ich nahm das Glas und probierte einen Schluck. Eistee – süß, aber nicht mehr richtig kalt.

»Rieche ich nach Fisch?«, fragte ich. »Ich habe mit Sookie gearbeitet.«

Mr. Patterson hob die Augenbrauen. »Und, wie war's?«

»Ganz okay.« Ich trank noch etwas von meinem Tee. »Wussten Sie, dass Sookie meiner Mom bei ihrem Forschungsprojekt helfen sollte?«

Mr. P. schüttelte den Kopf.

»Mom wollte Weiße Haie mit Sendern markieren«, erklärte ich. »Ich verstehe das Ganze aber nur so halb, es ist zu kompliziert für mich.«

»Nein«, widersprach Mr. Patterson. »Du bist schlau, du wirst herausfinden, was genau deine Mom vorhatte. Was hat Sookie dir denn über das Projekt erzählt?«

»Nicht viel«, antwortete ich. »In Moms Forschungsvorschlag war aber noch von einem anderen Wissenschaftler die Rede, Vernon Devine. Sein Name steht auf der Titelseite. Ich frage mich, ob er vielleicht Genaueres weiß.«

»Dann ruf ihn doch an«, schlug Mr. Patterson vor.

»Ihn anrufen?« Ich war überrascht. »Nein. Er wohnt in Maine, und außerdem ist er schon richtig alt.«

Mr. Patterson warf mir einen vielsagenden Blick zu.

»Tut mir leid, so meinte ich das nicht«, fügte ich schnell hinzu.

Er nahm einen Schluck Tee. »Ich war schon lange nicht mehr in Maine. Bea und ich haben früher jeden Sommer ein paar Wochen Urlaub in Freeport gemacht. Ich mag Maine, dort gibt es viele Kiefern und lauter kleine Inseln – und nicht so viele Leute.«

Mr. Patterson hob das Glas erneut an seine Lippen, dann räusperte er sich und begann wieder zu erzählen: »Bea und ich haben uns jedes Mal ein altes Boot gemietet und sind nach French Island rausgefahren. Dort haben wir uns an den Strand gesetzt und Bitterlimonade getrunken.«

Ich stellte mir Mr. Patterson und seine Frau auf einer kratzigen Wolldecke am Meer vor. Als Erstes kam mir ein Bild in den Sinn, in dem sie beide etwa siebzig Jahre alt waren. Doch dann fiel mir ein, dass sie ja damals junge Leute gewesen sein mussten. Wie sie wohl als Zwanzigjährige ausgesehen hatten? Mr. Patterson verpasste ich in Gedanken ein Paar weiße Shorts, aus denen seine dünnen, blassen Beine herausguckten. Seine Frau malte ich mir mit einem großen Sonnenhut und einem Badeanzug aus. Den Sand neben ihnen verzierte ich mit haufenweise Flaschen voll Bitterlimonade.

»Bitterlimonade schmeckt scheußlich«, sagte ich.

»Wir fanden sie damals verdammt gut.« Mr. Patterson schaute in sein Glas, bevor er es auf den Holztisch stellte. »Auf jeden Fall ist sie tausendmal besser als lauwarmer Eistee.«

Ich lächelte und nickte zustimmend. »Vermissen Sie Ihre Frau sehr?«

Mr. Patterson ließ sich Zeit mit seiner Antwort. »Egal, wo wir hingingen, Bea trug jedes Mal knalligen roten Lippenstift«, sagte er schließlich. »Ich wollte sie unentwegt küssen, aber ich wusste, dass dann mein ganzes Gesicht verschmiert wäre.« Er faltete die Hände über seinem Bauch. »Meistens habe ich es aber trotzdem getan.« Er musste ahnen, was mir gerade durch den Kopf ging, denn plötzlich fragte er: »Glaubst du, ich bin schon mein Leben lang so alt?«

Ich zuckte mit den Schultern.

»Wenn ich in den Spiegel gucke, denke ich: Wer ist dieser faltige, graue Mann?« Mr. Patterson seufzte. »Ehrlich gesagt, fühle ich mich immer noch wie neunzehn.«

Ich kannte zwar keinen Neunzehnjährigen, der den ganzen Tag auf der Terrasse saß und den Polizeifunk abhörte, doch die Idee gefiel mir.

»Ich erinnere mich besser an Dinge, die vor vielen

Jahren passiert sind, als an die Ereignisse der letzten Woche«, fuhr er fort. »Zum Beispiel weiß ich noch genau, wie Stuffy McInnis von Gloucester zu den Red Sox gewechselt ist und mit Babe Ruth in der World Series gespielt hat. Das war noch vor der großen Pechsträhne.«

»Und woran erinnern Sie sich noch?«, fragte ich. Ich hörte zwar gern Geschichten über die Sox, aber noch mehr interessierte mich Mr. Pattersons Leben.

Der alte Mann kniff die Lippen zusammen und dachte angestrengt nach. »An den Rhabarberkuchen, den meine Mutter jedes Jahr im Juni gebacken hat, als meine Schwestern und ich Kinder waren.«

»Ich mag Rhabarberkuchen!«

»Ich auch, ich bin eine schreckliche Naschkatze«, gab Mr. Patterson zu.

»Mögen Sie Fruchtgummis?«, wollte ich wissen.

»Was ist das?«

»Na, Weingummis. Gummibärchen, Cola-Flaschen, Würmer und so.«

»Nein, ich glaube nicht.« Mr. Patterson fächerte sich mit der Fernsehzeitschrift Luft zu.

»Sie sind heute jedenfalls richtig gesprächig.«

»Vielleicht rede ich auch nur wirres Zeug wegen der Hitze. Aber danke, dass du gekommen bist, um nach mir zu sehen.« Mr. Patterson grinste und deutete auf mein Haus. »Geht's deinem Vater gut?«

»Ich weiß nicht. Er spricht nicht viel über sich. War er eigentlich schon immer so?«

Mr. Patterson kniff die Augen zusammen. »Kommt er dir anders vor als früher?«

Ich dachte einen Moment nach. »Irgendwie hat sich alles verändert, als Mom starb. Davor waren Mom und Dad einfach nur meine Eltern, und ich habe mir um nichts Sorgen gemacht.«

Mr. Patterson nickte.

»Jetzt scheint Dad irgendwie nicht mehr so glücklich zu sein. Außerdem arbeitet er viel. Früher hat er mir öfter Geschichten vorgelesen oder wir haben abends zusammen gemalt. Das tun wir schon lange nicht mehr.«

»Ich habe deine Mom schon gekannt, als sie noch ein Baby war«, erzählte Mr. Patterson. »Sie wurde in eurem Haus geboren, genau wie du.« Der alte Mann zeigte noch einmal auf mein Zuhause. »Sie gehörte zu meinen Lieblingsmenschen auf der ganzen Welt. Eines Tages hat sie dann deinen Dad mitgebracht. Er war schon damals sehr still, deshalb wusste ich erst nicht, was ich von ihm halten sollte. Doch mit der Zeit hat er sich als guter Mann entpuppt. Er hat sich um deine Großmutter gekümmert, als sie krank wurde. Und er war sehr liebevoll zu dir. Er hat dich in einem Babyrucksack durch die ganze Stadt getragen oder Fred und dich zum Strand mitgenommen, um euch die Gezeitentümpel zu zeigen.«

»Aber warum ist er jetzt oft so merkwürdig?«

»Ich bin nicht sicher, aber ich habe eine Vermutung«, begann Mr. Patterson zögerlich. »Ich glaube, deine Mom hat ihm geholfen, mit anderen Menschen in Kontakt zu treten. Sie hat seine Freunde zum Essen eingeladen oder einfach jemanden für ihn angerufen. Die Menschen sind unterschiedlich, Lucy, aber niemand ist eine einsame Insel.«

Ich schaute Mr. Patterson an, der auf seinem abgenutzten Kissen neben zwei Radios saß. Ob er sich womöglich selbst manchmal wie eine einsame Insel fühlte?

Ich nahm das Foto von Mom, Dad und Sookie aus meiner Hosentasche und reichte es ihm.

Er schaute es sich gründlich an. »Sie waren gute Freunde«, erinnerte er sich. Dann löste er seinen Blick von dem Bild und sah mich an. »Sag deinem Dad, ich komme später vorbei. Ich möchte wissen, ob ihr etwas aus dem Supermarkt braucht.«

»Okay.« Als ich aufstand, fühlte sich meine Hose ganz klebrig an. Ich behielt das Foto lieber in der Hand.

In unserem Haus machte ich mich sogleich auf den Weg ins obere Stockwerk. Dad saß in der Küche und aß eine Kleinigkeit.

»Warum haben Tintenfische drei Herzen?«, rief ich ihm von der Treppe aus zu.

»Keine Ahnung«, gab er zurück.

Ich heftete das Foto in meinem Zimmer an die Pinnwand. Während ich mir anschließend im Badezimmer unter der Dusche den Fischgeruch vom Leib wusch, spielte ich mit dem Gedanken, Vernon Devine anzurufen. Doch würde ich mich wirklich trauen?

* * *

Später saß ich am Küchentisch und zeichnete ein paar Skizzen für den Naturführer. Eins von Moms Büchern lag aufgeschlagen vor mir. Ich schaute mir das Foto eines Weißen Hais an und versuchte, die Umrisse seines kräftigen Körpers zu übertragen.

»Alle meine Haie sehen aus wie Sandsäcke!«, rief ich ins Wohnzimmer.

Dad lachte kurz auf. »Findest du?«

Er humpelte auf einer Krücke zu mir in die Küche.

»Ja, als wären sie leere Hüllen ohne Innenleben. Haben Haie überhaupt Knochen? Ich weiß, wie der menschliche Körper funktioniert, aber Haie verstehe ich einfach nicht.«

Dad begann, in Moms Buch zu blättern. »Schau mal, so sehen Haie von innen aus«, sagte er und zeigte auf den Querschnitt eines Haikörpers. Ich erkannte einige Organe wieder – die Leber, die Nieren und den Darm. Doch sie waren ganz anders angeordnet als beim Menschen. Außerdem fand ich es schwierig, beim Zeichnen an so viele Dinge gleichzeitig zu denken.

»Das hilft mir nicht«, sagte ich.

Dad zeigte noch einmal auf die Abbildung. »Das hier ist die Wirbelsäule. Sie besteht nicht aus Knochen, wie bei uns Menschen, sondern aus Knorpel. Sie ist leicht und biegsam, damit sich der Hai schnell bewegen kann. Haie besitzen keine Schwimmblase, so wie andere Fische, deshalb würden schwere Knochen sie in die Tiefe sinken lassen.«

Ich fuhr mit meinem Finger die gezeichnete Haiwirbelsäule entlang und beschloss, erst einmal an dem Skelett der Tiere zu arbeiten. Über eine ganze Doppelseite zeichnete ich die lange Wirbelsäule mit ihren reißverschlussartigen, biegsamen Wirbeln. Dabei fiel mir auf, dass Haie keinen Brustkorb besaßen, und mir schossen zwei Fragen durch den Kopf: Wenn Haikörper so weich und flexibel waren, was hielt dann ihre Organe am Platz? Und wie wurden die Organe geschützt?

* * *

Als Dad auf dem Sofa eingeschlafen war, nahm ich das Telefon in die Hand und versuchte mir vorzustellen, wie Vernon Devine aussah. Gehörte er zu den weißhaarigen alten Männern, die noch mit achtzig Jahren in Taucheranzügen herumliefen – so wie Jacques Cousteau? Und schwamm er womöglich jeden Morgen vor dem Frühstück schon eine Meile im Ozean? Ich hörte das Telefon sechs Mal läuten, bevor am anderen Ende der Leitung eine Frau abhob.

»Hallo?«

»Äh, hallo«, meldete ich mich. »Ich würde gerne mit Vernon Devine sprechen.«

Einen Augenblick herrschte Stille, und ich bereute meine alberne Idee.

»Vern hat sich gerade etwas hingelegt«, erklärte die Frau. »Möchtest du eine Nachricht hinterlassen?«

»Ähm, ja, mein Name ist Lucy Everhart. Meine Mom war eine Hai-Expertin, die mit Vernon Devine zusammengearbeitet hat. Sie hieß Helen Everhart. Ich habe einen alten Forschungsvorschlag von ihr gefunden, und ich interessiere mich für ihr letztes Projekt, bevor sie starb.«

Ich holte tief Luft und wünschte mir, ich hätte nicht erwähnt, dass Mom gestorben war. Zwar wäre es nun vermutlich leichter, meine Nachricht zu überbringen, weil die Frau am Telefon Mitleid mit mir hatte. Doch manchmal konnte ich das Mitleid anderer Leute einfach nicht ertragen. Ich fragte mich dann immer, ob mein Leben womöglich schlimmer war, als ich selbst dachte.

Ich hörte einen Stift über Papier kratzen. »Okay, ich glaube, ich habe mir alles notiert«, sagte die Frau. »Weißt du über Vern Bescheid, Liebes?«

»Nein, Ma'am. Ich weiß nichts über ihn, außer dass er der Professor meiner Mutter war.«

»Okay«, sagte die Frau. »Vern ist dement, das bedeutet, er verliert sein Gedächtnis. Deshalb ist es für ihn schwierig zu telefonieren. Wenn er den Hörer abhebt, steht er meistens einfach nur da und sagt nichts. Er würde dir vermutlich zuhören, aber er würde nicht antworten.«

»Ach so.« Enttäuschung breitete sich in mir aus.

»Wo wohnst du?«, wollte die Frau wissen.

»In Massachusetts.«

»Hättest du Lust, ihn zu besuchen? Wenn er einen guten Tag hat, kann er richtig gesprächig sein. Es ist lediglich sein Kurzzeitgedächtnis, das ihn im Stich lässt. Er kann sich aber bestimmt noch an deine Mom erinnern.«

»Ja«, sagte ich, ohne lange nachzudenken.

»Das ist schön. Soll ich ihm vorher schon ein paar Fragen zu deiner Mutter stellen? Um herauszufinden, ob der Ausflug sich lohnt?«

»Ja, gerne.«

»In Ordnung, Lucy. Ich werde gleich zu ihm gehen, wenn er aufwacht.«

»Sind Sie Mr. Devines Frau?«, wollte ich wissen.

»Großer Gott, nein. Ich bin seine Pflegerin, mein Name ist Marion.«

»Es war nett, mit Ihnen zu sprechen«, sagte ich, während mein Magen vor Aufregung flatterte.

* * *

Am Abend gönnte ich mir eine Pause vom Hai-Zeichnen und machte mich mit Dad über einen geheimnisvollen Auflauf her. Ich war gerade dabei, mit meiner Gabel die Pilze von den Nudeln zu trennen, als das Telefon klingelte. Hastig sprang ich auf und rannte in den Flur.

»Hallo?«

»Hi, Lucy. Hier ist Marion, Vern Devines Pflegerin.«

»Hi!«

»Ich habe Vern heute Abend nach deiner Mutter gefragt, und er wollte, dass ich dich sofort anrufe.«

»Oh.« Gespannt wartete ich auf den Rest der Geschichte.

»Vern hat mir ein paar Fotos gezeigt, auf denen er mit einer Frau auf einem Boot zu sehen ist. Die Bilder hängen in seiner Bibliothek an der Wand. Ich habe ihn gefragt, wer die Frau ist, und er sagte: *Das ist Helen.* Vern erinnert sich noch sehr genau an deine Mutter, Lucy.«

»Okay«, sagte ich nur, weil mir für mehr die Worte fehlten.

»Komm Vern also gerne besuchen«, fuhr Marion fort. »Er würde sich sicher freuen, dich kennenzulernen. Und er kann dir etwas über das Projekt deiner Mutter erzählen.«

Mein Herz machte einen Hüpfer. Ich schaute Dad an, der sein eingegipstes Bein auf einem Stuhl abgelegt hatte. Wie ein Blitz durchfuhr mich der Gedanke, dass Dad mit seinem gebrochenen Fuß auf keinen Fall Auto fahren könnte, selbst wenn er wollte.

»Ich werde darüber nachdenken«, sagte ich. »Danke, Ma'am.«

»Worüber willst du nachdenken?«, rief Dad aus der Küche, sobald ich den Hörer aufgelegt hatte.

»Ach, nichts«, antwortete ich. Dabei fühlte es sich kein bisschen an wie nichts.

21.

Geschäftsessen

Es war beinahe Mittag, als ich unter die Dusche stieg. Unter dem gleichmäßigen Wasserstrahl überlegte ich, wie ich nach Maine gelangen könnte, um Vern zu sehen. Zwar kam es mir irgendwie verrückt vor, einhundertfünfundzwanzig Meilen weit zu fahren, um einen alten Mann mit Gedächtnisproblemen zu fragen, was er über meine Mom und Weiße Haie wusste. Doch wenn Fred hier gewesen wäre, hätte er meinen Dad bestimmt angebettelt, uns dort hinzubringen.

Gerade hatte ich das Wasser abgedreht, da hörte ich Dad von unten nach mir rufen.

»Was ist?«, brüllte ich zurück.

»Sookie und Lester sind hier!«, dröhnte seine Stimme durchs Haus.

Ich stand tropfnass in der Dusche. War Sookie etwa gekommen, um mich zum Fische-Ausweiden abzuholen? Darauf hatte ich gerade gar keine Lust. Außerdem wollte ich unbedingt mit Dad über einen Besuch bei Vern reden.

Während ich mich abtrocknete, fiel mir voller Schreck auf, dass meine Handgelenke und Arme richtig mager aussahen. Aber ich hatte wegen meiner Schluckprobleme in letzter Zeit ja auch weniger gegessen.

Ich schob meine Sorgen beiseite und fuhr mir schnell mit einer Bürste durch die nassen, verknoteten Haare. Dann streifte ich den Meerjungfrauenanhänger über meinen Kopf, suchte mir etwas zum Anziehen und ging die Treppe hinunter. In Gedanken sah ich schon einen Haufen Fischinnereien vor mir aufragen.

Ich folgte den Männerstimmen und sah Sookie und Lester mit meinem Dad im Wohnzimmer sitzen.

»Hi!« Zögerlich blieb ich in der Tür stehen. Der Raum fühlte sich plötzlich klein an, so als steckten wir vier zusammen in einem Kleiderschrank. »Ich möchte heute nicht so gern aufs Boot«, sagte ich zu Sookie.

»Da gehen wir auch gar nicht hin«, antwortete er. »Ich wollte dich zum Essen einladen.«

»Im Ernst?«

»Aber ja, warum nicht?«, fragte er lächelnd. »Du warst neulich meine Helferin, und heute haben wir ein Geschäftsessen. Also was ist – kommst du mit?«

»Klar!« Zwar war ich nicht sonderlich hungrig, doch ein Geschäftsessen wollte ich nicht ausschlagen.

»Na, dann los!«

* * *

Im Restaurant stellte eine Kellnerin namens Susie drei Plastikbecher mit Cola vor uns auf den Tisch und zog ein paar verpackte Strohhalme aus ihrer Schürze. Ich schob das weiße Papier herunter, sodass es sich faltete wie ein Akkordeon. Dann nahm ich mit meinem Strohhalm einen Tropfen Cola auf, der auf den Tisch gefallen war. Mit dem Daumen verschloss ich das obere Ende des Halms und hob den Tropfen hoch wie mit einer Pipette. Ich ließ ihn auf mein Platzdeckchen aus Papier fallen und sah zu, wie er sich dort ausbreitete.

»Wie hast du das denn gemacht?«, fragte Lester verblüfft.

»Meine Mom hat mir den Trick gezeigt. Sie nannte ihn *Den Wurm.*«

Lester nickte, auch wenn er sich vermutlich fragte, warum Mom mir beigebracht hatte, Platzdeckchen zu ruinieren.

»So ein Arbeitstag wie heute gefällt mir!« Sookie nahm einen Schluck Cola. Seine Hände waren rot und eingerissen wie im Winter, und seine Finger glichen Würstchen.

Wir sprachen über die Red Sox, und ich erzählte von Mr. Patterson und seinem Polizeiradio.

Nach einer Weile kam unser Essen. Als Erstes stellte Susie mir einen großen Teller hin. Besorgt starrte ich auf meinen Hamburger hinunter, als hätte sie mir gerade eine ganze Kuh aufgetischt. Diese Mahlzeit zu schlucken, würde eine Herausforderung werden.

»Hey, Sookie«, begann Susie, während sie auch ihm sein Essen brachte. »Du musst gut auf deinen Köder aufpassen. Hast du von dem Angler vor Cape Cod gehört?«

»Was? Nein.« Sookie schien überrascht.

»Die Geschichte kam heute Morgen in den Nachrichten«, fuhr Susie fort. »Ein Mann ist in der Nähe des Capes zum Fischen rausgefahren. Als er seine Angel einholen wollte, hat sich ein Fisch die Hälfte des Köders gemopst und ist davongeschwommen. Und plötzlich tauchte ein Hai auf! Aus heiterem Himmel schoss er aus dem Wasser, schnappte sich den restlichen Köder und verschwand. Der Angler meinte, es könnte ein Weißer Hai gewesen sein.«

Staunend schüttelte Sookie den Kopf.

»Wo genau ist das passiert?«, fragte ich aufgeregt.

»Irgendwo vor Cape Cod.« Susie zuckte mit den Schultern.

»Wo kommen in letzter Zeit bloß die ganzen Haie her?«, überlegte Lester.

»Ich weiß es auch nicht«, sagte ich. »Aber sie sind auf jeden Fall auf der Suche nach Robben.«

Lester nickte, dann wandte er sich an Sookie. »Wann willst du morgen rausfahren?«

»So früh es geht«, antwortete er. »Leider gibt es nämlich kein so schönes Geschäftsessen wie heute.« Mit beiden Händen griff Sookie nach seinem Burger und nahm einen riesigen Bissen. »Hast du morgen schon was vor?«, fragte er mich mit vollem Mund.

Ich stocherte mit einer Fritte auf meinem Teller herum. Hoffentlich fragte er jetzt nicht, ob ich Fische ausweiden wollte.

»Isst du gar nichts?«, erkundigte sich Sookie weiter.

Ich schüttelte den Kopf. »Ich kann nicht schlucken.«

»Wie kommt das?«

»Ich weiß nicht ... Es ist wegen des Unfalls.«

Ich spürte förmlich, wie Lester erstarrte, und schaute ihn an. »Danke, dass du geholfen hast, nach Fred zu suchen«, sagte ich und legte meine Hand auf seine.

Da begann er zu weinen.

»Das war sehr lieb von dir, Lucy.« Sookie reichte Lester einen Stapel Servietten.

Lester putzte sich die Nase. »Wir hätten euch gar nicht mitnehmen dürfen«, sagte er. »Es tut mir so leid.«

Schweigend kauten Sookie und Lester ihre Burger, dann bestellte sich Sookie noch ein Stück Apfelkuchen.

Nachdem Susie die Rechnung gebracht hatte, schoss mir plötzlich ein Gedanke durch den Kopf. »Welche Fische jagen eigentlich Harpunenfischer?«

»Thunfische«, antwortete Sookie. »Oder Schwertfische. Manchmal auch Haie.«

Mein Gesicht verfinsterte sich. Immerhin hatte er nicht auch noch *Wale* gesagt. »Du hast früher auch Harpunen benutzt, oder?«

»Ja, vor langer Zeit.« Sookie nickte. »Mittlerweile fischen wir aber mit Netzen. Und wir benutzen Gaffhaken.«

»Was ist das?«

»Das sind Stäbe mit einem Haken am Ende«, erklärte Sookie.

»Damit kann man größere Fische bewegen«, fügte Lester hinzu.

»Glaubst du, du könntest immer noch mit einer Harpune zielen?«, wollte ich von Sookie wissen.

Lester grinste Sookie an: »Einen Blauwal würdest du bestimmt treffen.«

»Haha, sehr witzig«, gab Sookie zurück. »Warum fragst du, Lucy? Denkst du, ich habe den Hai neulich mit einer Harpune erlegt? Er hatte sich im Netz verfangen.«

»Ich weiß. Ich wollte nur mal so wissen, ob du es noch könntest.« Ich hatte einen Plan. Und Sookie sollte mir dabei helfen. Allerdings durfte er das noch nicht erfahren.

* * *

Nachdem wir das Restaurant verlassen hatten, machten Sookie und Lester sich wieder auf den Weg zum Dock. Ich lief zu Fuß nach Hause und beschloss, einen Stopp am Briefkasten einzulegen, um eine weitere Postkarte für Fred einzuwerfen. Während ich gemächlich die Straße entlangschlenderte, schaute ich mir die bunten Blumen in den Vorgärten der Häuser an. Ich ging an hochgewachsenen Zinnien und verschiedenen kleineren Blümchen vorbei. Und ich bewunderte die Rosen, die an Zäunen und Lauben emporkletterten wie Feuerwerke. Die Luft, die vom Meer herüberwehte, wirkte auf die Pflanzen wie Dünger. Sie wurden üppig und stark.

Vor dem Buchladen blieb ich stehen und steckte Freds Postkarte durch den Briefkastenschlitz. Mrs. Lynch, die im Laden arbeitete, stand gerade in der Tür und schaute nach draußen. Sie trug einen langen, weiten Rock und ein Greenpeace-T-Shirt.

»Hallo, Lucy«, grüßte sie lächelnd.

»Hi, Mrs. Lynch.«

Als meine Mom noch ein Kind gewesen war, hatte Mrs. Lynch manchmal auf sie aufgepasst. Es fiel mir schwer, mir die ältere Dame mit ihrem grauen Dutt als jugendliche Babysitterin vorzustellen, die mit meiner Mom durchs Wohnzimmer tanzte.

»Hast du eine Brieffreundin?«, fragte sie. »Das ist schon das zweite Mal, dass ich dich diese Woche am Briefkasten sehe.«

»Nicht wirklich«, antwortete ich. »Ich verschicke einfach nur ein paar Postkarten.«

Die Buchhändlerin blickte mich an, als wollte sie mit mir über etwas Wichtiges reden. Doch sie schien nicht die richtigen Worte zu finden. Ich wusste, dass es um Fred ging, und sah schnell zum Meer hinüber.

Zum Glück sagte sie dann aber gar nicht, wie leid ihr alles tat, sondern etwas ganz anderes: »Lucy, Fred hat ein Buch bestellt.« Sie wandte sich zur Tür. »Es ist gestern angekommen, er hatte es auch schon bezahlt. Möchtest du es mitnehmen?«

»Was ist das für ein Buch?«

»Warte eine Sekunde, ich hole es.«

Ich folgte Mrs. Lynch in den Laden, in dem ich schon tausendmal gewesen war. An heißen Tagen waren Fred und ich gern die Wendeltreppe hinabgestiegen, hatten uns auf den Teppich in der Kinderabteilung gesetzt und Bücher angeschaut. Ich war hin- und hergerissen. Einerseits war ich neugierig auf Freds Buch, andererseits machte mich die Erinnerung an ihn traurig, und ich wäre am liebsten davongelaufen.

Während ich auf Mrs. Lynch wartete, drehte ich den Ständer mit den Postkarten und schaute mir ein Motiv mit verschiedenen einheimischen Salzwasserfischen an. Dann entdeckte ich noch eine Karte mit einer fein gezeichneten Meerjungfrau. Schließlich legte ich vier Postkarten neben der Kasse auf die Theke und kramte ein paar Dollarscheine aus meiner Tasche. In dem Moment kam Mrs. Lynch zurück. Sie trug ein dünnes Lehrbuch bei sich und reichte es mir. Der Titel lautete: *Die Biologie des Weißen Hais*.

Neugierig begann ich, die Seiten durchzublättern. Viele von Moms Büchern enthielten allgemeine Informationen und Bilder über alle möglichen Hai-Arten. Manche Haie hatten schmale Nasen, die vorne spitz zuliefen, andere zeichneten sich durch einen stämmigen Kopf mit kräftigen Kiefern aus. Und dann gab es noch die Hammerhaie mit Augen an den Enden ihrer flachen, breiten Nasen. Ob all die verschiedenen Arten ein ähnliches Skelett besaßen und ob ihre Organe gleich angeordnet waren? Oder unterschieden sich die Weißen Haie womöglich von ihren Verwandten? Das hatte ich schon überlegt, als ich die Wirbelsäule des Weißen Hais gezeichnet hatte.

»Danke für das Buch«, sagte ich, und Mrs. Lynch lächelte mich an. Ich wusste, dass es in Wirklichkeit noch nicht bezahlt war. Sie wollte mir ein Geschenk machen.

Am liebsten hätte ich mich zum Lesen ins kühle Untergeschoss zurückgezogen, doch ich war noch nicht bereit, es alleine zu tun. Zu sehr sehnte ich mich nach dem Geräusch von Freds Turnschuhen auf der Treppe. Ich legte das Buch auf einen Stapel Neuerscheinungen und blätterte weiter durch die Seiten.

Mein Blick fiel auf eine Tabelle mit Angaben zu den Zähnen des Weißen Hais. In den einzelnen Spalten waren Informationen zur Höhe, Breite und dem Winkel der Zähne aufgelistet. Fred hätte so lange über den Zahlen gebrütet, bis er ein Muster entdeckt hätte. Ich selbst konnte mit so vielen Details jedoch nichts anfangen.

Ich wollte das Buch gerade wieder zuklappen, als ich auf einmal etwas Interessantes entdeckte: ein Foto, auf dem die einzelnen Zähne des Raubfischs nebeneinander angeordnet auf einem schwarzen Untergrund lagen. Sie bildeten zwei Reihen übereinander und waren der Größe nach sortiert. Der kleinste Zahn war in etwa so groß wie ein Kieselstein, der größte gute drei Zentimeter hoch. Dazwischen gab es etwa ein Dutzend Zähne, die einander auf den ersten Blick fast vollständig glichen. Doch als ich genauer hinschaute, war jeder Zahn ein kleines bisschen größer als sein Vorgänger, so wie russische Puppen. Das Foto war ein Kunstwerk. Manche Zähne zeigten spitz nach oben, so wie ein gleichseitiges Dreieck. Andere waren gebogen wie ein Segel, das sich im Wind blähte. Mein Blick blieb an den steakmesserartigen Zacken hängen. Diese Zähne waren eindeutig dazu da, Beute zu zerreißen.

Ich schaute auf und sah zufällig, wie Fiona an der offenen Ladentür vorbeiging.

Schnell klappte ich das Buch zu. »Ich muss los«, sagte ich. »Vielen Dank noch mal.«

»Gern geschehen«, erwiderte Mrs. Lynch.

Ich sammelte meine Postkarten ein und steckte sie zwischen die Buchseiten. Dann eilte ich zur Tür hinaus, um zu sehen, wohin Fiona auf dem Weg war.

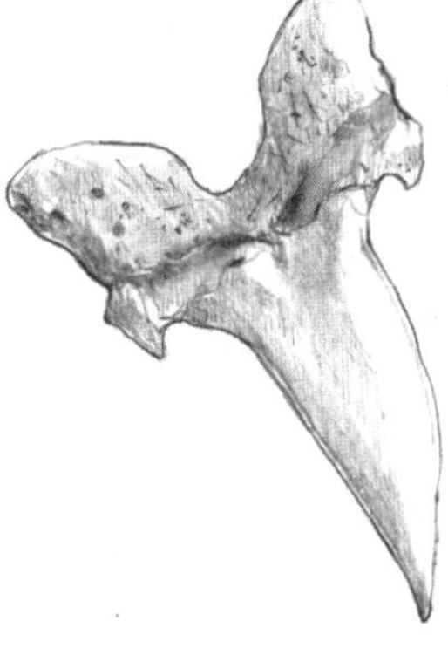

22.

Chinesische Schuhe

Fiona lief in Richtung des Bearskin Neck, einer kleinen Landzunge, die in den Hafen hinausragte. Ich folgte ihr mit einigen Schritten Abstand, denn mir war gerade nicht nach Reden zumute. Fiona trug eine olivfarbene Hose und ein weißes T-Shirt. Beide Kleidungsstücke sahen aus, als hätte sie sie in der Herrenabteilung eines Militärladens gekauft. Ihre Haare waren nass, vermutlich war sie vor Kurzem erst aus der Dusche gekommen. Sie trug eine schwarze Handtasche bei sich, die gerade groß genug war, um ein kleines Portemonnaie darin unterzubringen. Ich selbst besaß noch keine Handtasche, doch die von Fiona gefiel mir gut.

Jetzt verschwand sie im chinesischen Importwarenladen. Ich war unschlüssig, ob ich auch hineingehen sollte. Ich wusste, dass es in dem winzigen Geschäft keine Möglichkeit gab, mich zu verstecken. Schließlich siegte aber meine Neugier, und ich drückte die Tür auf.

Über meinem Kopf läutete eine Glocke, als ich eintrat. Der Laden war mit Regalen voller T-Shirts zugestellt, doch es gab auch Ständer mit winzigen Satintaschen und Seidenschlafanzügen mit hohem Kragen. Die kräftigen Farben leuchteten wie die eines Ölgemäldes. Ich entdeckte Fiona an der Kasse, wo sie mit Mrs. Wong sprach, der Ladenbesitzerin.

»Ja, die roten«, hörte ich Fiona sagen.

»Größe acht?«, fragte Mrs. Wong.

»Genau.«

»Ich komme gleich zu dir, Lucy«, wandte sich Mrs. Wong an mich und verschwand im hinteren Teil des Geschäfts.

Überrascht drehte Fiona sich um. »Hi«, grüßte sie mich. Sie hielt ein Paar Schuhe in den Händen, die ich ganz besonders schön fand: chinesische Samt-Ballerinas. Seit ich klein war, hatte ich bestimmt ein Dutzend davon besessen. Früher hatte meine Mom sie mir gekauft, später hatte ich Dad um das Geld dafür gebeten.

»Das sind meine Lieblingsschuhe«, sagte ich.

»Meine auch.« Fiona lächelte, sah aber ein wenig müde aus.

Nachdem sie bezahlt hatte, überredete Fiona mich, mit ihr ein Eis essen zu gehen. Mit unseren Hörnchen in der Hand spazierten wir den Bearskin Neck entlang. Mühelos glitt die Eiscreme mit Kaffeegeschmack meine Kehle hinunter, und ich fragte mich, ob es wohl möglich war, von Eis allein zu überleben.

»Wie geht es dir?«, fragte Fiona nach einer Weile.

»Ganz okay.«

»Und was ist das für ein Buch, das du dabeihast?«

»Eins über Hai-Anatomie«, antwortete ich.

»Was machst du damit?« Fiona leckte einen Tropfen Eis von der Spitze ihres Hörnchens.

Ich erklärte ihr, dass Fred und ich an einem Naturführer gearbeitet hatten und wir unter anderem Weiße Haie darin aufnehmen wollten. Dann erzählte ich, dass ich gerne meine Hai-Zeichnungen verbessern würde. Und dass es dafür wichtig war, auch das Innenleben dieser Tiere zu verstehen.

»Deine Projekte sind immer so interessant«, warf Fiona ein.

»Na ja, meistens waren es Freds Projekte.«

Sie zuckte mit den Achseln.

»Der Naturführer macht mir jedenfalls richtig Spaß«, sagte ich. »Er hat nämlich mit der Arbeit meiner Mom zu tun. Sie wusste schon eine ganze Weile, dass die Weißen Haie eines Tages beginnen würden, nach Norden zu ziehen.«

»Wirklich?«

»Ja. Ich habe einen Forschungsvorschlag von ihr gefunden, in dem sie die Zusammenhänge erklärt. Allerdings verstehe ich nicht alles.«

»Du könntest die Unterlagen zu Ms. Solomon bringen«, schlug Fiona vor.

»Ja, wahrscheinlich schon.« Ich musste an unsere Begegnung nach der Beerdigung denken.

Plötzlich fiel mir auf, wie bedrückt Fiona aussah. »Ist alles okay?«, fragte ich vorsichtig.

»Na ja, mir geht es einigermaßen gut«, begann sie. »Aber ich mache mir Sorgen um meine Mutter. Außerdem ist Bridget nie zu Hause.«

Ich nickte.

»Wie schaffst du das?«, fragte sie. »Erst deine Mom und dann Fred. Ich komme nicht mal über die Sache mit Fred hinweg.«

Plötzlich hatte ich das Gefühl, mich an meinem Eishörnchen zu verschlucken.

»Oh … alles gut?«, wollte Fiona wissen.

»Ich … ich kann nicht mehr schlucken«, antwortete ich zögerlich.

Fiona sah mich fragend an.

»Das ist schon seit dem Unfall so. Es macht mir Angst. Und wenn ich mich darauf konzentriere, verschlucke ich mich tatsächlich. Erinnerst du dich noch an den Abend, als wir in Freds Zimmer saßen?«

»Ja.«

»Damals hatte ich das Gefühl, ich müsste mich übergeben. So war es auch jetzt gerade.«

Fiona biss ein Stück von ihrem Hörnchen ab. »Ich hatte eine Zeit lang Angst vor Bakterien und Viren«, gestand sie. »Und wenn dann die Grippe oder ein Magen-Darm-Virus in der Schule herumging, bin ich jedes Mal ausgeflippt.«

»Daran erinnere ich mich gar nicht«, sagte ich. »Ist es jetzt immer noch so?«

»Es ist schon besser geworden«, antwortete sie.

»Und was hast du gemacht, damit es besser wird?«

»Ich habe überlegt, was das Schlimmste wäre, das mir passieren könnte. Zum Beispiel könnte ich die Grippe bekommen oder ein paar Tage lang kotzen.« Sie nahm einen weiteren Bissen von ihrem Hörnchen. »Und das wäre ja überhaupt nicht so wild. Es sei denn, man stirbt an Grippe, aber das ist sehr selten.«

»Ich kenne niemanden, der an der Grippe gestorben ist«, bemerkte ich.

»Ich auch nicht«, stimmte sie mir zu.

Wir spazierten bis zum Ende der Landzunge und schauten auf die Mole und das Meer hinaus.

»Ich habe aber nicht selbst herausgefunden, wie ich meine Angst besiegen kann«, erzählte Fiona. »Ich habe damals mit Mr. Scanlon gesprochen, dem Schulpsychologen an deiner Schule. Kennst du ihn?«

Ich nickte. »Er wohnt in der Nähe vom Mill Pont. Dort habe ich ihn schon ein paarmal gesehen.«

Während wir weitergingen, warf ich den Rest meines Eishörnchens in eine Mülltonne. Dabei fielen die Postkarten aus meinem Hai-Buch. Fiona steckte das Ende ihres Hörnchens in den Mund und wischte sich die Hände ab. Dann hockten wir uns beide auf den Boden, um die Karten aufzuheben.

»Die sind cool«, bemerkte Fiona. »Die Meerjungfrau gefällt mir.«

»Behalt sie«, sagte ich und hielt ihr die Karte hin.

»Danke!« Fiona lächelte mich an, aber auf einmal wanderte ihr Blick nach unten.

Ich griff an mein Herz und spürte Freds goldenen Anhänger in meiner Hand. Er musste aus meinem T-Shirt gerutscht sein, als ich mich nach den Karten gebückt hatte.

»Was ist das?«, fragte Fiona.

»Ein Anhänger. Ich habe ihn in Freds Rucksack gefunden.« Ich fühlte mich, als würde ich ein Geständnis ablegen. Als hätte ich etwas gestohlen, das Freds Familie gehörte.

Fiona streckte die Hand aus, und ich bekam Gänsehaut, als ihre Finger über mein T-Shirt strichen. Vorsichtig hob sie den Anhänger hoch, um einen genaueren Blick darauf zu werfen. »Er ist schön«, sagte sie. »Noch eine Meerjungfrau.«

Ich nickte.

»Woher hatte Fred ihn wohl?«, flüsterte sie.

»Ich weiß nicht.«

»Glaubst du, er wollte ihn dir schenken?«

Ich zuckte mit den Achseln. »Hat er irgendwann mal etwas zu dir gesagt?«, fragte ich. »Über mich, meine ich.«

»Ja, ständig. Aber nicht so, wie du denkst. Ich habe ihn immer wegen Mädchengeschichten genervt, aber er hat nie was erzählt.« Fiona sah mir in die Augen und ließ die Kette los. Dann zog sie die Brauen zusammen. »Woran ist der Anhänger befestigt? Ist das Nähgarn?«

»Zahnseide«, sagte ich. »Mit Zimtgeschmack.«

Fiona schüttelte den Kopf. »Du brauchst etwas Stabileres.«

»Ich weiß.«

Wir gingen über den Bearskin Neck zurück und schlugen den Nachhauseweg ein.

»Wer könnte sonst noch das Forschungsprojekt deiner Mutter verstehen?«, fragte Fiona nach einer Weile. »Dein Dad?«

»Vielleicht.« Aber irgendwie war mir nicht danach, Dad zu fragen. »Meine Mom hat den Forschungsvorschlag zusammen mit ihrem Professor geschrieben. Ich habe darüber nachgedacht, mit ihm zu sprechen. Allerdings müsste ich dafür nach Maine fahren, um ihn persönlich zu treffen. Er ist dement. Ist eine lange Geschichte.«

»Das solltest du tun«, riet mir Fiona.

»Im Ernst?«, fragte ich. »Meinst du, das wäre richtig?«

»Auf jeden Fall! Du solltest die Chance nutzen. Sein Gedächtnis wird ja nicht besser werden. Und stell dir vor, er könnte dir etwas über das Projekt erzählen, was sonst niemand weiß.«

Ich nickte. »Aber mein Dad kann mit seinem gebrochenen Fuß nicht Auto fahren.«

»Das ist ein Problem«, gab Fiona zu. »Ich würde dich ja selbst fahren, aber ich habe letzte Woche erst wieder angefangen zu arbeiten. Was ist mit Sookie?«

Ich schaute sie mit großen Augen an.

»Ja, auch das ist mein voller Ernst!« Sie grinste mich an.

* * *

Als ich wieder zu Hause war, setzte ich mich an den Küchentisch und schlug das Buch aus Mrs. Lynchs Laden auf. Während ich ein Limetten-Wassereis schlürfte, blätterte ich durch die Seiten. Welchen Teil eines Hais sollte ich als Nächstes zeichnen? Schließlich legte ich meinen Eisstiel in ein Glas und suchte in meinem Zeichenblock nach einer leeren Seite. In der Mitte des Blocks entdeckte ich meine Skizze der Mondschnecke. Mir stockte der Atem, als ich Freds Hand sah, die sich um das riesige Schneckengehäuse legte. Ich betrachtete sein dünnes Handgelenk unter der klobigen Uhr und erinnerte mich, wie er mir das Blatt aus den Haaren gezogen hatte. Damals, als ich das Bild gezeichnet hatte, war er noch am Leben gewesen. Ich starrte die Skizze an, bis sie vor meinen Augen verschwamm.

Dann schlug ich die erste leere Seite in meinem Block auf und schaute mir eins der Bilder aus dem Anatomiebuch genauer an. Wie die Wirbelsäule funktionierte, hatte ich mittlerweile verstanden, jetzt wollte ich etwas über die Flossen herausfinden. Eine Bildunterschrift verriet mir, dass die Flossen den Weißen Hai zu einem hervorragenden Schwimmer machten.

Ich zeichnete einen Haikörper mit einer Rückenflosse an der Oberseite und einer Analflosse unter dem Bauch. Diese Flossen verhinderten, dass der Hai während seiner Vorwärtsbewegung zur Seite kippte. Dann fügte ich noch die Brust- und Bauchflossen hinzu, damit mein Hai sich auf und ab bewegen konnte. Zum Schluss stattete ich ihn mit einer kräftigen Schwanzflosse aus, mit deren Hilfe er sich zur Seite drehen und pfeilschnell nach vorne schießen konnte. Alle Flossen erfüllten unterschiedliche Funktionen, so wie die Tragflächen und Ruder eines Flugzeugs. Obwohl ich meine Mom noch immer für verrückt hielt, weil sie mit Haien im Meer geschwommen war, dachte ich, wie spannend es wäre, all die Flossen in Aktion zu erleben.

Als ich einen Blick auf meine fertige Zeichnung warf, stellte ich fest, dass mein Weißer Hai immer noch wie eingefroren aussah. Er erinnerte mich an einen Kartoffelsack, an dem Flossen klebten, als wären sie Luxusaccessoires. Ich wollte aber, dass sein Körper aussah, als könnte er jeden Moment zum Leben erwachen. Welche meiner gezeichneten Linien waren wohl die wichtigsten und woher nahm der Hai die Energie für seine kraftvollen Bewegungen?

Ich holte die Fischpostkarte heraus, die ich im Buchladen gekauft hatte, skizzierte die Umrisse eines Hais und beschriftete die Flossen. Über meine Zeichnung schrieb ich eine Nachricht an Fred.

Einheimische Salzwasserfische – Cape Ann, Massachusetts

Ich habe Fiona in Mrs. Wongs Laden getroffen. Sag mal … es klingt vielleicht verrückt, aber schickst du mir jedes Mal einen Weißen Hai, wenn ich dir eine Karte schreibe (der Kajak-Jäger, der Köderdieb)? Ist nur so eine Frage.

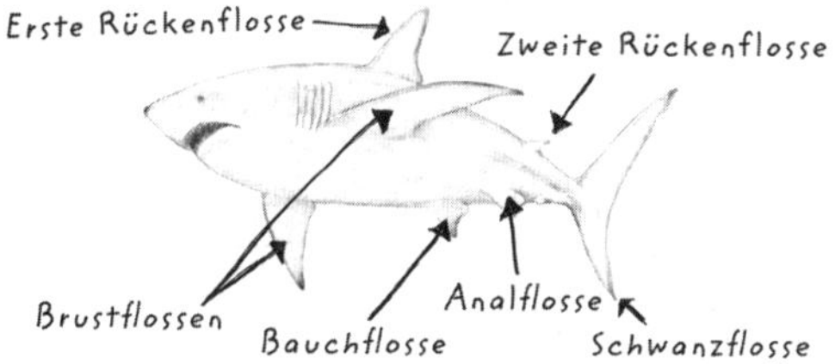

Fred Kelly

23.

Sookie springt ein

Am nächsten Morgen erwachte ich weinend aus dem Schlaf. Ich hatte geträumt, ich wäre aus einem tiefen grünen Gewässer – dem Steinbruch – nach oben geschwommen. Doch im Gegensatz zum Tag des Unfalls war es draußen hell. Je näher ich der Oberfläche kam, desto deutlicher sah ich die Sonnenstrahlen. Ich konnte an nichts anderes denken als daran, wie gut es sich anfühlen würde, nach Luft zu schnappen und das Tageslicht zu erblicken. Erst als ich meinen Kopf aus dem Wasser streckte, fiel mir ein, dass ich Fred unten vergessen hatte. Sofort tauchte ich wieder hinab, um nach ihm zu suchen, aber er war nirgendwo zu sehen.

Mein Kissen war schweißnass, und ich wollte auf keinen Fall länger allein sein. Ich sprang aus dem Bett und trat dabei auf eine Tierfigur aus Plastik, die vor ein paar Tagen von meinem Schreibtisch gefallen war. Ich quietschte auf und rieb über meine schmerzende Fußsohle. Dann hob ich das Spielzeug auf, schleuderte es in die hinterste Ecke meines Zimmers und lief hinkend die Treppe hinunter ins Untergeschoss.

»Lucy, ist alles okay?«, rief mir Dad aus dem Wohnzimmer zu.

Ich streckte meinen Kopf durch die Tür. Dad setzte sich auf dem Sofa auf, das ihm neuerdings als Bett diente. Seine Umrisse zeichneten sich so deutlich auf den Kissen ab wie die eines Fossils in einem Stein. Vorsichtig griff er nach seinem Gipsfuß und legte ihn auf den Boden. Dabei musterte er mich besorgt.

»Humpelst du?«, fragte er.

Ich nickte und wischte mir die Tränen von den Wangen.

Er klopfte neben sich auf das Sofa, und ich setzte mich zu ihm. Während ich mir wieder den Fuß rieb, erzählte ich ihm von meinem Traum.

»Schau mich an«, sagte Dad.

Ich atmete tief ein und sah in seine großen braunen Augen.

»Du hättest ihn nicht retten können.«

»Nein. Aber wir hätten nicht ins Wasser gehen dürfen.«

»Lucy, es war ein Unfall.«

Das wusste ich, doch ich fühlte mich trotzdem nicht besser. »Alles ist so anders als bei Mom«, sagte ich.

»Wie meinst du das?«

»Damals war ich noch klein, aber heute weiß ich, dass Fred nicht zurückkommen wird. Und im Gegensatz zu früher ist mir klar, was das bedeutet.«

Dad kratzte sich am Hinterkopf. »Es ist jetzt fünf Jahre her, seit deine Mom gestorben ist. Aber manchmal warte ich immer noch darauf, dass die Tür aufgeht und sie wieder da ist. Und in den letzten Tagen habe ich lange über Freds Rettungsaktion nachgedacht. Ich habe immer wieder überlegt, ob wir schneller hätten zu ihm gelangen können.« Er machte eine Pause. »Doch ich kann die Vergangenheit nicht rückgängig machen. Ich muss solche Gedanken loslassen, damit sie mich nicht auffressen.«

»Ich verstehe, was du meinst.«

»Ich wünschte, deine Mom wäre jetzt hier. Sie könnte uns ganz bestimmt helfen, über die Sache mit Fred hinwegzukommen«, sagte Dad.

Meine Augen brannten. Ich wischte mir die Tränen weg und fuhr mit dem Handballen über meine Nase. »Ich weiß.«

Plötzlich klopfte es an der Vordertür. Ich schaute Dad überrascht an, und er warf mir einen Blick zu, der bedeutete, dass ich zur Tür gehen sollte. Also machte ich mich auf den Weg.

Draußen stand Sookie mit zwei Einkaufstüten aus dem Supermarkt.

»Ja, ich weiß, es ist noch früh«, sagte er entschuldigend. »Ich hätte vorher anrufen sollen.«

»Nein, kein Problem, komm rein.« Ich schloss die Tür und führte ihn ins Wohnzimmer.

»Hey, Tom, wie geht's dir heute?«, wollte Sookie von Dad wissen.

»Ganz gut. Ich wünschte nur, ich müsste nicht die ganze Zeit rumliegen.«

»Ich hab euch ein paar Sachen eingekauft. Ich stelle alles in die Küche.« Sookie ging durch die Schwingtür, und ich folgte ihm. Dann legte er den Inhalt der Tüten auf der Anrichte ab: ein Grillhähnchen, Plastikbehälter mit sahnigem Inhalt, eine Wassermelonenspalte, Mineralwasserflaschen und eine Bäckertüte voller Kekse.

»Das ist ja wie ein Picknick«, sagte ich. »Danke.«

»Kein Problem, ich wollte gern helfen«, erwiderte Sookie. »Geht es dir denn gut?«

Mein Gesicht war bestimmt rot, weil ich geweint hatte. »Ja, ich bin nur mit dem falschen Fuß aufgestanden.«

Sookie nickte, dann gingen wir wieder ins Wohnzimmer.

Dad hatte gerade die Nachrichten eingeschaltet, und wir schauten uns gemeinsam einen Bericht über ein brennendes Haus bei Boston an. Gerade wurden Aufnahmen besorgter Nachbarn vor einem schwarzen Häuserskelett gezeigt. Doch plötzlich endete der Beitrag, und es wurde die verpixelte Aufnahme einer Rückenflosse eingeblendet, die aus dem Meer ragte.

»Wieder hat es in diesem Sommer eine Hai-Sichtung gegeben«, berichtete der Nachrichtensprecher. »Diesmal vor der Küste von Maine.«

»Was?!«, rief ich ungläubig.

»Na ja, so was passiert«, erwiderte Sookie.

Anscheinend waren ein paar Leute vor Wells Beach mit dem Boot unterwegs gewesen, als sie einen großen Hai in ihrer Nähe erspäht hatten. Biologen versuchten nun, anhand der Beschreibungen zu ermitteln, um was für eine Art von Hai es sich handelte.

Jetzt wurde eine Hai-Expertin eingeblendet, die den Unterschied zwischen den Rückenflossen der beiden größten Hai-Arten erklärte, die es in dieser Gegend gab: dem Weißen Hai und dem Riesenhai.

»Das ist Robin«, sagte Dad. »Erinnerst du dich, Lucy? Sie hat mit deiner Mom zusammengearbeitet.«

Ich nickte. Am unteren Bildschirmrand war ein Balken zu sehen, auf dem *Dr. Robin Walker, Meeresbiologin* stand.

Robin hatte dunkle Haut und schwarze schulterlange Locken, die von einem breiten Stirnband zurückgehalten wurden. Sie war jünger als meine Eltern und trug eine Brille.

»Die Rückenflosse eines Riesenhais ist an der Spitze abgerundet«, erklärte Robin und zeichnete die Form mit ihren Händen in die Luft. »Außerdem verläuft sie an der Rückseite konvex, das bedeutet nach innen gebogen. Die Rückenflossen Weißer Haie hingegen laufen oben spitz zu und fallen dann hinten in einer geraden Linie ab.«

»Glauben Sie, es könnte ein Weißer Hai gewesen sein?«, fragte der Reporter.

»Das ist durchaus möglich«, antwortete Robin. »Die Anzahl dieser Haie vor der Küste von Cape Cod ist gestiegen.«

»Aber *warum* gibt es bei uns in letzter Zeit so viele Weiße Haie?«, wollte der Reporter wissen. »Glauben Sie, die Haie haben begonnen, nach Norden zu wandern?«

»Das ist eine gute Frage«, antwortete Robin. »Schon in der Vergangenheit haben wir im Sommer Wanderungen nach Norden und im Winter nach Süden beobachtet. Die Tatsache, dass wir in letzter Zeit so viele Weiße Haie sehen, lässt sich meiner Meinung nach aber auf die Robben zurückführen.«

»Welche Ratschläge würden Sie Schwimmern oder Strandbesuchern geben?«, fragte der Reporter.

»Ich kann die Angst der Menschen verstehen. Aber mein einziger Rat ist: Wenn Sie irgendwo eine Robbe sehen, dann schwimmen Sie *nicht* in diesem Gewässer.« Robin machte eine bedeutungsvolle Pause. »Die Wahrscheinlichkeit, von einem Hai angegriffen zu werden, ist sehr gering und lässt sich am besten mit einem Gewitter vergleichen. Wenn um uns herum Blitze einschlagen, schauen wir uns auch nicht im Garten die Blumen an und stellen uns neben die Fahnenstange.«

Sookie schnaubte, aber ich nickte. Robin war mir sympathisch.

»Ich bin mir sicher, wir werden in den nächsten Tagen noch mehr Informationen erhalten«, beendete der Reporter sein Interview. »Vielen Dank, Ms. Walker.«

»*Doktor* Walker«, korrigierte ich.

»Danke«, verabschiedete sich Robin im Fernsehen.

Als der Bericht zu Ende war, pulsierte mein Körper vor Aufregung. Sookie verabschiedete sich und ging zu seinem Auto, das in der Einfahrt parkte. Ich lief hinter ihm her. Mr. Patterson saß wie immer auf seiner Terrasse, obwohl es schon jetzt brütend heiß war.

»Was machst du morgen, Sookie?«

»Das Boot streichen«, antwortete er. »Willst du mir helfen?«

»Nein«, erwiderte ich zögerlich. »Ich wollte fragen, ob du vielleicht Lust hättest, mit Dad und mir nach Maine zu fahren.«

»Warum denn das?«

»Ich möchte mit einem alten Mann über das Markieren von Haien sprechen.«

»Ich vermute, das wäre reine Zeitverschwendung«, sagte Sookie, der sofort verstanden hatte, worauf ich hinauswollte. »Vern Devines Gedächtnis ist nicht mehr so gut. Allerdings wüsste ich auch gerne, wo in letzter Zeit all die Haie herkommen.« Er überlegte einen Augenblick. »Möchte dein Dad denn überhaupt, dass ich euch fahre?«

»Äh, ja«, flunkerte ich. Ich wollte Sookie unbedingt

dabeihaben, damit er sich wieder für Moms Projekt begeisterte. Außerdem brauchte ich ihn ja als Fahrer.

Sookie gab einen Seufzer von sich. »Vielleicht könnte ich jemanden finden, der Lester beim Streichen hilft.«

Auf einmal stieg Mr. Patterson von seiner Terrasse herunter und kam auf uns zu. »Hallo, Sookie«, grüßte er. »Ganz schön lang her.«

»Hi«, erwiderte Sookie und schüttelte ihm die Hand.

»Lasst euch von mir nicht stören«, sagte der alte Mann. »Ich wollte nur Hallo sagen.«

»Sie stören nicht. Lucy hatte gerade die Idee, einen Ausflug zu machen.«

»Wohin denn?« Mr. P. schaute mich neugierig an.

»Nach Maine«, antwortete ich.

»Und wer kommt alles mit?«, fragte unser Nachbar.

»Mein Dad, Sookie und ich«, erklärte ich. Sofort fühlte ich mich schuldig, weil ich Mr. Patterson nicht eingeladen hatte. Allerdings hatten meine Ausflugspläne ja auch gerade erst Form angenommen.

»Fährt Sookie das Auto?«, fragte Mr. P. »Nehmt ihr den Truck?«

»Ich glaube, Lester braucht ihn, um das Boot zu ziehen«, antwortete Sookie.

»Aber in eurem Kombi ist die Klimaanlage kaputt«, sagte Mr. Patterson an mich gewandt.

Er hatte recht, sie hatte schon Anfang des Sommers ihren Geist aufgegeben.

»Dein Dad braucht eine Klimaanlage, wenn er mit dem Gipsbein so eine weite Strecke fährt«, sagte Mr. Patterson. »Nehmt doch mein Auto.« Er zeigte auf den braunen Oldtimer, der in seiner Einfahrt glänzte, als wäre er gerade frisch gewachst worden – was er wahrscheinlich auch war. »Er fährt sich wie eine Limousine. Weißt du, wie man Limousinen fährt, Sookie?«

Sookie lächelte. »Das werde ich schon rausfinden.«

Ich war so überrascht und dankbar, dass ich Mr. Patterson nun doch direkt fragte: »Möchten Sie nicht auch mitkommen?«

Er schaute zuerst mich und dann Sookie an. Schließlich nickten wir alle im gegenseitigen Einvernehmen.

Jetzt mussten wir nur noch Dad von unserem Plan überzeugen.

Später am Abend, als gerade ein Red-Sox-Spiel im Fernsehen lief, setzte ich mich neben ihn aufs Sofa. Er hatte wie immer sein Bein hochgelegt.

»Langsam habe ich wirklich die Nase voll vom vielen Rumsitzen«, beschwerte er sich.

Das war meine Chance. Ich packte die Gelegenheit beim Schopf. »Dad, das kann ich absolut verstehen. Und ich glaube, ich habe da eine Idee.«

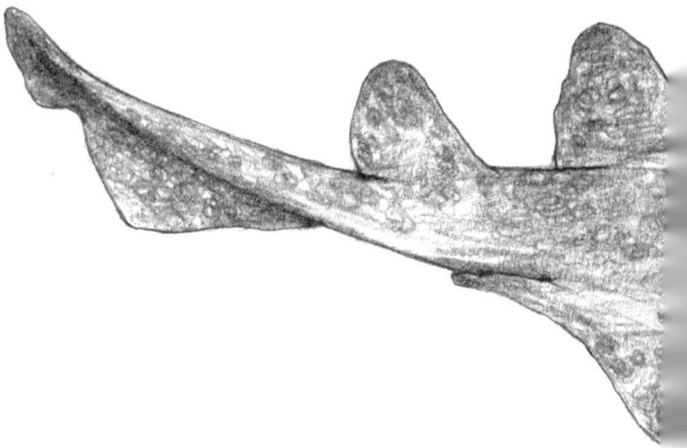

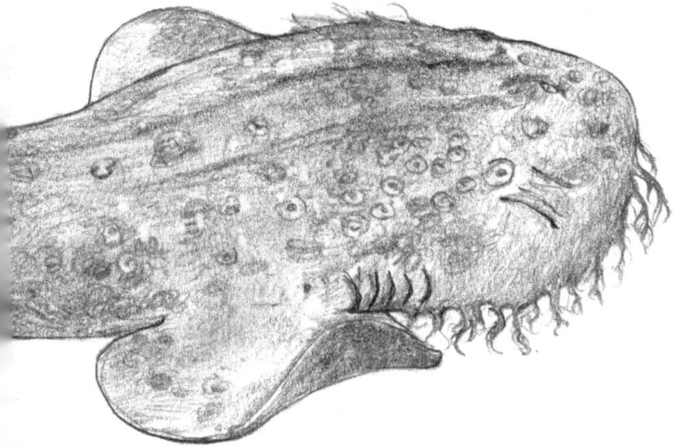

24.

Ausflug

Sookie leckte sich Taco-Schmelzkäse von den Fingern, während er den Oldtimer auf die Brücke über den Piscataqua steuerte. Ich löste meinen Sicherheitsgurt, lehnte mich zwischen die Vordersitze und klatschte mit beiden Händen auf das Armaturenbrett. »Ich bin als Erste in Maine!«

»Großer Gott, Lucy, was machst du da?«, ertönte Mr. Pattersons entsetzte Stimme hinter mir.

Nachdem wir die Staatsgrenze überquert hatten, ließ ich mich wieder auf die Rückbank fallen. Ich war aufgeregt und gleichzeitig so hungrig, dass mich der Geruch des Schmelzkäses wahnsinnig machte. Zwar hatte Sookie mir schon zweimal angeboten, von den Chips zu essen, doch ich hatte nichts zu trinken dabei und war besorgt, dass es mit dem Schlucken nicht klappen würde.

Während wir über die Brücke rollten, schaute ich mir die Frachtschiffe auf dem Wasser an. Wie sonderbar dieser Ausflug doch war. Noch nie zuvor hatte ich mit meinem Dad, Sookie und Mr. Patterson zusammen im Auto gesessen. Am liebsten hätte ich Fred davon erzählt, aber ich hatte gestern Abend meine letzte Postkarte an ihn gesendet. Schließlich hatte ich mich bei ihm dafür bedanken wollen, dass er mir einen Hai nach Maine geschickt hatte. Nur deswegen hatte ich diesen verrückten Ausflug überhaupt organisieren können.

»Ich müsste mal austreten«, verkündete Mr. Patterson, nachdem wir die Brücke verlassen hatten.

»Sie wollen schon wieder zur Toilette?« Ungläubig schaute Sookie Mr. P. durch den Rückspiegel an.

Mr. Patterson zeigte aus dem Fenster. »Hier ist ein Rastplatz.«

Sookie wechselte die Spur und verließ die nach Norden führende Autobahn, um in ein Waldstück einzubiegen. Mr. Patterson öffnete die Tür und schwang seine Beine hinaus. Dann wippte er mit dem Oberkörper ein paarmal vor und zurück und griff nach dem Türrahmen des Wagens, um sich aus dem Auto zu hieven. Ich bot ihm meine Hilfe an, doch er wollte nicht wie ein kleines Kind behandelt werden und lehnte ab.

Mr. Patterson schlurfte den Gehweg zu einem kleinen Raststättenhäuschen hinunter, in dem es garantiert roch wie in einer Klärgrube. Während wir warteten, nahm Sookie eine Münze heraus und begann, einen Stapel Rubbellose zu bearbeiten, die er an der letzten Tankstelle gekauft hatte. Ich steckte meinen Kopf zwischen die Vordersitze.

»Geht's dir gut, Dad?«

»Ja, zum Glück dauert die Fahrt nicht mehr so lange.« Er hatte seinen Sitz so weit wie möglich nach hinten geschoben, damit er seine Beine ausstrecken konnte. Für mich blieb deswegen ungefähr so viel Beinfreiheit wie in einem Ein-Personen-U-Boot, doch das störte mich nicht.

Ich sah aus dem Fenster und zählte die Leute, die aus dem Häuschen herauskamen. Sookie hatte mittlerweile so viel Staub von seinen Rubbellosen gepustet, dass man damit vermutlich einen ganzen Kaffeebecher füllen konnte.

»Hast du schon was gewonnen?«

»Vierzig Mäuse.« Er schnaubte verächtlich.

»Das ist doch gut, oder?«

»Nicht, wenn ich sechzig bezahlt habe. Aber irgendwann muss ich ja mal was Großes gewinnen.« Sookie warf die Lose auf den Boden.

»Lucy, musst du eigentlich auch zur Toilette?«, fragte Dad.

»Auf keinen Fall hier!«, antwortete ich. Öffentliche Klos benutzte ich nur im allergrößten Notfall. Allerdings fragte ich mich, ob es im Besucherzentrum Postkarten gab.

Nach einer Weile kam Mr. Patterson zurück und ließ sich wieder auf seinen Sitz fallen. Sookie schaute in alle Autospiegel und wollte losfahren.

»Warte!«, rief ich. Schnell holte ich mein Portemonnaie aus dem Rucksack und rannte zur Raststätte. Neben einem Ständer mit Straßenkarten und Broschüren fand ich eine Sammlung Postkarten, die so hässlich waren, dass man sie eigentlich umsonst hätte bekommen müssen. Doch da fünf Karten lediglich einen Dollar kosteten, schnappte ich mir gleich eine ganze Handvoll beliebiger Motive. Auf dem Weg zurück zum Auto sah ich den Stapel durch und schüttelte den Kopf.

»Was hast du gekauft?«, wollte Dad wissen.

»Postkarten.«

»So lange bleiben wir aber nicht fort, Lucy«, erinnerte er mich. »Es ist doch nur ein kurzer Tagesausflug.«

Ich zuckte mit den Achseln und schrieb auf dem Rücksitz eine neue Nachricht an Fred.

Seetaucher auf dem Saco-Fluss
Fotografie von Laurie Bowman

Schade, dass es von den hübschen
Seetauchern nur hässliche Fotos gab.

Fred Kelly

Hinter den Orten Kittery und Kennebunk wurden die Kiefern entlang der Autobahn höher und zahlreicher. Allerdings glichen die meisten von ihnen abgenutzten Haarkämmen, denen etliche Zinken fehlten. Ein gleichmäßiges grünes Nadelkleid bedeckte lediglich die oberen Spitzen. Irgendwie gefielen sie mir trotzdem, denn sie passten zu der rauen Landschaft.

Nachdem wir Portland und die ersten Ausfahrten nach Freeport hinter uns gelassen hatten, dirigierte Dad Sookie einige dicht bewachsene Landstraßen entlang. Die Büsche und Bäume waren so riesig, dass sie die Aussicht aufs Meer verdeckten. Endlich kamen wir an einem Haus an, auf dessen Briefkasten die Nummer 227 aufgedruckt war.

»Da ist es«, sagte ich.

Sookie bog in eine lange Einfahrt ein, die zu einem alten weißen Gebäude führte. Dann brachte er den Wagen vor einer verwitterten Scheune zum Stehen und schaltete den Motor ab. Wir saßen einen Augenblick einfach nur da und schauten uns das Haus an. Plötzlich fragte ich mich, ob es überhaupt richtig war, hier zu sein.

»Und jetzt, Lucy?« Sookie drehte sich zu mir um.

Ich atmete tief ein. Durch eine Laube konnte ich eine Terrasse auf der Rückseite des Hauses erkennen, von der aus man eine kleine Bucht überblickte. Der Strand hätte perfekt in ein Sommercamp für reiche Kinder gepasst. »Ich weiß auch nicht.«

»Am besten lassen wir den Mann nicht warten«, sagte Sookie. Dann zog er den Zündschlüssel ab und öffnete die Fahrertür.

Ich stieg aus und ging nach vorne zu meinem Dad, um seine Krücken festzuhalten, während er sich aus dem Sitz hochdrückte. Heute trug er ein kariertes Hemd mit Knöpfen und Baumwollshorts. Es war so lange her, dass ich ihn in normaler Kleidung gesehen hatte. Zu Hause hatte er in letzter Zeit lediglich Schlafanzüge oder Unterwäsche an.

Ich ging als Erste die graue Schiefertreppe hinauf, dicht gefolgt von meinem Dad. Sookie wartete noch auf Mr. Patterson, der ein wenig langsamer war. Die hölzerne Fliegengittertür vibrierte, als Dad anklopfte. Eine Brise ließ die Blätter der großen Eichen erzittern, die Vernons Garten säumten.

»Ich komme!«, ertönte eine Stimme im Haus.

Jemand erschien hinter dem feinmaschigen Gitter. Wir traten einen Schritt zurück, als die Tür nach außen aufschwang. Eine Frau mit kurzen grauen Haaren und einer hellrosa Bluse stand vor uns. Um ihren Hals hing eine Lesebrille an einer bunten Webschnur, wie man sie in Eine-Welt-Läden kaufen konnte. Ich war mir sicher, die Frau wusste auch, wie man meditierte oder seine eigene Seife herstellte.

»Lucy?«, fragte sie freundlich und schaute mich an.

»Ja«, antwortete ich.

»Hallo, ich bin Marion.«

»Danke, dass Sie uns eingeladen haben.«

Sie lächelte und stellte sich meinem Dad vor, während hinter uns nun auch Sookie und Mr. Patterson die Treppe heraufkamen.

»Das ist Sookie«, sagte ich und deutete auf ihn. »Er ist der Fischer, der für meine Mom die Haie markieren sollte.«

Sookie schüttelte Marion die Hand.

»Und das ist Mr. Patterson.« Ich verzichtete auf eine Erklärung, weil ich im Grunde selbst nicht so recht wusste, warum er dabei war.

»Freut mich, Sie kennenzulernen«, sagte Mr. P. und reichte Marion die Hand.

»Kommen Sie rein«, bat Marion. »Vern ist gerade aus seinem Mittagsschlaf aufgewacht.«

Wir folgten ihr ins Haus. Die hohen Balken und knarrende Fußbodenbretter erinnerten mich an mein eigenes Zuhause. Mir gefielen die Gemälde an den Wänden, die hauptsächlich Landschaften zeigten. Wir liefen an einem kleinen Telefontisch vorbei zur Rückseite des Hauses, wo das Wohnzimmer lag. Ein leichter Geruch nach Urin schwebte in der Luft, doch der Wind, der durch die geöffneten Fenster hereinwehte, trug ihn zum Glück davon.

Marion blieb stehen und deutete uns mit einer Geste an, ins Wohnzimmer zu gehen. Vern saß in einem Schaukelstuhl in der Ecke und war mit einer großen babyblauen Decke zugedeckt. Er war klein, hatte ein mondförmiges Gesicht und trug eine riesige Brille. Durch die Gläser blickten uns zwei runde, leuchtende Augen an. Er wirkte ein wenig verwirrt, doch er lächelte freundlich.

»Vern, Helens Tochter Lucy ist hier«, begann Marion. »Du erinnerst dich doch noch an deine Studentin Helen, die Hai-Dame, nicht wahr?«

»Aber natürlich, kommt rein«, sagte er leise und räusperte sich.

Vernon Devine wirkte noch zerbrechlicher, als ich ihn mir vorgestellt hatte. Vorsichtig trat ich an seinen Liegestuhl heran.

»Professor Devine, erinnern Sie sich auch noch an meinen Vater Tom? Und das hier sind meine Freunde Sookie und Mr. Patterson.«

Die Männer schüttelten einander die Hände.

»Es freut mich, Sie wiederzusehen, Vern«, sagte Dad.

»Oh ja, natürlich«, erwiderte Mr. Devine, auch wenn ich das Gefühl hatte, dass er meinen Dad nicht erkannte. Sein Blick wanderte zu Dads Gipsbein. »Das sieht aber gar nicht gut aus.«

»Tom ist Rettungstaucher«, erklärte Mr. Patterson. »Er hat sich bei einem sehr komplizierten Einsatz den Fuß gebrochen.«

Marion ging zu einem bequem aussehenden Stuhl hinüber und bot meinem Dad an, sich zu setzen.

»Es ist ein Liegestuhl«, erklärte sie. »Sie können den Fuß hochlegen.«

Dad ließ sich in den Sitz sinken, und Marion klappte die Fußstütze aus.

Verns riesige braune Augen blitzten interessiert, als er zwischen uns hin und her schaute. »Wo kommen Sie her?«

»Aus Rockport«, antwortete ich.

»Ach, aus Rockport?«, wiederholte er. »Ich bin auch dort geboren. Macht es euch bequem.« Während Vern scheinbar noch überlegte, ob er uns duzen oder siezen sollte, deutete er zuerst auf das Sofa und anschließend auf einen Stuhl am Kaffeetisch. Mr. Patterson setzte sich auf den Stuhl, während Sookie und ich uns das Sofa teilten. Marion blieb stehen.

»Mein ältester Bruder wurde 1891 geboren«, sagte Vern. »Das war ein Jahr, bevor Rockport von Camden getrennt wurde.«

»Sie meinen Rockport in *Maine*, richtig?«, vergewisserte sich Sookie.

»Natürlich.«

»Wir kommen aus Rockport in *Massachusetts*«, erklärte Sookie.

»Wirklich?«, fragte Vern überrascht. »Möchtet ihr was trinken?«

»Wir haben Ginger Ale und Bitterlimonade«, warf Marion ein.

»Eine Bitterlimonade, bitte!«, rief Mr. Patterson erfreut. So lebendig hatte ich ihn den ganzen Tag nicht erlebt.

Marion verließ das Zimmer und kam kurz darauf mit einem Tablett voller Getränke zurück. Sie stellte es auf den Kaffeetisch und reichte Mr. Patterson eine orangefarbene Dose. Er ließ den Deckel aufschnappen und trank mit geschlossenen Augen.

»Mmmmmh, schmeckt erstklassig«, sagte er.

Sookie und ich öffneten unsere Ginger-Ale-Dosen.

»Warum wurde Rockport von Camden getrennt?«, wollte Dad wissen.

Vern nahm einen Schluck von seiner Limonade. »Ich weiß es nicht mehr genau. An manchen Tagen ist mein Verstand messerscharf, an anderen erinnere ich mich nicht einmal an den Namen meines eigenen Sohnes. Mein Vater hat im Steinbruch gearbeitet.«

»Na so was!«, rief Mr. Patterson. »Mein Vater hat auch im Steinbruch gearbeitet!«

»Kalkstein?«, fragte Vern.

»Nein, Granit.«

Dann unterhielten sich die beiden Männer angeregt über Steine, und ich rutschte ungeduldig auf dem Sofa hin und her. Als wäre ihr Gespräch nicht schon langweilig genug, sprachen sie anschließend auch noch über ihre Zeit beim Militär und über ihre Ehefrauen.

Am Ende sah Vern müde, aber glücklich aus und erklärte: »Ich hab zwar keine Ahnung, wer ihr seid, aber ich amüsiere mich prächtig mit Ihnen.«

Kurz darauf holte Marion für Vern einen Becher mit Tabletten. Seine Hände zitterten, als er die Medikamente entgegennahm.

»Sookie ist Fischer«, sagte ich und zeigte auf unseren Freund. »Vor etwa einem Monat ist ihm ein Weißer Hai ins Netz gegangen, er war über fünf Meter lang.«

»Wirklich?« Vern schaute interessiert zu Sookie hinüber. »Wo haben Sie gefischt?«

»Etwa zwanzig Meilen vor Rockport«, antwortete Sookie. »Rockport in Massachusetts.«

»Warten Sie mal«, sagte Marion. »Die Meldung hat es sogar hier in die Nachrichten geschafft. Ich hole den Artikel.« Sie verschwand im Flur.

»Darf ich einen Schluck probieren?«, fragte Sookie und deutete auf Mr. Pattersons Getränkedose.

»Von meiner Bitterlimonade?« Mr. P.s Augen weiteten sich entsetzt.

»Ja, ich bin neugierig, aber ich möchte nicht extra eine neue Dose anbrechen.«

Sookie trank einen Schluck und verzog das Gesicht, als hätte er Motoröl geschluckt. »Das schmeckt ja scheußlich.«

»Man muss sich langsam daran gewöhnen«, erklärte Mr. Patterson und nahm seine Dose wieder an sich.

Da kam Marion mit dem Zeitungsartikel zurück. »Ich

habe die Meldung für Sie ausgeschnitten«, sagte sie und reichte Vern die Seite. Dann sah sie zu Sookie hinüber. »Sind Sie das auf dem Foto?«

»Ja, Ma'am.« Er wurde rot.

»Ich erinnere mich!« Vern tippte auf das Foto. »Das war ein großes Tier. Wirklich schade, dass es tot ist.«

»Vern, möchten Sie unseren Gästen nicht die Fotos von Helen in Ihrem Arbeitszimmer zeigen?«, schlug Marion vor. Sie half ihm auf die Beine und führte ihn in Richtung Flur.

Dad, Sookie und ich gingen hinterher und betraten ein Zimmer, von dem aus man die Casco Bay überblicken konnte. An den Wänden standen mehrere Reihen von Bücherregalen, dazwischen hingen eingerahmte Fotos. Ich entdeckte ein Schwarz-Weiß-Bild, auf dem sich Vern über einen riesigen Oktopus beugte, der auf einem Labortisch ausgebreitet war. Vern sah deutlich jünger aus als heute, doch er trug dieselbe Brille. Auf einem anderen Foto waren vier Kinder in altmodischen Badesachen zu sehen, die ihre Beine von einem Steg baumeln ließen.

»Wer ist das?«, wollte ich wissen.

»Das sind meine Söhne und Töchter«, antwortete Vern. »Sie sind jetzt schon im Ruhestand. Kannst du dir das vorstellen?«

Ich lächelte.

Da entdeckte ich direkt über meinem Kopf ein Bild,

von dem mein Blick beinahe magnetisch angezogen wurde: Es zeigte Vern … und meine Mom!

Meiner Mutter im Haus dieses alten Mannes zu begegnen, war merkwürdig, obwohl ich ja wusste, dass sie auch noch ein Leben außerhalb unserer Familie geführt hatte. Auf dem Foto trugen sowohl Mom als auch Vern blaue Sweatshirts, und um ihren Hals hingen Tauchermasken. Wenn Vern jetzt fünfundneunzig Jahre alt war, musste er bis in seine Achtziger unterrichtet haben und getaucht sein. Er schien seine Arbeit wirklich sehr gemocht zu haben.

»Wie alt war meine Mom auf dem Bild?«, fragte ich.

Vern schaute Marion ratlos an, Marion wiederum sah ebenso ratlos zu Dad.

Dad stützte sich auf seine Krücken und warf einen genaueren Blick auf das Foto. »Sie war in ihren frühen Zwanzigern, vermute ich.«

»Lucy, du bist ihr absolutes Ebenbild«, stellte Marion fest.

Stimmte das? Mom und ich hatten beide eine Menge Sommersprossen, doch ihre Haare waren eher braun als rot. Und sie hatte keine Pickel. Ich musste an das Gespräch denken, das ich mit Fiona bei *Newbury Comics* geführt hatte. Hoffentlich würde ich später wirklich so aussehen wie Mom.

»Hier ist noch eins.« Vern wies mit seiner zittrigen Hand auf ein weiteres Foto meiner Mom. Diesmal stand sie mit einer Gruppe von Leuten am Rand eines Gewässers und schaute auf eine Rückenflosse, die die spiegelglatte Oberfläche durchbrach. »Das war ein Bullenhai«, erklärte Vern. »Er hatte sich in einen Salzwassertümpel am Cape Cod verirrt.«

Das Tier sah riesig aus, nicht viel anders als ein Weißer Hai.

»Wie haben Sie ihn wieder befreit?«, wollte ich wissen.

»Wir haben ihn tagelang nur beobachtet. Irgendwann kam der Vollmond und hat die Flut angehoben. Dank des tieferen Wassers konnte der Hai dann von allein ins Meer zurückschwimmen.«

Wie kam es bloß, dass Vern sich an all diese Details erinnerte, aber nicht mehr wusste, wie man ein Telefon bediente? Seine großen Augen blinzelten.

Schließlich entdeckte ich sogar noch ein Foto von meiner Mom und Vern. Es zeigte sie zusammen in einem Klassenraum. Vern hatte sich an einen Labortisch mit Waschbecken gelehnt, während Mom zu den Studierenden sprach.

»Damals habe ich noch an der Universität unterrichtet«, erklärte Vern. »Helen war an dem Tag als Gastdozentin bei mir.«

Meine Mom lächelte und machte eine merkwürdige Geste mit ihren Händen. Mir fiel auf, wie interessiert die jungen Leute ihr zuhörten. Neben mir beugte sich Dad nach vorne und betrachtete das Bild genauso ausgiebig wie ich.

»Hin und wieder begegnet man einer Studentin, die ihre Sache wirklich versteht«, sagte Vern. »Und so jemand war deine Mom. Sie wusste besser Bescheid als alle, die ich jemals kennengelernt habe.«

Ich lächelte ihn an, und er lächelte zurück.

»Vern, möchten Sie eine kleine Pause einlegen?«, meldete sich Marion plötzlich zu Wort. Vermutlich hatte sie gemerkt, dass er müde wurde. »Möchten Sie sich hinsetzen?«

»Ja«, antwortete er.

Marion half ihm zu einem Stuhl. »Ich werde ein paar Butterbrote schmieren«, sagte sie dann. »Sie sind alle herzlich eingeladen, so lange mit Vern im Arbeitszimmer zu bleiben, wie Sie möchten.« Bevor sie aus dem Zimmer ging, drehte sie sich noch einmal um. »Er ist schnell erschöpft, also wundern Sie sich nicht, wenn er mitten im Gespräch einnickt. Und rufen Sie mich, wenn er anfängt zu streiten!«

»Ist nicht böse gemeint«, erklärte Vern achselzuckend und faltete die Hände in seinem Schoß.

Ich wollte so schnell wie möglich zum Auto laufen, um den Forschungsvorschlag zu holen, bevor Vern einschlief. Also ließ ich die Männer im Arbeitszimmer zurück, stürmte hinaus und kam mit meinem Rucksack wieder. Sookie und Vern waren gerade dabei, sich über die schrumpfende Kabeljaupopulation im Meer zu unterhalten.

»Professor Devine, ich wollte Ihnen den Forschungsvorschlag zeigen, den Sie mit meiner Mom geschrieben haben«, sagte ich, sobald es eine Gesprächspause gab. »Es ging darum, Weiße Haie mit Sendern zu markieren. Ich würde gerne verstehen, wie genau das funktioniert.«

Ich legte die Unterlagen auf Verns Schoß, und er blätterte sie langsam durch. »Ich erinnere mich. Das Projekt war Helens großartige Idee, ich habe nur sehr wenig dazu beigetragen.«

»Warum war die Idee so großartig?«, wollte ich wissen.

Dads Gips kratzte über den Holzboden, als er sich zu uns hinüberlehnte, um besser zuhören zu können.

»Weißt du, was ein Zensus ist?«, fragte Vern.

»Nicht so richtig«, gab ich zu.

Vern öffnete seinen Mund, als wollte er etwas sagen, doch dann sah er plötzlich verwirrt aus. »Kann es bitte jemand erklären?«, fragte er in die Runde.

Mr. Patterson sprang ein. »Alle zehn Jahre sammelt die amerikanische Regierung Daten, um herauszufinden, wer bei uns lebt. Spezielle Beamte, die *Volkszähler* genannt werden, stellen den Menschen Fragen zu ihrem Alter, ihrem Geschlecht und ihrer Kultur. Auf diese Weise möchten sie ermitteln, wie sich das Land über die Jahre verändert.«

»Aha, ja, richtig. Danke«, sagte Vern. »Es gibt keinen Zensus für Weiße Haie, deshalb wissen wir nicht, wie groß der Anteil an jungen, mittelalten und alten Haien ist. Ein ausgewogenes Verhältnis zwischen den Altersgruppen würde bedeuten, dass wir ein gesundes …« Vern verstummte, da ihm anscheinend das richtige Wort nicht einfiel.

»… Ökosystem haben?«, sprang Dad ein.

»Genau!«, fuhr Vern fort. »Wenn das Ökosystem in Schieflage gerät …« Der alte Mann zögerte erneut. »Dann gibt es … womöglich ein Problem.« Er sprach immer langsamer und hatte inzwischen seine Brille abgesetzt, um sich über die Augen zu reiben. Als er sie wieder auf die Nase schob, schaute er mir ins Gesicht, legte seine Hand auf meine und flüsterte: »Du wirst deine Zensusdaten bekommen, Helen.«

Mein Nacken und meine Schultern kribbelten vor Aufregung. Ich wollte ihn korrigieren und ihm sagen, dass ich Lucy war, doch ich starrte ihn bloß an.

Vern atmete tief ein und fuhr fort: »Und du wirst auch noch herausfinden, warum die Haie hier sind.« Er blinzelte und lächelte mich an.

Ich konnte es kaum glauben. Er hielt mich wirklich für eine Hai-Expertin! Sosehr seine Krankheit ihm auch das Leben erschwerte – in seinen Erinnerungen lebte die Vergangenheit ebenso weiter wie meine Mom. Aus Angst, alles kaputt zu machen, verbesserte ich seine Verwechslung nicht: »Wo werde ich die Haie finden, wenn niemand weiß, wohin sie ziehen?«

»Das Flugzeug wird dir helfen«, antwortete Vern.

»Soll ich die Pflegerin holen?«, fragte Sookie. »Ich glaube, er redet wirr.«

Aber ich fragte Vern weiter aus: »Sie denken, ich sollte in ein Flugzeug steigen?«

Vern schüttelte den Kopf. »Nein. Du machst es so, wie wir es besprochen haben. Jemand fliegt das Flugzeug … und du bleibst auf dem Boot.«

»Ein Erkundungsflugzeug. Das meinen Sie doch, oder?«, warf Dad ein.

Redete Vern also doch keinen Unsinn? Ich drehte mich zu Dad um. »Was ist das?«

»Das erklär ich dir später.« Er ließ seinen Blick auf Vern gerichtet.

»Aber Helen, warte auf die Robben!«, sagte der alte Mann mit eindringlichem Tonfall. Dann schloss er die Augen. Er war eingeschlafen.

Ich setzte mich auf den Boden und sah der Reihe nach in die Gesichter um mich herum.

»Ich hoffe, ich werde niemals so enden wie er«, flüsterte Sookie leise.

Dad rieb sich das Kinn. »Er ist vielleicht nicht mehr bei klarem Verstand, aber ein paar Sachen, die er gesagt hat, machen durchaus Sinn. Erkundungsflugzeuge werden tatsächlich eingesetzt, um Fische aufzuspüren.« Er deutete auf Moms Forschungspapier, das aufgeschlagen in Verns Schoß lag. »Lucy, reichst du mir mal bitte die Unterlagen?«

Ich griff nach einer Ecke des Papiers und zog es vorsichtig von den Knien des Professors. Vern zuckte nicht einmal mit der Wimper.

»Erinnerst du dich noch an das Erkundungsflugzeug, über das Mom etwas geschrieben hat?«, fragte mich Dad.

»Nein.« Ich hatte nach dem Abschnitt über das Harpunenboot nicht mehr weitergelesen.

»Aber ich weiß es jetzt wieder!«, meldete sich Sookie zu Wort. »Es stimmt – der Flieger sollte nach Haien Ausschau halten und dem Boot per Funk die richtige Richtung durchgeben. Wie konnte ich das nur vergessen?« Er ging zu Dad und blickte über seine Schulter. »Donnerwetter, das Projekt hätte ja einen Haufen Geld gekostet«, stellte Sookie fest, während er den Text las. »Man bräuchte einen Fischer, ein Boot und natürlich Sprit für das Boot«, zählte er an seinen Fingern ab. »Und dann noch einen Piloten, ein Flugzeug und Treibstoff. So etwas kostet ein Vermögen!«

»Helen hatte Forschungsgelder beantragt«, erklärte Dad und las weiter.

»Was hat Vern eigentlich gemeint, als er von den Robben gesprochen hat?«, wollte Mr. Patterson wissen. »Ich habe nichts davon verstanden.«

In diesem Augenblick kam Marion ins Zimmer. »Oje, ihr habt ihn ja scheinbar furchtbar gelangweilt!« Sie zwinkerte uns zu und breitete eine bunte Decke über Verns Beinen aus. Der alte Mann hatte seinen Kopf inzwischen zur Seite geneigt und atmete durch den Mund.

»Ich glaube eher, wir haben ihn überanstrengt«, erwiderte Mr. Patterson.

»Das kann sein.« Marion griff nach einem Wasserglas, das neben Vern auf dem Tisch stand. »Das Mittagessen ist übrigens fertig. Vielleicht fangen wir einfach schon an, Vern schläft sicher noch eine Weile.«

Wir folgten Marion in die Küche und setzten uns an einen runden Holztisch. In der Mitte stand ein Drehteller mit einer merkwürdigen Ansammlung von Gegenständen darauf: verschiedene Medikamente, eine Brille, ein Vogelführer und ein Tierknochen.

»Was ist das für ein Knochen?«, fragte ich.

Marion stellte eine Platte mit Butterbroten und eine Glasschüssel voll Tortilla-Chips vor uns hin. »Den habe ich heute Morgen bei den Felsen gefunden. Ich wollte Vern fragen, von welchem Tier er stammt. Solche Denksportaufgaben halten ihn auf Trab.«

Fred hätte zu diesem Zeitpunkt bereits eine Liste möglicher Kandidaten im Kopf erstellt. Vielleicht hatte der Knochen zu einem Kaninchen gehört. Oder zu einer Katze? Ich tippte jedenfalls auf ein eher kleines Tier, das aber zumindest größer war als ein Eichhörnchen. Ich nahm mir vor, den Knochen später auf eine Postkarte für Fred zu zeichnen.

»Vielen Dank, dass Sie uns Mittagessen gemacht haben«, bedankte sich Dad. »Das wäre aber wirklich nicht nötig gewesen.«

»Oh doch, ich freue mich so, dass Sie gekommen sind«, sagte Marion. »Und ich glaube, Vern macht der Besuch auch glücklich.«

»Wie lange sind Sie schon seine Pflegerin?« Ich nahm mir ein Sandwich und reichte die Platte an Sookie weiter. Dann klappte ich die obere Brothälfte auf und riss sie in mundgerechte Stücke.

»Na ja, Vern hatte mich ursprünglich eingestellt, damit ich mich um seine Frau Eleanor kümmere. Sie hatte Krebs. Als Eleanor vor zwei Jahren starb, zeigte Vern bereits erste Anzeichen von Demenz. Deshalb bin ich hiergeblieben, um ihm zu helfen.« Sie zuckte mit den Achseln. »Hat wohl so sein sollen.«

»Heute scheint aber ein guter Tag für ihn zu sein«, sagte Sookie. »Er hat sich sogar an den Hai erinnert, der sich vor vielen Jahren in den Tümpel verirrt hatte.«

»Ja, sein Langzeitgedächtnis ist immer noch beeindruckend«, erklärte Marion. »Nur sein Kurzzeitgedächtnis lässt ihn im Stich. Und manchmal ist er einfach schlecht drauf. Doch insgesamt geht es ihm immer noch recht gut.«

Dad goss mir etwas zu trinken ein. Ich steckte mir ein

Stück Brot in den Mund und spülte es mit einem Schluck Limonade hinunter.

»Hast du von Vern die Informationen bekommen, die du brauchtest?«, wandte sich Marion an mich.

»Im Großen und Ganzen ja«, antwortete ich. »Wir haben ein paar neue Dinge erfahren, und ich hätte am liebsten noch viel mehr gefragt. Nur ist Vern dann ja eingeschlafen.«

Marion nickte. »Schreib deine Fragen doch nach dem Essen auf einen Zettel, dann schaue ich, was ich später noch aus ihm herausbekomme.«

* * *

Nachdem Dad, Sookie und Mr. Patterson Kekse zum Nachtisch gegessen hatten, beschlossen sie, einen Spaziergang hinter dem Haus zu unternehmen. Sie wollten sich die Bucht näher ansehen. Ich blieb mit Marion in der Küche und schaute mit einem Fernglas durch das große Panoramafenster. Mein Blick fiel auf ein kleines Boot, das an einem Steg in der Nähe des Grundstücks vertäut war.

»Ist das Verns Boot?«

»Ja. Sein Sohn nimmt ihn im Sommer hin und wieder mit auf eine kurze Tour.«

»Gibt es hier viele Vögel?«

»Ja, sehr viele.« Marion stellte ein gespültes Glas zum

Trocknen in den Geschirrständer. »Kannst du mir deinen Teller bringen, Lucy?«

»Klar.«

Marion kratzte die Reste meines Essens in den Abfall und tauchte den Teller in das Spülwasser. »Du hast ja nicht viel gegessen. Magst du keine Butterbrote?«

»Doch, schon«, erwiderte ich zögernd.

»Es geht mich ja nichts an, aber warst du immer schon so dünn?«, fragte sie weiter.

Ich ließ das Fernglas sinken und fühlte mich ertappt. »Na ja, also ... seit diesem Sommer esse ich nicht so gerne.«

Marion stellte ein Glas Limonade auf den Tisch und nahm auf einem Stuhl Platz. »Weißt du, warum das so ist?«

»Ja.« Ich erzählte ihr von Fred und davon, dass ich manchmal plötzlich Angst bekam, nicht schlucken zu können.

»Hast du schon mal mit einer Ärztin darüber gesprochen?«, wollte Marion wissen.

»Nein, aber Dad hat mit einer Krankenschwester telefoniert. Sie sagte, dass es wahrscheinlich alles zu viel für mich war in letzter Zeit.«

»Da hat sie vermutlich recht. Du hast zwei große Verluste erlitten, da scheinen mir Panikattacken eine normale Reaktion zu sein. Weißt du, was du tun kannst, damit dir das Essen ein wenig leichter fällt?«, fragte Marion.

»Fang mit weichem Essen an, zum Beispiel mit Apfelmus, Götterspeise oder Suppe.«

Ich nickte.

»Und dann sagst du ein paar Mal zu dir: *Mein Körper weiß, wie das geht.* Dann wird er seine Aufgabe erledigen, wie er das schon unzählige Male getan hat.«

»Das klingt irgendwie zu einfach …«

»Es *ist* einfach«, sagte Marion freundlich. »Zumindest, wenn du aufhörst, dir selbst im Weg zu stehen.«

Nachdenklich nahm ich das Fernglas wieder hoch, um einen weiteren Blick aus dem Fenster zu werfen. Ich sah Mr. Patterson, der Beeren von einem Busch pflückte. Komischerweise fühlte ich mich hinter dem Fernglas irgendwie geschützt. So als würde ich Marion hinter einer Maske begegnen. »Vern hat mich vorhin mit meiner Mom verwechselt«, erzählte ich ihr. »Passiert so etwas oft?«

»Manchmal.«

»Er hat mich *Helen* genannt, und er wollte, dass ich Daten von Haien sammle.«

»Vielleicht solltest du das tun.«

»Aber er meinte doch eigentlich, dass *Mom* die Haie beobachten soll.«

Marion dachte einen Augenblick nach. »Manchmal ist es schwierig zu erkennen, wann Vern wirr daherredet und wann er womöglich recht hat.«

25.

In Anwesenheit einer Dame

Wir blieben noch etwa eine Stunde, um zu schauen, ob Vern vielleicht wieder aufwachen würde, doch er war zu erschöpft. Nun konnte ich mit ihm gar nicht mehr über Moms Forschungen sprechen. Wie von Marion vorgeschlagen, schrieb ich meine Fragen stattdessen auf einen Zettel – vielleicht würde ich auf diese Weise mehr erfahren.

Als wir auf der Rückfahrt waren, hielten wir an einer Tankstelle an. Sookie saß am Steuer und wartete darauf, dass sich die Benzinpumpe abschaltete, während Mr. Patterson die Landkarte studierte.

»Lasst uns doch in einem Motel übernachten«, schlug Mr. P. auf einmal vor. »Ich spendiere euch ein Zimmer.«

Ich steckte meinen Kopf zwischen den Vordersitzen hindurch und schaute Dad und Sookie an.

Dad machte ein Gesicht, als suche er einen Grund, um das Angebot abzulehnen. »Sookie, musst du heute Abend nicht wieder zu Hause sein?«, fragte er.

Sookie hatte sich zurückgelehnt und für einen Moment die Augen zugemacht. »Nö, Lester streicht die ganze Woche das Boot«, antwortete er. Dann richtete er sich auf und drehte sich nach hinten. »Gibt es einen besonderen Grund, warum Sie bleiben möchten?«

Mr. Patterson zögerte kurz. »Nein, ich bin einfach nur gerne hier in der Gegend. Und so eine lange Fahrt am Stück ist ja schon anstrengend, finden Sie nicht, Sookie?« Er klang ein wenig nervös, so als steckte eigentlich etwas anderes dahinter. Ich beugte mich über seine Landkarte und schaute mir die winzigen Inseln an, die darauf eingezeichnet waren. Dann machte ich es mir wieder in meinem Sitz gemütlich und suchte in meinem Rucksack nach einer Postkarte für Fred.

Wir fuhren weiter und bogen nach einer kurzen Diskussion tatsächlich auf den Parkplatz eines Motels namens *Tannenhuhn-Hütte* ein. Vor den zahlreichen Fenstern parkten bereits die Autos anderer Gäste.

Als Dad und ich in unser Zimmer kamen, warf ich meinen Rucksack auf den Boden. Die Unterkunft war einfach eingerichtet und roch nach einer Mischung aus Möbelpolitur und Zitronenbonbons. Ich beschloss, einen Spaziergang durch das Motel zu unternehmen und mich auch auf dem Gelände ein wenig umzuschauen.

Als ich nach draußen trat, entdeckte ich Sookie, der auf der Stoßstange des Oldtimers saß und Kaffee trank. Der Styroporbecher, den er in der Hand hielt, hätte Fred ganz und gar nicht gefallen, weil er schlecht für die Umwelt war.

Ich ließ ihn in Ruhe und klopfte stattdessen an die Tür des Zimmers, das er sich mit Mr. Patterson teilte.

»Es ist offen!«, ertönte Mr. P.s Antwort.

Das Zimmer sah fast genauso aus wie das von Dad und mir. Zu meiner Überraschung war Mr. Patterson gerade dabei, seine Schlafsachen auf dem Bett zu falten, die er vermutlich im Kofferraum verstaut hatte. Er hatte also von Anfang an geplant gehabt, in Maine zu übernachten. Ordentlich legte er auch noch ein paar Kosmetikprodukte und Kleidung für den nächsten Tag zurecht. Alles war sauber und faltenfrei. Dann kramte er ein paar Pillendosen aus einer Plastiktüte und reihte die Behälter nebeneinander auf dem Nachttisch auf. Bisher hatte ich unseren Nachbarn fast immer nur im Unterhemd auf seiner Terrasse sitzen sehen. Ich hatte gedacht, er würde wochenlang denselben zerknitterten Schlafanzug tragen, doch nun richtete er sein Motelzimmer so sorgfältig ein, als erwartete er hohen Besuch.

»Ich wünschte, ich hätte mein Radio mitgenommen«, sagte er, während er ein Paar Hausschuhe auf die Tagesdecke legte. »Dann könnte ich den Polizeifunk hören.«

»Glauben Sie denn, Sie hätten hier Empfang?«, fragte ich. »In diesem saulangweiligen Kiefernwald?«

»Lucy, keine Kraftausdrücke bitte«, ermahnte er mich zwinkernd. »Du befindest dich schließlich in Anwesenheit einer Dame.« Er nahm ein kleines Holzgefäß aus seinem Koffer und hielt es in die Höhe.

»Was ist das?«, fragte ich.

Mr. Patterson schaute mir direkt in die Augen. »Das ist Mrs. Patterson.«

»Wie bitte?!«

»Der Behälter ist eine Urne.«

»Sie meinen … für *Asche*?«

»Ja.«

»Warum haben Sie Ihre Frau denn nicht in einem Sarg beerdigt?«

»Bea hat schon immer gesagt, sie wolle nach ihrem Tod nicht so viel Platz einnehmen.«

»Und warum haben Sie sie mitgenommen?« Offensichtlich war ich nicht die Einzige, die mit dem Ausflug einen Plan verfolgte.

Mr. Patterson setzte sich ans Fußende des Betts und stellte das Gefäß auf seinen Schoß. »Nachdem das Bestattungsinstitut mir die Urne überreicht hatte, bin ich in den Naturpark gegangen. Dort bin ich auf einen Felsen gestiegen und habe die Hälfte der Asche ins Meer gestreut. Doch ich konnte es nicht über mich bringen, mich ganz von Bea zu trennen. Also habe ich den Rest wieder mit nach Hause gekommen und auf meine Kommode gestellt.«

»Und was wollen Sie jetzt tun?«, fragte ich.

»Ich dachte, wir könnten uns morgen früh ein Boot mieten und nach French Island fahren«, sagte Mr. P. so selbstverständlich, als ginge es darum, Brötchen zu kaufen. Fragend zog er die Augenbrauen hoch. »Glaubst du, dein Dad würde dabei mitmachen?«

Da war ich mir nicht so sicher. Aber Maine war der Ort, an dem Mr. Patterson und seine Frau immer am Strand gesessen und Bitterlimonade getrunken hatten. Und vielleicht war es das letzte Mal, dass der alte Mann hierherkommen würde. Ich wollte Mr. Patterson unbedingt helfen.

»Ich werde mit Dad reden«, sagte ich.

Plötzlich öffnete sich die Zimmertür, und Sookie lugte herein. »Ich gehe zur Rezeption und hole mir noch einen Kaffee. Möchtet ihr auch etwas?«

»Nein, aber ich komme mit!« Ich sprang von meinem Stuhl auf.

Während wir in der Lobby warteten, ließ ich meinen Blick umherwandern. Auf der Rezeptionstheke standen mehrere Körbe mit merkwürdigen Dingen zum Kauf: Armbänder aus Schiffstauen, bestickte Kissen mit Kieferngeruch und kleine Taschenlampen für den Schlüsselbund. Neben der Kasse befand sich ein drehbarer Postkartenständer, und ich stellte fest, dass zehn Karten nur einen Dollar kosteten. Ein Schnäppchen! Zwar hatte ich immer noch einige unbeschriebene Postkarten mit Seetauchern und Leuchttürmen in meinem Rucksack, doch es war ja nicht verkehrt, noch mehr Karten zu sammeln.

»Hey, Sookie, kannst du mir einen Dollar leihen?«

Er nickte und zog einen Schein aus seinem Portemonnaie.

Ich schaute mir die Karten an. Es gab Elche, Seetaucher und Hummer. Ich nahm von jedem Motiv gleich drei und legte noch einen extra Elch dazu.

Als ich später wieder im Zimmer saß, schrieb ich eine Nachricht an Fred und steckte die übrigen Karten in den Naturführer.

Elch im Mondlicht in der Casco Bay
Fotografie von John Ross Tinkerman

Heute haben wir Vern Devine kennengelernt. Ich glaube zwar, dass er sich nicht mehr an alles erinnern kann, aber wir haben ein paar wichtige Hinweise erhalten. Wir sollen ein Erkundungsflugzeug einsetzen und auf die Robben achten. Zwischendurch dachte Vern, ich sei meine Mom und würde einen Zensus durchführen. Ich habe mich irgendwie gefühlt, als würde ich mit Meister Yoda reden. Dad möchte mir beim Abendessen einiges erklären. Übrigens sitze ich gerade mit Dad, Sookie und Mr. P. in einem heruntergekommenen Motel, und es ist genial!

Fred Kelly

Zuerst wollte ich dem Mann an der Rezeption die Karte zum Versenden geben. Doch dann wurde mir klar, dass er mich wahrscheinlich für verrückt halten würde, schließlich hatte ich weder eine Briefmarke aufgeklebt noch eine Adresse angegeben. Also steckte ich die Karte in meine Hosentasche, für den Fall, dass wir bald an irgendeinem Briefkasten vorbeikamen.

Am Abend kuschelten Dad und ich uns in unsere identisch aussehenden Betten. In der Dunkelheit unterhielten wir uns ein wenig.

»Wie geht es deinem Fuß?«, fragte ich.

»Ganz okay«, antwortete er. »Ich wünschte nur, ich hätte so einen Liegestuhl wie Vern.«

»Dad? Darf ich dich was fragen?«

»Klar.«

»Können wir uns morgen ein Boot mieten?«

»Hier?«, fragte er erstaunt. »Oder zu Hause?«

»Hier.«

»Mir ist noch nicht nach Bootsausflügen zumute, Lucy. Außerdem müssen wir morgen zurückfahren.«

»Du könntest an Land bleiben«, schlug ich vor. »Sookie kann das Boot lenken.«

»Warum willst du denn unbedingt ein Boot mieten?«

Die Frage war berechtigt, denn eigentlich bekam ich ja schon Panik, wenn ich mich nur in der Nähe von Wasser aufhielt.

»Ich würde gerne Mr. Patterson helfen«, erklärte ich. »Er will Mrs. Pattersons Asche auf French Island verstreuen.«

»Warte mal … was?!« Ich hörte, wie Dad sich zu mir umdrehte.

»Sie steht schon seit Jahren auf seiner Kommode, doch er sagt, jetzt sei die Zeit gekommen. Ich finde, wir sollten ihn unterstützen.«

»Er hat wirklich ihre *Asche* mitgebracht?« Dad klang ungläubig.

»Ja. Ich weiß, dass es sich komisch anhört … aber Dad! Er hat uns noch nie um irgendetwas gebeten.«

Dad seufzte. »Und wo zum Henker liegt French Island?«

»Irgendwo in der Casco Bay.«

»Die Bucht ist riesig!«

»Warum schauen wir nicht morgen auf die Landkarte und entscheiden uns dann?«, schlug ich vor.

Dad atmete tief aus. »Und wo sollen wir ein Boot herkriegen?«

»Das werden wir schon rausfinden«, sagte ich zuversichtlich.

26.

Miteinander verwoben

Am nächsten Morgen fiel mir ein, dass Vern Devine doch ein Boot besaß! Sookie meinte, es sei zwar so klein wie eine schwimmende Badewanne, dafür habe es aber einen kraftvollen, vierstrahligen Motor. Wir riefen Marion an, und sie erlaubte uns, damit eine Tour zu unternehmen, solange wir auf die Gezeiten achteten.

Sookie und Dad studierten die Seekarte und erklärten French Island zu einem geeigneten Ausflugsziel.

Wir frühstückten in einem Lokal, wo ich mir eine Schüssel Haferbrei mit braunem Zucker bestreut bestellte. Auf dem dampfenden Brei zerschmolz der Zucker zu Sirup, und mir lief das Wasser im Mund zusammen. Ich nahm vorsichtig kleine Löffel davon und spülte den Brei mit einem Glas Milch hinunter. Am Ende war ich so satt und glücklich wie schon lange nicht mehr.

Auf dem Weg zu Marion und Vern hielten wir an einer Tankstelle und kauften auf Mr. Pattersons Wunsch einen Sechserpack Bitterlimonade. Kurz darauf kamen wir an einem Briefkasten vorbei, und ich warf meine Postkarte an Fred ein.

Bevor die Flut ihren Höhepunkt erreichte, stiegen wir die hölzerne Treppe hinter Verns Haus hinunter, die zum Boot führte. Zwar war ich noch immer nicht sonderlich begeistert davon, mich in ein Boot zu setzen und durch die Bucht zu fahren, doch als ich Mr. Patterson anschaute, wusste ich, dass sich die Überwindung lohnen würde. Er hielt die Urne im Arm, während er vorsichtig über die Felsen kletterte. Auch ich setzte konzentriert einen Fuß vor den anderen. Wir winkten Marion und Dad zu, die uns von der Terrasse aus zuschauten.

Während Mr. Patterson die Seekarte der Casco Bay las, steuerte Sookie uns näher an ein paar kleine, kiefernbewachsene Inseln heran. Als ich über Bord ins Wasser schaute, schnürte sich meine Brust unter der Rettungsweste zusammen, so als würde ich auf einen riesigen Teller voll Essen hinunterstarren. Wie tief die Bucht wohl war? Das Wasser war dunkel, und ich malte es mir genauso grundlos aus wie den Steinbruch.

Plötzlich meinte ich, einen langen, dunklen Schatten an unserem Boot vorbeischwimmen zu sehen.

»Was ist los?«, fragte Mr. Patterson »Alles in Ordnung?«

»Ja, alles gut«, erwiderte ich. Doch im Geheimen wünschte ich, ich hätte die Postkarte an Fred doch nicht in den Briefkasten geworfen. Was, wenn er mir ausgerechnet jetzt einen seiner Weißen Haie schickte, obwohl wir in dieser schwimmenden Badewanne umhertrieben?

»Können Weiße Haie eigentlich auch in die Casco Bay kommen?«, fragte ich Sookie.

»Im Prinzip schon«, antwortete er.

Ich seufzte. *Mist!*

Die Wellen, die ein größeres Boot in unserer Nähe aufwarf, schaukelten uns hin und her. Mr. Patterson presste die Urne fest an sich, während wir immer weiter in die Bucht vorstießen.

Nachdem sich der Seegang ein wenig gelegt hatte, zog ich die Ärmel von Marions Sweatshirt über meine Hände und schaute mich um. Plötzlich erspähte ich in einiger Entfernung etwas im Wasser, das aussah wie ein heller Labrador.

»Ist das ein Hund?«, fragte ich und deutete in die Richtung.

»Ein Seehund«, sagte Sookie.

Nicht weit von uns entfernt hüpften zwei glänzende Robbenköpfe mit schwarzen Nasen auf und ab. Überall in der Gegend von Cape Cod gab es Robben, doch in Rockport hatte ich noch nie welche gesehen.

»Heiliger Fisch!«, rief ich.

Während Mr. Patterson Sookie um die kleinen Inseln herumlotste, hielt ich sicherheitshalber Ausschau nach Rückenflossen.

* * *

Als wir am Strand von French Island ankamen, schüttelte Mr. Patterson die Urne sanft. Dann streute er die Asche seiner Frau in einem hohen Bogen über die Brandung. Lautlos legte sich die weißgraue Aschewolke über den Atlantik und sank allmählich in die Tiefe.

Sookie öffnete eine Dose Bitterlimonade, und ich setzte mich neben ihn auf einen Felsen. Als Sookie mir ebenfalls eine Dose anbot, nahm ich sie an. Wir beobachteten Mr. Patterson, der in einiger Entfernung am Wasser stand und reglos über das Meer schaute.

»An bittere Limonade könnte ich mich glatt gewöhnen«, sagte Sookie und stellte das Getränk auf seinem Knie ab.

Ich probierte ebenfalls einen Schluck und schüttelte mich. »Ich nicht.« Sie war mir noch immer viel zu bitter.

»Warum haben wir die Limonade dann eigentlich mitgenommen?«

»Zu Ehren von Mrs. Patterson«, erklärte ich. »Mr. P. und seine Frau haben immer Bitterlimonade getrunken, wenn sie hier ein Picknick gemacht haben.«

Mein alter Nachbar drehte sich zu Sookie und mir um.

»Sollen wir zu ihm gehen?«, fragte ich.

»Er möchte vielleicht lieber allein sein«, antwortete Sookie.

»Ich gehe trotzdem hin.« Ich stand auf und klopfte mir den Sand von der Hose.

Als ich mich neben Mr. Patterson stellte, sah ich, dass

seine Wangen von Tränen bedeckt und seine Schuhe nass waren. Ich nahm seine Hand und hielt sie fest.

* * *

Vern saß mit einer Decke über seinem Schoß auf der Terrasse, als wir zurückkamen. Marion lag im Liegestuhl und las eine Zeitschrift.

»Vern, darf ich Sie etwas fragen?«, sprach ich ihn an.

»Natürlich, Liebes.«

»Was würde passieren, wenn die Weißen Haie aussterben?«

Marion blickte von ihrer Zeitschrift auf.

»Alles Leben auf der Erde ist miteinander verwoben«, antwortete Vern. »Wenn eine Spezies abwandert oder verschwindet, verschiebt sich die gesamte Ordnung in der Welt. Was im Wasser geschieht, hat Auswirkungen auf das Leben an Land. Genau das besagt Darwins Theorie.«

Nach einer kurzen Pause bat er mich leise: »Sag mir noch mal, wer du bist.«

»Ich bin Lucy, Helens Tochter.«

»Oh ja, richtig. Du kümmerst dich um die Haie.«

»Genau.«

»Haie bekommen nur wenig Nachwuchs, deshalb ist die Gefahr groß, dass sie aussterben«, fuhr Vern fort. »Aber vielleicht können wir noch rückgängig machen, was wir ihnen angetan haben.«

»Aber wie?«, wollte ich wissen.

»Indem wir aufhören, sie zu essen und mehr über ihr Verhalten lernen. Wir müssen Respekt vor ihnen haben, weil sie schon so viel länger auf der Erde leben als alle unsere menschlichen Vorfahren.«

Ich nickte, obwohl ich nicht wusste, was ich mit dieser Information anfangen sollte.

Da stieg Sookie die Treppe zur Terrasse hoch. »Möchten Sie vielleicht eine Tour mit dem Boot unternehmen?«, fragte er Vern und Marion.

Marion ließ ihre Zeitschrift sinken und warf Vern einen Blick zu. »Was meinen Sie? Ist Ihnen nach einem Bootsausflug zumute?«

»Ja, ich hätte Lust auf eine kleine Tour«, antwortete er. »Das wäre schön.«

Sookie streckte seine Hand aus, um Vern aus dem Stuhl zu helfen, dann gingen die beiden zusammen mit Marion zum Boot hinunter.

Vern und Marion zogen Rettungswesten an und kletterten mit Sookie ins Boot. Ich beobachtete, wie sie durch die Bucht brausten. Vern war in seine Decke gehüllt, als wäre er bereits ins Wasser gefallen und müsste sich nun aufwärmen. Dabei war es eigentlich ein ziemlich heißer Tag.

Nach einer Weile kam Mr. Patterson auf die Terrasse und setzte sich neben mich neben mich. In seiner Hand hielt er eine Dose Bitterlimonade.

»Wenn ich noch mehr davon trinke, kriege ich ein Magengeschwür«, sagte er und grinste.

Ich lächelte. »Sie schmeckt wirklich scheußlich.«

»Schmecken tut sie mir schon.«

»Wo ist eigentlich Dad?«, fragte ich.

»Drinnen im Arbeitszimmer«, sagte Mr. Patterson.

»Ich schwitze, ich gehe besser rein«, verkündete ich und stand auf. Ich wollte mir die Fotos von Mom noch einmal anschauen.

Vorsichtig öffnete ich die Schiebetür und machte mich auf den Weg ins Arbeitszimmer. Der alte Holzboden knarrte unter meinen Füßen. Als ich das Zimmer betrat, sah ich Dad, der auf eine Krücke gelehnt an der Wand stand und sich ebenfalls die Bilder von Mom ansah. Ich ging zu ihm hinüber.

Er zeigte auf das Bild, auf dem Mom zu den Studierenden sprach. »Ich habe das Foto gemacht«, sagte er.

»Wirklich?«

Ich betrachtete das Bild genauer. Mom hatte ihre Haare zu einem Pferdeschwanz gebunden, und ihre Lippen waren geöffnet. Welches Wort es wohl war, das sie gerade aussprach? Mit ihren Händen machte sie eine merkwürdige Geste, so als hielte sie einen unsichtbaren Volleyball fest. Mit ihren Volleyball-Händen zielte Mom auf einen von Verns Studenten – sie schien ihm gleich etwas unglaublich Spannendes verkünden zu wollen. Ihre Augen strahlten wie die von Einserschülern, wenn sie die richtige Antwort wussten. Dad hatte meine Mom mit seiner Kamera in einem Moment eingefangen, in dem sie ganz sie selbst gewesen war.

»Wann hat Mom eigentlich angefangen, sich für Naturwissenschaften zu interessieren?«, fragte ich.

Dad dachte einen Moment nach. »Vielleicht in der Mittelstufe. Oder der Oberstufe.«

»War sie so wie Fred? Hatte sie auch Aquarien in ihrem Zimmer und trieb sich in stinkenden Buchten herum?«

Dad legte die Stirn in Falten. »In Freds Alter noch nicht, glaube ich. Aber wir hatten in der Mittelstufe eine gute Biologielehrerin. Das könnte der Wendepunkt gewesen sein.«

Ich nickte. »Es ist komisch, das Foto von Mom in einem fremden Haus zu sehen. *Dein* Foto.«

»Ja, das stimmt.« Dad betrachtete nun ein anderes Bild. »Aber es ist auch gut, oder?«

»Ja.« Ich lächelte. »Vern meint, Mom war etwas ganz Besonderes.«

Dad schaute mich an und lächelte zurück. »Da hat er absolut recht.«

Es war verrückt. Vern vergaß immer mehr Dinge, doch er erinnerte sich nach wie vor an meine Mom. So außergewöhnlich war sie gewesen.

»Hast du früher viele Fotos von ihr gemacht?«, fragte ich.

»Haufenweise.«

»Und wo sind sie jetzt?«

»Zu Hause an den Wänden. Im Schrank … überall. Du brauchst dich nur umzuschauen.«

Meine Mom war mit Haien geschwommen, hatte an der Universität unterrichtet und ganze Bücher mit ihrem Wissen gefüllt. Ich war sehr stolz auf sie und gleichzeitig ein wenig traurig, weil ich keine Ahnung hatte, was aus ihrer Idee geworden war. Hatte schon jemand damit begonnen, Haie mithilfe von Sendern zu verfolgen? Oder war Moms Projekt nach ihrem Tod einfach in Vergessenheit geraten?

* * *

Als Sookie, Marion und Vern von ihrer Bootstour zurückkamen, konnte Vern kaum noch laufen, doch seine Augen strahlten, als hätte er gerade eine wilde Achterbahnfahrt unternommen.

»Ich liebe den Geruch dieser Bucht«, sagte er begeistert, als er wieder auf seinem Stuhl saß.

Ich musste lächeln. Für mich rochen der Schlamm und die Algen wie faule Eier, aber Fred hätte es sicher auch gefallen.

»Vern, darf ich Sie etwas fragen?«

»Natürlich, Liebes.«

Ich überlegte, ob er wohl wusste, dass ich mit ihm

sprach und nicht meine Mom. »Hat schon irgendjemand Haie mit Peilsendern markiert?«

»Vermutlich nicht, nein. Nicht ohne deine Hilfe.«

Ich schaute in seine großen Augen hinter den runden Brillengläsern.

»Was haben Sie gemeint, als Sie sagten *Warte auf die Robben*?«

Vern streckte seine Hand unter der Decke hervor und legte sie auf meinen Arm. »Sie werden wiederkommen. Die ganze Insel wird voll von ihnen sein.« Er spuckte ein bisschen auf mein T-Shirt, während er sprach, doch das war mir egal.

»Welche Insel meinen Sie?«, hakte ich nach.

»Die in deinem Forschungspapier.«

Ich nickte.

»Sammle weiter deine Daten, Helen«, ermutigte er mich und tätschelte meinen Arm.

* * *

Es wurde bereits dunkel, als wir auf die Autobahn fuhren. Auch auf dem Nachhauseweg saßen Dad und Sookie vorne, während Mr. Patterson und ich uns die Rückbank teilten. Ich nahm eine Postkarte aus meinem Rucksack, auf der ein Elch vor einer Kulisse aus Herbstblättern abgebildet war. Den Naturführer benutzte ich als Schreibunterlage.

»Du brauchst besseres Licht«, stellte Mr. Patterson fest und tippte meinem Dad auf die Schulter. »Tom, im Handschuhfach liegt eine Taschenlampe. Könntest du sie mir bitte geben?«

Dad wühlte unter dem Armaturenbrett herum und reichte eine kleine Lampe nach hinten.

»Danke«, sagte ich.

Elchbulle im Baxter State Park bei Millinocket, Maine
Fotografie von Jon Schultz

Wir haben die Asche von Mrs. Patterson auf eine Insel in Maine mitgenommen, und Mr. P. hat die Urne über der Bucht geleert. Irgendwie finde ich den Gedanken komisch, verbrannt zu werden. Ich hoffe, ich löse mich irgendwann einfach wie durch Zauberei in Luft auf, denn alles andere gefällt mir nicht … Als Mr. P. geweint hat, habe ich mich gefragt, warum sich Menschen überhaupt die Mühe machen, andere zu lieben. (Eigentlich denke ich gar nicht so. Nur im Moment, weil ich traurig bin.)

Fred Kelly

Nachdem ich die Karte geschrieben hatte, holte ich Freds CD-Kästchen aus meinem Rucksack. Im Licht der Taschenlampe blätterte ich durch die kleinen Faltheftchen. In dem Kästchen steckten vor allem Freds liebste Classic-Rock-Alben, doch ich entdeckte auch die Miles-Davis-CD, die er auf dem Harvard Square gekauft hatte. Ich erkannte das Cover mit dem unheilvollen Sturm wieder, der sich am Horizont zusammenbraute. Außerdem fand ich ein Album von Herbie Hancock, das *Head Hunters* hieß. Das Cover zeigte eine gelbe roboterartige Figur, die auf einem Keyboard spielte. Im Hintergrund musizierte eine Band. Ich hatte keine Ahnung, wann oder wo Fred diese CD gekauft hatte.

Ich legte das Miles-Davis-Album in meinen Discman und lehnte mich gegen die Autotür. Die Musik war dieselbe wie an dem Abend, als ich Fred von meinem Fenster aus beobachtet hatte. Warum er diese Klänge wohl gemocht hatte? Als die Trompete begann, gab ich auf.

Ich setzte mich wieder aufrecht hin und schaute Mr. Patterson an. »Sie mögen doch Jazz, oder?«

Mr. Patterson fuhr in die Höhe, als hätte ich ihn aus einem Traum gerissen. »Oh ja, ich mag Jazz.«

»Gefällt Ihnen auch das hier?« Ich setzte ihm die Kopfhörer auf und spielte das erste Lied ab, während ich sein Gesicht zu lesen versuchte.

»Nein, ich muss sagen, das gefällt mir überhaupt nicht«, antwortete er laut.

Sookie schaute in den Rückspiegel. »Was hört ihr?«

»Miles Davis.«

»Verstehe. Seine Musik ist in den Siebzigern etwas eigenartig geworden.«

Ich nahm die Kopfhörer wieder an mich.

»Gefällt sie *dir* denn?«, fragte Mr. Patterson.

Ich schüttelte den Kopf. »Aber Fred mochte diese Art Musik.«

»Vielleicht musst du die Musik live hören, um sie zu verstehen«, sagte Mr. Patterson. »Doch eigentlich brauchst du sie auch gar nicht zu mögen. Du kannst einfach offen für sie sein und darauf vertrauen, dass Mr. Davis wusste, was er tat.«

Ich nickte, holte die CD aus dem Discman und legte stattdessen den gelben Roboter ein. Der lang gezogene Bass erfüllte meine Ohren, dann breitete sich der Rhythmus in meinem ganzen Körper aus. Ich erkannte das Lied wieder, zu dem Fred mit seiner Bug-Eye-Sonnenbrille getanzt hatte. Vor meinem inneren Auge konnte ich seine albernen Bewegungen und sein glückliches Lächeln sehen. Meine Brust zog sich zusammen, dann kamen mir die Tränen.

Mr. Patterson legte seine Hand auf meine.

Nie wieder würde ich aus meinem Fenster schauen und Fred tanzen sehen. Und meine Mom würde auch nie mehr wiederkommen. Außerdem wussten anscheinend selbst fremde Leute wie Vern mehr über meine Mutter als ich. Ich schloss die Augen und konzentrierte mich so lange auf den Rhythmus der Beckenschläge, bis ich einschlief.

Als ich wieder aufwachte, war mein Kopf gegen das Autofenster gelehnt. Mr. Patterson atmete neben mir im

Schlaf gleichmäßig ein und aus. Ich nahm die Kopfhörer ab und machte die Augen wieder zu. Während ich im Halbschlaf vor mich hin döste, hörte ich Sookie flüstern: »Wie geht es Lucy?«

»Na ja, sie hat gestern zu Abend gegessen und heute gefrühstückt, das ist schon mal ein gutes Zeichen«, antwortete Dad. »Aber vielleicht muss ich sie mehr dazu ermuntern, das Haus zu verlassen und sich abzulenken. Das Problem ist nur, dass sie immer alles mit Fred gemacht hat. Wirklich alles.«

»Aber sie sitzt doch gar nicht nur zu Hause«, widersprach Sookie. »Es war schließlich ihre Idee, nach Maine zu fahren und sich mit Helens Arbeit zu beschäftigen. Und sie hat gelernt, Fische auszuweiden. Das ist doch schon mal ein Anfang, oder?«

»Da hast du recht.«

»Und wie ist die Lage bei dir?«, fragte Sookie weiter. »Ist es schwierig für dich, den ganzen Tag auf dem Sofa zu sitzen?«

»Ehrlich gesagt, hasse ich es«, gab Dad zu. »Als ich auf der Arbeit noch viel zu tun hatte, habe ich mir nicht so viele Sorgen um Dinge gemacht, die ich nicht ändern kann. Jetzt liege ich den ganzen Tag herum, und die Haie erinnern mich an Helen. Und weil mein Fuß gebrochen ist, denke ich an Fred. Und dann schießt mir der Gedanke durch den Kopf, dass es genauso gut Lucy hätte sein können.«

Eine Zeit lang schwiegen die Männer.

»Weißt du, was Helen jetzt sagen würde?«, fragte Sookie.

»Nein, was?«

»Du musst den Schmerz annehmen.«

»Wie meinst du das?« Ich öffnete die Augen und setzte mich aufrecht hin.

Dad schaute mich überrascht über seine Schulter hinweg an. »Lucy! Wie lange bist du schon wach?«

»Eine Weile«, sagte ich. Dann wandte ich mich an Sookie: »Wer will denn freiwillig Schmerzen haben?«

»Na ja, niemand«, gab er zu. »Aber wenn du traurig, wütend oder ängstlich bist, musst du es zulassen. Genau das hat deine Mutter immer gesagt.«

»Du sollst nicht versuchen, deine Gefühle zu unterdrücken«, fügte Dad erklärend hinzu.

»Oh.« Ich tippte Sookie auf den Kopf. »Und wann hat sie dir das gesagt?«

»Ich weiß es nicht mehr genau.« Er überlegte kurz. »Vielleicht, als mein Hund gestorben ist oder ich mich habe scheiden lassen. Oder als mein Dad mit dem Boot gegen einen Brückenpfeiler gefahren ist. Auf jeden Fall hat sie es mehrmals gesagt.«

»Ich bin schon den ganzen Sommer über traurig«, sagte ich. »Und was soll ich jetzt machen?«

»Das wüsste ich auch gern.« Dad schaute Sookie erwartungsvoll an.

Sookie erwiderte Dads Blick und zuckte mit den Achseln. »Ich weiß es auch nicht.«

»Gewöhnt euch dran!«, ertönte auf einmal Mr. Pattersons Stimme. »Lebt mit eurem Schmerz!«

Ich war überrascht, dass er zugehört hatte, schließlich hatte er eben noch tief und fest geschlafen. Doch bevor ich ihn mit Fragen löchern konnte, schnarchte er schon wieder vor sich hin.

Ich griff nach meinem Rucksack und nahm Moms Forschungsvorschlag heraus. Im Schein der Taschenlampe blätterte ich zu der Stelle, wo Mom erklärte, wie der Fischer den Hai markieren sollte. Wie immer betrachtete ich zuerst die Bilder. Ich sah die groben Umrisse eines Mannes, der auf der Planke eines Harpunenboots stand. Der Mann war wie ein Strichmännchen ohne Gesicht gezeichnet, deshalb erinnerte er mich an die Kreidezeichnungen, die die Polizei an einem Tatort hinterließ. Ich musste schmunzeln und hatte plötzlich eine Idee. Ich schnappte mir einen Stift und verpasste dem Strichmännchen Sookies Gesichtszüge. Dann setzte ich ihm eine Sonnenbrille auf und strichelte einen Viertagebart. Ich zeichnete ihm auch ein Trägershirt und eine Wathose, und zu guter Letzt stellte ich neben ihm auf die Planke noch eine Dose Bitterlimonade. Als ich fertig war, schrieb ich über den Kopf der Figur Sookies Namen und zeichnete einen Pfeil dazu.

Jetzt hatte ich Moms Arbeit verunstaltet, aber ich

musste trotzdem lachen. Wenn ich schon einen Hai-Zensus vornehmen sollte, dann durfte ich mich vorher auch auf dem Papier verewigen.

Ich blies den Radiergummistaub in die Dunkelheit und schaute mir wieder Moms Skizze an. Die Zeichnung zeigte das Erkundungsflugzeug, von dem Vern gesprochen hatte. Der Flieger würde der Bootsbesatzung helfen, die Haie im Wasser aufzuspüren. Vern hatte also wirklich keinen Unsinn geredet.

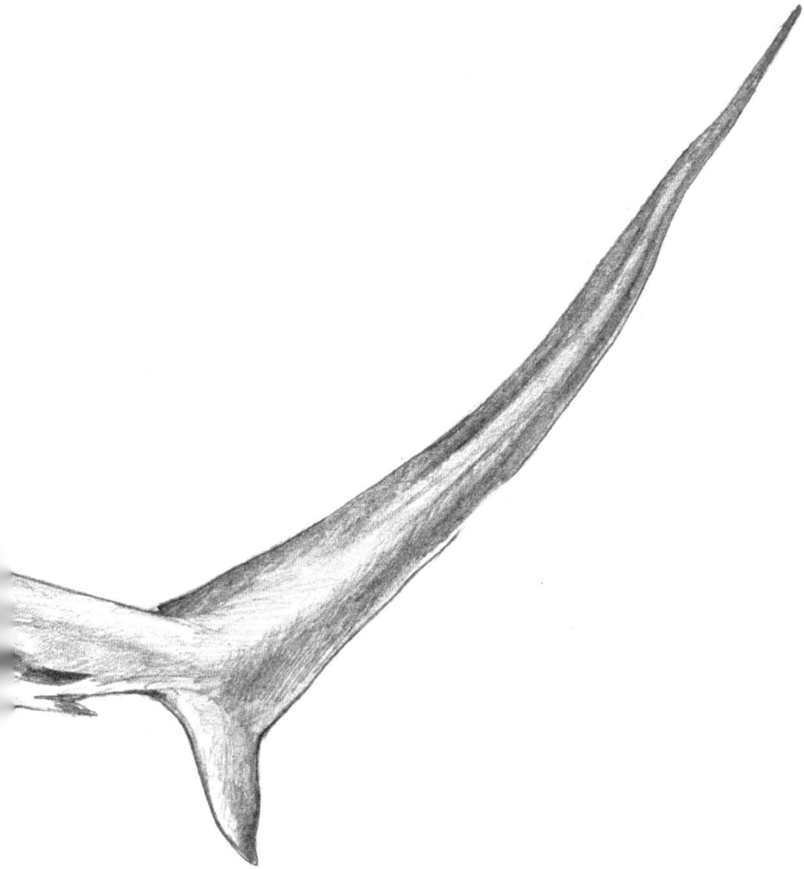

27.

Dr. Robin Walker

Ein paar Tage vergingen, ohne dass ich eine Antwort von Fred bekam. Es erschienen keine neuen Zeitungsartikel über Haie, und es tauchten auch keine Rückenflossen im Wasser auf. Ich sehnte mich so sehr nach einem Zeichen von ihm, dass ich mich sogar mit einen Cartoon-Hai im Fernsehen zufriedengegeben hätte. Doch nichts geschah.

Nachdem ich in der Küche ein wenig gezeichnet hatte, nahm ich meinen Block und meine Stifte mit in Moms Arbeitszimmer. Ich öffnete die Fenster, um frische Luft hereinzulassen. Dann setzte ich mich an den Schreibtisch und blätterte durch meine Skizzen von Haiflossen, -zähnen und -wirbeln. Es war August, und bald würde die Schule wieder losgehen. Wenn ich das Kapitel über Weiße Haie noch in den Naturführer aufnehmen wollte, musste ich mich ranhalten. Leider hatte ich bisher nur einzelne Teile eines Hais zu Papier gebracht, jedoch kein vollständiges Bild, wie ich unzufrieden feststellte. Nachdenklich kaute ich auf meinem Radiergummi herum.

Schließlich holte ich Moms Forschungsvorschlag heraus und schlug die Seite auf, wo ich den Strichmännchen-Fischer in Sookie verwandelt hatte. Ich musste kichern und schaute mir abwechselnd meine und Moms Zeichnungen an. Wenn ich mehr von Moms Projekt verstehen würde, könnte ich ihren Text vielleicht mit meinen Zeichnungen ergänzen.

Bevor ich mit dem Lesen begann, beschloss ich, erst einmal sauber zu machen. Alle Gegenstände auf Moms Schreibtisch waren sehr eingestaubt. Ich legte unsere Zeichnungen auf den Boden, holte mir aus dem Badezimmer einen nassen und einen trockenen Waschlappen und brachte die Arbeitsfläche in Ordnung.

Als ich fertig war, räumte ich Moms Sachen wieder zurück an ihren Platz. Gerade war ich dabei, die Rollkartei aufzustellen, in der Mom die Namen all ihrer Kollegen notiert hatte, da fiel mir eine Visitenkarte in die Hände. Den Namen darauf erkannte ich sofort: Robin Walker. Die Hai-Forscherin.

Die Karte war veraltet, denn Robin trug damals noch keinen Doktortitel. Ob sie vielleicht etwas über Moms Projekt wusste? Ehe ich mich's versah, holte ich das Telefon aus dem Erdgeschoss und wählte ihre Nummer.

»Cat Cove Meereslabor, Robin am Apparat«, meldete sie sich.

»Hallo, Dr. Walker«, begann ich. »Hier spricht Lucy Everhart, Helen Everharts Tochter. Sie haben früher mit meiner Mutter …«

»Lucy!«, fiel sie mir ins Wort. »Wie geht es dir?«

»Ganz gut«, antwortete ich. »Und Ihnen?«

»Danke, ich kann nicht klagen. Was verschafft mir die Ehre?«

»Ähm, ich habe ein paar Unterlagen von meiner Mom gefunden. Darauf steht *Forschungsvorschlag für eine Studie über Weiße Haie und Robben am Cape Cod.*«

»Ja, ich erinnere mich.«

Auf meiner Oberlippe bildete sich vor Nervosität ein wenig Schweiß. »Ich habe versucht, Moms Projekt zu verstehen«, erklärte ich. »Ein Erkundungsflugzeug soll die Haie im Wasser suchen. Und dann wird ein Fischer mithilfe einer Harpune einen Sender an jedem Tier befestigen. Aber können Sie mir erklären, wie so ein Sender funktioniert?«

»Natürlich«, antwortete Robin. An ihrer Stimme merkte ich, dass meine Frage sie überraschte. »Es handelt sich um einen akustischen Peilsender. Das bedeutet, er sendet unter Wasser in regelmäßigen Abständen Schallwellen aus. Diese Schallwellen können von Unterwassermikrofonen aufgefangen werden, den sogenannten Hydrophonen. Wenn ein Hai mit seinem Sender in der Nähe eines Hydrophons vorbeischwimmt, fängt das Hydrophon die Schallwellen auf und erzeugt ein Signal. Dieses Signal nennt man Ping.«

Allmählich begann ich, die Idee zu verstehen. »Kann man das Ping-Signal hören?«

»Nein, nicht mit dem menschlichen Ohr«, antwortete Robin. »Aber wir haben ein Gerät entwickelt, das das Signal in ein Geräusch umwandelt, das auch wir Menschen wahrnehmen können. Dazu braucht man allerdings spezielle Kopfhörer. Das Geräusch kann dann zum Beispiel ein Klopfen sein.«

»Das ist ja verrückt!«, rief ich.

»Ja, nicht wahr?«, stimmte Robin mir zu. »Und stell dir vor – jeder Peilsender erzeugt ein anderes Geräusch, sodass du die einzelnen Haie an ihrem Ping unterscheiden kannst.«

»Was? Jeder Hai hat seinen eigenen Ton?«

»Im Grunde ja.«

Ich stellte mir Haie im Ozean vor, die immer wieder ihren eigenen Namen riefen, während sie aneinander vorbeischwammen.

»Wir haben Jahre gebraucht, um die notwendigen Geräte zu beschaffen, aber jetzt haben wir es fast geschafft, Lucy!« Robin klang richtig aufgeregt. »Wir hoffen, dass wir zum Ende des Sommers damit anfangen können, die ersten Haie zu markieren.«

»Wirklich?«

»Oh ja, es ist bald so weit«, bekräftigte sie.

»Woow.« Ich war einen Moment sprachlos. »Haben Sie zusammen mit meiner Mom und Vern an der Studie gearbeitet?«

»Ja, deine Mom und ich haben die Idee gemeinsam

entwickelt«, antwortete Robin. »Wir alle vermissen Helen sehr. Es hat lange gedauert, bis Ray und ich uns vorstellen konnten, ohne sie weiterzumachen.«

Ich lächelte. »Ist Ray auch ein Biologe?«

»Ja.«

»Ich habe in den Nachrichten von Haien in Massachusetts und Maine gehört«, erzählte ich. »Einer war sogar bei uns in Rockport.«

»Sookies Hai«, warf Robin ein. »Ich weiß. Ray und ich wollten ihn eigentlich sezieren, aber wir saßen auf einer Konferenz fest.«

»Ich habe ganz vergessen, dass Sie Sookie ja kennen!«, sagte ich und betrachtete den bärtigen Fischer in Moms Forschungsvorschlag.

Robin seufzte. »Wir haben ihn schon ein paar Mal angerufen und gehofft, dass er für uns arbeiten wird, doch er hat sich nicht zurückgemeldet. Ist aber nicht so schlimm, es gibt noch andere Kandidaten.«

»Haben Sie ihn vor Kurzem angerufen?«

»Eine Weile ist es schon her – im Winter«, antwortete Robin. »Als deine Mom noch dabei war, hatte er ihr versprochen zu helfen. Doch ich glaube, er hatte vor allem ihr zuliebe zugesagt. Schließlich waren sie schon so lange befreundet.«

»Wieso wollen Sie die Haie eigentlich mit Sendern ausstatten?«, fragte ich. »Warum ist das wichtig?«

»Wenn Haie zum Fressen in unsere Gegend kommen,

möchten wir sie im Auge behalten«, erklärte Robin. »Wir hoffen, auf diese Weise mehr über ihr Leben und ihr Verhalten zu erfahren und herauszufinden, wie viele Haie es gibt und welche von ihnen regelmäßig zu uns zurückkehren.«

»Der Zensus!«, warf ich ein. Dann berichtete ich Robin von meinem Besuch bei Vern und davon, dass er mich für meine Mom gehalten und gesagt hatte, ich solle weiter Daten sammeln.

»Ja, genau das tun wir auch, wir sammeln Daten«, bekräftigte Robin.

»Zielt der Fischer mit einer Harpune auf den Hai, um den Sender anzubringen?«, fragte ich.

»Ja, aber das ist eine knifflige Angelegenheit«, antwortete Robin. »Der Hai ist ein bewegliches Ziel, und der Fischer muss genau die richtige Stelle am Ansatz der Rückenflosse treffen.«

»Tut das dem Hai nicht weh?«

»Sollte es eigentlich nicht. Wir markieren andere Fischarten schon seit Jahren auf diese Weise, ohne dass es zu negativen Folgen gekommen ist.«

Ich blickte noch einmal auf Moms und meine Zeichnungen. »Wissen Sie, was komisch ist?«, begann ich. »Als Mom noch da war, habe ich mich nicht sonderlich für ihre Arbeit interessiert. Aber seit Sookies Hai gefangen wurde, hat sich etwas verändert. Ich arbeite an einem Projekt für die Schule und habe schon viele Körperteile von Haien gezeichnet. Ich möchte herausfinden, wie diese Lebewesen funktionieren.«

»Das ist im Grunde genau das, was ich auch jeden Tag tue«, sagte Robin. »Und du bist den ganzen Weg nach Maine gefahren, um Vern nach der Studie zu fragen?«

»Mhm.«

»Beeindruckend«, sagte sie. »Wenn du noch irgendwelche Fragen hast, ruf mich gerne jederzeit an.«

»Okay, danke.«

»Und wenn du Sookie siehst, sag ihm, wir bezahlen gutes Geld.«

»Tun Sie das denn?«

Sie lachte. »Nicht wirklich.«

Nachdem ich aufgelegt hatte, rannte ich die Treppe hinunter, um das Telefon zurückzubringen und Dad zu erzählen, was ich über Peilsender und Pings gelernt hatte. Er stand auf eine Krücke gelehnt am Küchentisch und sah die Post durch.

»Hey, Dad«, sagte ich.

Er streckte mir eine Postkarte entgegen. Es war das Foto von Miles Davis mit seiner Bug-Eye-Sonnenbrille, das an Freds Pinnwand gehangen hatte. Mein Herz überschlug sich fast, als ich die Karte umdrehte, um nachzusehen, wer sie mir geschickt hatte.

Miles Davis, 1970

Hi, Lucy,
ich war heute in Freds Zimmer und habe diese Karte gesehen. Sie hat mich an unseren Tag auf dem Harvard Square erinnert. Ich konnte damals nicht glauben, dass Fred die Brille wirklich gekauft hat. Irgendwie ist es komisch – vor Kurzem musste Mom Fred noch dazu überreden, unter die Dusche zu gehen. Und plötzlich wollte er seine eigenen Klamotten kaufen. Dabei hat er sich doch gar nicht für sein Aussehen interessiert. Oder etwa doch?
Wie war dein Ausflug? Hat Mr. Patterson sich anständig benommen?
Fiona

Lucy Everhart
Smith Street 6
01966 Rockport,
Massachusetts

»Von wem ist die Karte?«, fragte Dad.

»Von Fiona.«

Sie hatte recht, Fred hatte sich eigentlich nie etwas aus seinem Aussehen gemacht. Und er blieb morgens lieber zehn Minuten länger im Bett liegen, als vor der Schule noch zu duschen.

»Findest du, dass Fred sich komisch benommen hat?«, fragte ich Dad. »In diesem Sommer, meine ich.«

Dad lächelte mich an. »Meiner Meinung nach nicht. Aber ich denke, das kannst du besser beurteilen. Niemand kannte ihn so gut wie du.«

Ich rannte nach oben und heftete die Postkarte an meine Pinnwand. Miles Davis blickte mir mit einer tiefen Falte auf der Stirn entgegen. Wegen der Sonnenbrille konnte ich seine Augen kaum erkennen, doch ich fand, er sah genervt aus. Fred hatte niemals so geguckt.

28.

Kartenspiel

Am nächsten Morgen warf ich zwei Postkarten in den Briefkasten vor dem Buchladen. Auf einer klebte eine Briefmarke, auf der anderen nicht. Ich blieb einen Moment stehen und flüsterte einen Wunsch an Fred: »Schick mir bitte einen Hai, okay? Diesmal aber einen echten.«

Ich schloss die Briefkastenklappe und wollte gerade wieder nach Hause radeln, als ich Mr. Scanlon, unseren Schulpsychologen, aus dem Buchladen herauskommen sah. Er war klein, hatte einen hellbraunen Oberlippenbart und trug ein geknöpftes Hemd und Sandalen. Hätte ich ihn nicht aus der Schule gekannt, hätte ich ihn für einen Touristen gehalten. Unter seinem Arm klemmte eine braune Papiertüte.

»Hi, Mr. Scanlon!«, rief ich.

Überrascht blieb er stehen, dann kam er auf mich zu.

»Lucy?«, fragte er unsicher.

»Jap«, sagte ich.

»Schön, dich zu sehen.«

Er streckte seine Hand aus, dann warf er mir einen besorgten Blick zu. »Du stehst ganz oben auf meiner Liste für das neue Schuljahr.«

»Warum?«

»Damit wir reden können.«

»Worüber?«

»Worüber du möchtest.« Sein Gesichtsausdruck war ernst.

»Mögen Sie vielleicht jetzt gleich reden?«, fragte ich, ohne nachzudenken.

»Gerne.«

»Hinter dem Hügel steht eine Bank.« Ich deutete in Richtung der Kaimauer. Von dort aus konnte man den gesamten Front Beach überblicken.

Als wir die Steinbank am Ende der Straße erreicht hatten, legte ich mein Fahrrad ab und setzte mich.

»Wie geht es dir heute?«, wollte Mr. Scanlon wissen.

»So weit okay«, antwortete ich. »Heute ist ein ganz guter Tag.«

Mr. Scanlon sah mich forschend an. Wahrscheinlich fanden Psychologen und Therapeuten lange Blickkontakte und Gesprächspausen nicht unangenehm, doch ich fühlte mich auf einmal unwohl. Hätte ich doch bloß nicht vorgeschlagen, jetzt gleich mit ihm zu sprechen! Eine Weile saßen wir schweigend nebeneinander.

»Worüber willst du denn reden?«, fragte er schließlich.

»Über nichts Besonderes eigentlich.«

»Möchtest du vielleicht Karten spielen?«, fragte Mr. Scanlon schließlich.

»Sie haben Karten dabei?«

»Mhm.« Er zog einen Stapel aus seiner Gesäßtasche.

»Na, dann los.« Ich rückte ans Ende der Granitbank.

Mr. Scanlon mischte die Karten. »Hast du Lust auf Mau-Mau? Oder Mogeln?«

»Wie wär's mit Gin Rummy?«

Er schaute auf und lächelte mich an. »Das ist ein Spiel für Erwachsene. Wer hat dir das denn beigebracht?«

»Mein Nachbar, Mr. Patterson«, antwortete ich.

Mr. Scanlon teilte den Stapel in der Mitte. »Kennst du Mr. Patterson schon lange?«

»Schon seit Ewigkeiten«, sagte ich. »Er ist ziemlich alt, ungefähr neunzig.«

Mr. Scanlon nickte, dann teilte er uns beiden jeweils zehn Karten aus. »Wie ist Mr. Patterson denn so?«, fragte er weiter.

»Nett, aber manchmal auch ein bisschen merkwürdig. Er sitzt zum Beispiel oft im Unterhemd auf der Terrasse und hört den Polizeifunk ab. Aber ich mag ihn, weil er immer für mich da ist, wenn ich etwas brauche.«

Ich legte die Karten in meiner Hand zu einem Fächer zurecht. Sorgfältig ordnete ich die Damen nebeneinander ein und sortiere die Herz-Karten in ansteigender Reihenfolge. Mr. Scanlon zog eine Karte von dem übrig gebliebenen Stapel und legte sie aufgedeckt auf die Bank. Kreuzvier.

»Fang du an«, forderte er mich auf.

Ich griff ebenfalls nach einer Karte. »Warum machen Psychologen immer Spiele mit Kindern?«, fragte ich, während ich einen Buben auf dem Stapel für nutzlose Karten ablegte.

»Wahrscheinlich, weil wir nicht sehr einfallsreich sind«, sagte Mr. Scanlon. »Hast du denn schon mal mit einem anderen Psychologen Gin Rummy gespielt?«

»Nein, aber Memory. Mit Ms. Watts, meiner Schulpsychologin an der Grundschule. Da war ich noch klein.«

Er nickte, zog eine weitere Karte und legte sie direkt auf den Nutzlos-Stapel.

»Sie wissen, dass meine Mom gestorben ist, oder?«, fragte ich.

»Ja«, antwortete er. »Wie alt warst du damals?«

»Sieben.« Ich nahm die vierte Dame hoch. »Sie hatte ein Aneurysma im Gehirn, das ist ein kaputtes Blutgefäß.«

»Das tut mir leid«, sagte Mr. Scanlon und schaute von seinen Karten auf. »Es war bestimmt sehr hart für dich.«

»Ja, war es«, stimmte ich ihm zu. »Aber ich glaube, darüber möchte ich nicht reden.«

»Ist gut. Worüber magst du denn sprechen?«

»Über Fred«, antwortete ich. »Den Unfall.«

»Okay.«

Wieder herrschte einen Augenblick Stille. Ich zog eine Pikdrei und warf sie sofort auf den Nutzlos-Stapel. Mr. Scanlon nahm die Karte auf und tauschte sie gegen ein Ass.

»Ich habe eine Frage«, begann ich zögerlich.

»Nur zu.«

Ich griff nach einer Karte. Herz. Damit konnte ich nichts anfangen. Ich legte sie ab, und Mr. Scanlon sortierte sie sogleich in sein Blatt ein.

»Schieß los, Lucy.«

Endlich bekam ich eine Karofünf in die Hand und ordnete sie neben meiner Pikfünf ein. »Ich schreibe Postkarten an Fred.«

»Seit er gestorben ist?«

»Ja.«

»Erzähl mir mehr darüber«, forderte Mr. Scanlon mich auf, wobei er vorsichtig lächelte.

»Na ja, mir kommen tagsüber viele Gedanken, die ich früher mit Fred geteilt hätte.«

»Welche zum Beispiel?« Mr. Scanlon zog eine weitere Karte und legte sie auf den Nutzlos-Stapel.

»Witze. Oder Dinge, die ich sehe«, erklärte ich. »Gerade habe ich auch eine Postkarte eingeworfen und ihm erzählt, dass ich mit einer Biologin darüber gesprochen habe, Weiße Haie zu markieren. Davor habe ich ihm geschrieben, dass mir ganz schwindelig wurde, weil ein

Mann an der Bushaltestelle sein Asthmaspray benutzt hat.«

Mr. Scanlon kniff die Augen zusammen, als könnte er mir nicht folgen.

»Fred hatte Asthma. Als ich das Geräusch des Sprays gehört habe, dachte ich plötzlich, er wäre noch da.«

Mr. Scanlon nickte.

»Jedenfalls schreibe ich solche Gedanken auf Postkarten und werfe sie dann in den Briefkasten«, fuhr ich fort.

»Erwartest du, eine Antwort zu bekommen?«

»Nein«, sagte ich, doch es fühlte sich an wie eine Lüge. »Ich schreibe sie nur gern.«

»Und was wolltest du mich zu den Postkarten fragen?«

»Na ja, ich meine … stimmt etwas nicht mit mir?« Ich zog eine Herzfünf und rief laut: »Gin!«

Mr. Scanlon breitete sein Blatt offen auf der Bank aus.

»Nicht schlecht«, sagte ich, als ich mir die Karten anschaute.

Mr. Scanlon stützte seine Ellbogen auf die Knie. »Ich denke, du wirst Fred so lange Postkarten schreiben, wie du es möchtest«, begann er. »Und das ist völlig okay. Ich sehe kein Problem darin.«

Ich war erleichtert, doch eine letzte Frage wollte ich ihm noch stellen. »Mr. Scanlon?«

»Ja?«

»Aus irgendeinem Grund stelle ich mir vor, dass jeder Weiße Hai, von dem ich höre oder lese, eine Nachricht von Fred ist. Ich weiß zwar, dass er von dort, wo er gerade ist, nicht mit mir reden kann. Aber es fällt mir schwer zu glauben, dass er endgültig weg ist. Bin ich deshalb verrückt?«

Mr. Scanlon schaute aufs Meer hinaus. »Nach allem, was ich von deinen Lehrern gehört habe, war deine Freundschaft mit Fred sehr tief und bedeutsam«, sagte er. »Es wird etwas Zeit brauchen, bis du dich daran gewöhnst, dass er nicht mehr da ist.«

»Tief und bedeutsam?«, wiederholte ich. »Was soll das heißen?« Meine Stimme klang gereizt, doch das war mir egal.

»Lucy, es tut mir leid«, begann Mr. Scanlon erneut. »Aber ich kenne Fred und dich nicht sehr gut. Vor allem nicht gut genug, um eure Freundschaft zu beschreiben.«

»Irgendwie ging es mir in letzter Zeit genauso«, gab ich zu.

»Möchtest du mir mehr darüber erzählen?«

»Es ist schwierig zu erklären, aber bis vor Kurzem dachte ich, ich wüsste alles über Fred.« Ich machte eine kurze Pause. »Doch in diesem Sommer hat sich so vieles verändert. Er hat seine Haare wachsen lassen, andere Musik gehört und ist in den Steinbruchsee gesprungen.«

Ich holte den Anhänger aus dem Kragen meines T-Shirts. »Und dann habe ich noch das hier gefunden.«

Mr. Scanlon warf einen langen Blick auf die Kette.

»Ich verstehe ja, dass unsere Freundschaft bedeutsam war«, sagte ich. »Aber ich weiß nicht, was sie *Fred* bedeutete.«

Mr. Scanlon nickte. »Vielleicht helfen dir die Postkarten dabei, deine eigenen Gefühle zu verstehen. Und womöglich spricht Fred tatsächlich durch die Haie mit dir. Niemand hat das Recht, dir zu sagen, dass es unmöglich ist. Auch ich nicht.«

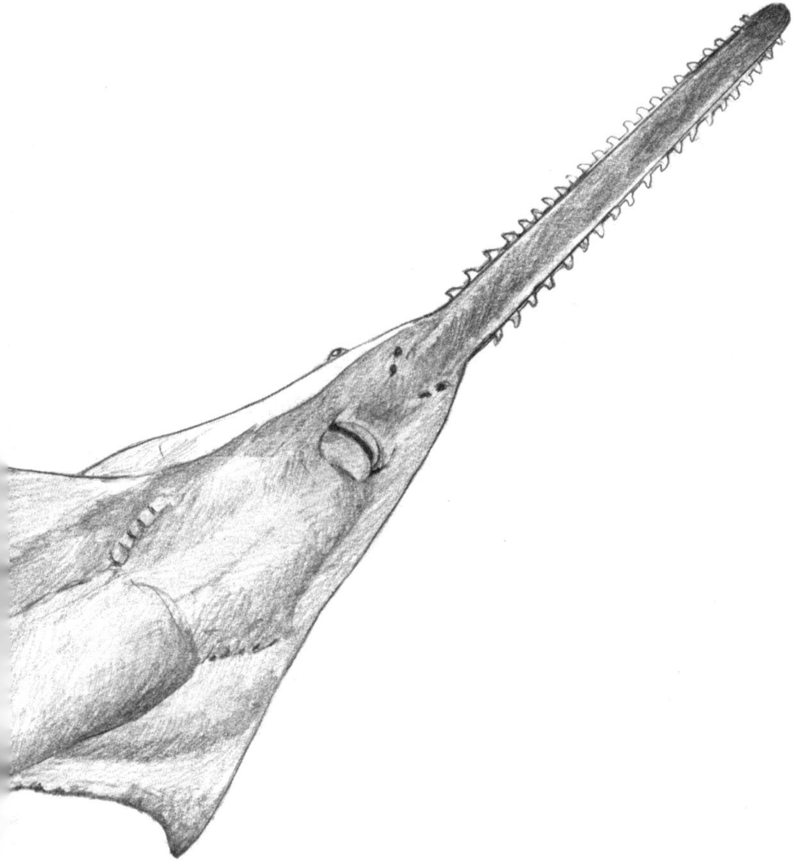

29.

Hummer zum Abendessen

Dads Gipsbein war für ihn zu einer einzigen juckenden Plage geworden. Seit ein paar Tagen übernachtete er allerdings wieder im Schlafzimmer, putzte und kochte oder mähte den Rasen. Da er noch immer nicht Auto fahren durfte, schaute Sookie einmal am Tag vorbei, um ihn zu einer Spritztour mitzunehmen. Sobald Sookie vom Fischen zurückkam, kutschierte er meinen Dad zum Lebensmittelladen, in den Baumarkt oder wo auch immer Dad hinwollte. Jedes Mal, wenn bei diesen Ausflügen auch etwas für mich herausspringen konnte – zum Beispiel Weingummis oder neue Zeichenstifte –, schloss ich mich an.

Eines Tages, als wir gerade an der Felsküste am Bass Rock vorbeifuhren, bat Dad Sookie, einen Moment anzuhalten. Sookie brachte den Truck am Rand der windigen Straße zum Stehen, und Dad schaute auf die Wellen hinaus.

»Was machen wir hier?«, wollte ich wissen.

»Nur gucken«, antwortete Dad.

Er sah sich die Tauchflaggen an, die auf dem Wasser

auf und ab hüpften. Die Küste war einer seiner Lieblingsorte zum Tauchen gewesen, und er vermisste es, das wusste ich. Einmal hatte Dad mir erzählt, Präsident Kennedy habe gesagt, der Salzgehalt des menschlichen Bluts sei genauso hoch wie der des Ozeans. Aus diesem Grund kehre der Mensch immer wieder ans Meer zurück.

Auf meine Eltern traf das einhundertprozentig zu.

Am Abend nach einem unserer Ausflüge bat Dad mich, Kartoffeln fürs Abendessen zu schälen.

»Das sind ja ganz schön viele«, stellte ich fest, als ich auf den riesigen Haufen schmutziger Klumpen in der Spüle hinabschaute. »Was kochen wir denn heute?«

In diesem Moment klingelte es an der Tür.

»Kannst du bitte aufmachen, Lucy?«

»Klar.«

Ich rannte aus der Küche und öffnete. Vor mir stand Sookie mit einer Styroporkiste in der Hand, auf der er einen Sechserpack Bitterlimonade balancierte.

»Wo hast du die Limo her?«

»Vom Großmarkt«, antwortete er so stolz, als hätte er eine preisverdächtige Leistung vollbracht.

Dad kam in den Flur gehumpelt, nahm Sookie die Getränke ab und führte ihn in die Küche.

»Was ist in der Kühlbox?«, fragte ich.

»Unser Abendessen.« Sookie hob den Deckel an, und ich schaute auf ein Gewirr von Krustentieren hinab, die sich wie langbeinige Käfer in der Kiste wanden.

»Hummer!«, rief ich. »Ich wusste gar nicht, dass du zum Essen kommst.«

»Es war auch eher eine spontane Einladung«, sagte Sookie.

Früher, wenn wir mit Mom Hummer gegessen hatten, war Dad jedes Mal ganz allein für die Zubereitung verantwortlich gewesen. Zuerst hatte er seinen Taucheranzug angezogen, war zum Back Beach hinausgefahren und anschließend mit einem Netz voller Scherentiere zurückgekehrt. Dann hatte er die Hummer in einem großen Topf gekocht, der nur für diesen Anlass verwendet wurde. Später, am gedeckten Tisch, hatten Mom und Dad die Tiere mit geübten Handgriffen zerlegt, um sicherzugehen, dass alles gegessen und nichts weggeworfen wurde. Die weichen Scheren und den Schwanz legten sie in eine Schüssel mit geschmolzener Butter, die direkt vor mir stand. Ich fühlte mich jedes Mal wie eine Königin. Auch nachdem Mom gestorben war, gab es im Sommer noch hin und wieder Hummer. Doch dieses Jahr war alles anders, und ich hatte nicht gedacht, dass wir an unserer Tradition festhalten würden. Ob ich das zähe Fleisch überhaupt runterschlucken konnte? Kurz stiegen Zweifel in mir auf, aber da Hummer zu meinen Lieblingsgerichten gehörte, *musste* es einen Weg geben.

Sookie klappte den Deckel wieder zu und stellte die Kiste auf die Anrichte.

»Hast du noch mal darüber nachgedacht, Robin beim Markieren der Haie zu helfen?«, fragte ich.

Er schaute mir in die Augen. »Nein.«

»Sie hat gesagt, du bekommst einen Haufen Kröten«, fuhr ich fort.

»Und wofür brauche ich die Kröten?«

Ich erinnerte mich an den Stapel Rubbellose, den Sookie in Mr. Pattersons Wagen bearbeitet hatte, und zuckte mit den Schultern. Als ich gerade anfangen wollte, die Kartoffeln zu waschen, hörte ich ein Geräusch an der Vordertür und ging nachschauen.

»Hallo, Lucy«, grüßte Mr. Patterson, der sich wieder einmal selbst hereingelassen hatte.

»Noch ein Überraschungsgast?«, fragte ich erstaunt. »Was zum Teufel ist denn heute los?«

»Wir veranstalten eine Dinner-Party«, erklärte Mr. P. »Deine Manieren lassen übrigens zu wünschen übrig, junge Dame. Man flucht nicht.«

Ich lächelte und begleitete den alten Mann in die Küche, wo Sookie ihm sogleich eine Dose Bitterlimonade in die Hand drückte.

»Heiliger Klapperstorch!«, rief Mr. Patterson und ließ den Verschluss aufschnappen.

»Ich hole dann mal das Messer«, sagte ich zu Dad.

Früher, als ich noch klein gewesen war, hatte Dad die Hummer immer lebendig in den Topf geworfen, was natürlich ziemlich schrecklich war. Doch eines Abends war

Fred bei uns zum Essen gewesen und hatte meinen Dad gebeten: »Tom, könnten Sie die Hummer bitte töten, *bevor* sie sie kochen?«

Dad hatte ihn einen Moment lang irritiert angeschaut und gesagt: »Aber ich koche sie so, wie meine Mom es getan hat.«

Fred hatte meinem Dad daraufhin das zappelnde Tier aus der Hand genommen. »Lassen Sie mich das machen.«

Wir alle hatten zugesehen, wie Fred mit dem lebendigen Hummer in der Hand zur Besteckschublade gegangen war. Obwohl die Scheren des Tiers von Gummibändern zusammengehalten wurden, hätte ich mich niemals getraut, es hochzuheben. Dann hatte Fred die Schublade geöffnet und ein riesiges Messer herausgeholt.

»Äh, Kumpel, was hast du vor?«, hatte Mom mit einem Anflug von Besorgnis in der Stimme gefragt.

Meine Eltern hatten sich einen vielsagenden Blick zugeworfen, dann hatte Mom die Hände ausgestreckt. »Okay, *wir* machen das.«

Erleichtert hatte Fred ihr den Hummer mitsamt dem Messer überreicht.

Von diesem Tag an hatte Dad nie wieder Hummer lebendig ins Kochwasser geworfen, zumindest nicht in meinem Beisein.

Auch heute legte er die Tiere auf das Schneidbrett. *BAMM*. Lautstark schoss die Klinge auf das Holz nieder.

Ich wusch mir in der Zwischenzeit gründlich die Bleistiftflecken von den Fingern, damit ich nicht hinsehen musste.

»Na, Lucy, bereitest du dich schon wieder auf die Schule vor?«, fragte Mr. Patterson und nahm einen Schluck Bitterlimonade.

»Nein, es sind doch noch drei Wochen Ferien«, antwortete ich. »Aber ich habe neulich Gin Rummy mit dem Schulpsychologen gespielt. Und ich hab gewonnen.«

»Siehst du, gut, dass ich es dir beigebracht habe«, sagte Mr. Patterson zufrieden.

Plötzlich läutete es ein weiteres Mal an der Tür. Diesmal ging Dad hin, und ich hörte ihn sagen: »Hallo, Maggie, komm doch rein.«

Ich trocknete mir schnell die Hände ab und lief zu den beiden in den Flur.

Freds Mom trug ihre typische Freizeitkleidung: kurze Hosen und ein Sweatshirt. Sie sah schmal und blass aus, ihr Haar wirkte ungewaschen. Als sich unsere Blicke trafen, zwang sie sich ein Lächeln ab. Unter ihrem Arm klemmte ein Schuhkarton.

»Tut mir leid, ich wusste nicht, dass ihr Besuch habt. Ich wollte nur einen Augenblick mit Lucy reden.«

»Geht doch ins Wohnzimmer«, bot Dad an, dann drehte er sich zur Küche. »Ich schaue mal nach den Hummern.«

»Wie luxuriös«, sagte Maggie.

Wir setzten uns im Wohnzimmer nebeneinander aufs Sofa. Maggie stellte den Schuhkarton auf ihre Knie.

»Wie ist es dir ergangen in der letzten Zeit?«, fragte sie.

»Ganz okay«, antwortete ich. »Heute war ein guter Tag.«

»Tatsächlich?«

»Ja. Ich habe am Naturführer gearbeitet, und es gibt Hummer zum Abendessen.«

»Klingt toll.« Ihr Gesichtsausdruck war immer noch angespannt.

»Und wie geht es dir?«

Sie seufzte. »Hab schon bessere Tage erlebt.«

»Was ist da drin?« Ich zeigte auf den Schuhkarton und erinnerte mich an die Vögel, Kröten und Mäuse, die Fred immer in Kartons transportiert hatte.

Wortlos hob Maggie den Deckel hoch – darin lag ein ganzer Stapel Postkarten!

Als Erstes fiel mein Blick auf den japanischen Farbholzschnitt mit den Meereswellen, den ich Fred geschickt hatte. Vorsichtig nahm ich die Karten in die Hand und schaute sie durch. Ich entdeckte Seetaucher, Elche und die Motive, die ich in der Stadt gekauft hatte. Auf jeder einzelnen Karte war meine Handschrift zu sehen. Ich hatte mir gar keine Gedanken darüber gemacht, wo sie am Ende landen würden. Im schlimmsten Fall, so hatte ich vermutet, würde sie jemand auf der Poststelle in den

Müll werfen. Nie im Leben wäre ich darauf gekommen, dass sie bei Maggie abgegeben würden.

»Ich habe Fred geschrieben«, gestand ich.

»Ich weiß.«

»Woher hast du die Karten?«

»Der Leiter des Postamts hat sie vorbeigebracht. Er wusste nicht, was er damit anfangen sollte, es stand kein Absender drauf.«

Ich vergrub mein Gesicht in den Händen und weinte.

Maggie legte den Arm um mich.

»Hast du sie gelesen?«, schniefte ich.

»Die meisten, ja. Tut mir leid, Lucy, ich konnte nicht anders.« Sie machte eine kurze Pause. »Dachtest du, er würde dir zurückschreiben?«

»Nein.«

Aber ich war überzeugt gewesen, er würde mir Haie schicken.

Ich fuhr mir mit dem Arm über die Nase. »Ich wollte ihm so viele Dinge erzählen, aber er war nicht da. Deshalb musste ich auf andere Weise mit ihm sprechen. Ich kann nicht glauben, dass er für immer fort ist.«

Maggie rieb mir über den Rücken. »Das verstehe ich gut. Letzte Woche bin ich eines Morgens in sein Zimmer gegangen, um ihn zu wecken.« Nun begann auch sie zu weinen. »Mach dir keine Sorgen, weil du Postkarten schreibst, Lucy. Das ist um einiges gesünder als das, was ich tue.«

»Ich habe zufällig den Schulpsychologen in der Stadt getroffen«, erzählte ich ihr. »Ich werde im Herbst öfter in seine Sprechstunde gehen.«

Maggie nickte, dann sagte sie leise: »Meine Töchter wären erleichtert, wenn auch ich zu jemandem gehen würde. Aber es fällt mir schwer, mir Hilfe zu suchen.« Sie strich mir über den Arm.

Ich war froh, dass sie hier war. Damals, nachdem Mom von uns gegangen war, hatte sie meinem Dad gezeigt, wie man meine Haare frisiert. Und auch sonst war sie immer für uns da gewesen. Doch jetzt war alles anders, weil wir uns beide verloren fühlten.

»Du bist ganz dünn geworden«, stellte sie fest. »Hast du abgenommen? Und was ist das um deinen Hals?«

Ich legte meine Hand auf die Brust und merkte, dass der Anhänger aus meinem T-Shirt gerutscht war. Sofort bekam ich Angst, Maggie könnte ihn mir wegnehmen. Schließlich wusste ich immer noch nicht, wem er gehörte.

»Wow«, staunte Maggie, als sie mit den Fingern über die Meerjungfrau strich. »Er ist sehr alt und aus echtem Gold. Aber warte mal – trägst du ihn an Zahnseide?«

Ich zuckte mit den Schultern.

»Du brauchst eine stabilere Kette«, sagte sie. »Wann hat Fred dir den Anhänger gegeben?«

»Gar nicht«, gestand ich. »Ich weiß nicht mal, ob er wirklich für mich bestimmt war.«

»Doch, das war er«, sagte Maggie. »Das weiß ich

genau. Dieser Anhänger ist ein sehr bedeutsames Geschenk.«

»Aber was wollte er mir damit sagen?«

»Frag Mr. Patterson«, antwortete Maggie. »Er kann dir die ganze Geschichte erzählen.«

»Warte mal … heißt das, du kennst die Geschichte auch?«

»Geh zu Mr. Patterson«, sagte Maggie erneut, anstatt mir eine Antwort zu geben.

Am liebsten wäre ich sofort zu unserem alten Nachbarn in die Küche gerannt, doch Maggie nahm gerade eine Postkarte aus dem Karton. Die Zwillingslichter.

»Ich kann nicht aufhören, darüber nachzudenken, was du hier geschrieben hast«, sagte sie leise.

Zwillingsleuchttürme auf Thacher Island,
Rockport, Massachusetts
Fotografie von: Zoe Adler

Deine Mom gibt Lester die Schuld an deinem Unfall. Ich wünschte, wir wären an jenem Abend nicht ins Wasser gegangen. Dann wärst du noch hier.
Lester hat mir gesagt, er würde auf der Stelle mit dir tauschen.

Fred Kelly

Plötzlich schluchzte ich los. »Ich wünschte, er wäre noch bei uns!«

Dad musste mein Weinen gehört haben, denn er kam durch die Schwingtür ins Wohnzimmer.

»Es war ein tragischer Unfall«, versuchte Maggie mich zu trösten.

»Aber warum gibst du dann Lester die Schuld?«

Einen Augenblick herrschte Stille. Maggie wirkte erschöpft.

Dad humpelte auf einer Krücke zu einem Stuhl und setzte sich uns gegenüber.

»Maggie, weißt du nicht mehr?«, begann er vorsichtig. »Erinnerst du dich daran, wie du früher immer mit Helen, Sookie und mir im Sommer zum Steinbruch gefahren bist? Wir sind geschwommen, haben in der Sonne gelegen und Musik gehört. Sookie hat verrückte Sachen erzählt und uns damit zum Lachen gebracht.«

Maggie schniefte. »Ja.«

»Und wenn wir nachts dort waren, funkelten Tausende Sterne am Himmel«, fuhr Dad fort. »Und manchmal hat einer von uns Bier oder Alkopops mitgebracht …«

»Das war etwas anderes«, unterbrach Maggie ihn. »Wir waren dumm.«

»Ja, das waren wir«, stimmte Dad zu. »Und manchmal sind wir nach dem Trinken schwimmen gegangen. Aber es ist nie etwas Schlimmes passiert.«

»Wir haben Glück gehabt«, sagte Maggie.

»Ja, genau, Glück.« Dad nickte. »Manchmal tun Menschen dumme Dinge. Und hin und wieder passiert dabei etwas sehr Schreckliches.«

Ich streichelte Maggie über den Rücken, während ihr die Tränen über das Gesicht liefen, doch ich schaute dabei weiter meinen Dad an.

»Du, Helen, Sookie und ich, Lester, Fred und Lucy – wir alle sind gute Menschen, die etwas Dummes getan haben«, fuhr er fort. »Wir müssen füreinander da sein und uns gegenseitig helfen. Das weißt du doch am besten, Maggie.«

Ich spürte, wie sie tief Luft holte.

»Niemand trägt die Schuld an dem, was passiert ist«, sagte Dad. »Oder aber wir alle zusammen. Doch die Kinder brauchen uns – auch Lester.«

»Ich weiß«, sagte Maggie leise.

»Möchtest du vielleicht zum Essen bleiben?«, fragte ich.

»Ich glaube nicht, Liebes.« Sie schaute mich an, nahm mein Gesicht in ihre Hände und küsste mich auf die Stirn. »Aber danke.«

Dad kam ohne Krücke zu uns gehumpelt und legte seine Arme um Maggie. Sie lehnte ihren Kopf gegen seine Brust und schluchzte. Dad drückte sie fester an sich.

»Soll ich dich nach Hause bringen«, bot ich ihr an.

»Nein, das schaffe ich schon.« Sie lächelte zaghaft.

Nachdem Maggie gegangen war, kehrten Dad und ich in die Küche zurück. Den Karton mit den Postkarten ließ ich erst einmal auf dem Sofa stehen.

»Was wollte Maggie?«, fragte Sookie.

Anstatt zu antworten, holte ich die Kette aus dem T-Shirt.

»Was ist das?«, fragte ich.

Mr. Patterson kniff die Augen zusammen, dann runzelte er die Stirn. »Woran zum Teufel hast du den Anhänger befestigt?«

Ich umschloss ihn mit meiner Hand. »Das ist Zahnseide.«

»Bist du wahnsinnig?«, rief Mr. Patterson entsetzt. »Er ist aus achtzehnkarätigem Gold!«

Plötzlich wurde ich so wütend, dass die Worte einfach aus mir heraussprudelten. »Ich weiß nicht mal, was dieses verdammte Ding überhaupt ist!«, rief ich, während ich an der Zahnseide zerrte. »Ich habe es in Freds Rucksack in einer Schachtel gefunden! Und Maggie hat gesagt, ich soll *Sie* danach fragen, Mr. Patterson! Sie hat gesagt, das Geschenk sei *bedeutsam*!« Meine Wangen brannten, und Tränen rollten über mein Gesicht. »Das hier ist nichts als Müll!«, schrie ich. Dann zog ich die Kette über meinen Kopf und schleuderte sie gegen die Wand. Sie prallte vom Türrahmen ab und landete mit einem metallischen Klirren in der Pfanne mit geschmolzener Butter.

Mr. Patterson schnappte nach Luft.

Ich ließ mich auf meinen Stuhl sinken und schluchzte. Fred war tot.

»Sookie, kannst du das Essen im Auge behalten?«, bat Dad und deutete mit dem Kopf auf den Herd. Dann zog er einen Stuhl heran, setzte sich neben mich und streichelte meinen Arm. Ich schämte mich wegen des Kartons voller Postkarten, die allesamt von Maggie gelesen worden waren und nicht von Fred.

Außerdem war ich wütend, weil Fred und Mom mich niemals als erwachsene Frau erleben würden.

Und ich war traurig, wie verletzt Mr. Patterson ausgesehen hatte, als ich den Anhänger als Müll bezeichnet hatte.

Dad reichte mir eine Serviette nach der anderen, bis mein Gesicht wieder trocken war.

Ich hörte, wie Wasser ins Spülbecken lief, während Sookie das Fett von der Kette wusch. Er trocknete sie mit einem Geschirrtuch ab und reichte sie mir.

»Danke«, sagte ich und schaute mir den Anhänger von allen Seiten an. Er sah zum Glück noch aus wie vorher, sein Bad in der Butterpfanne hatte ihm nichts ausgemacht. Die Zahnseide war nass, aber nicht zerrissen.

Plötzlich begann Mr. Patterson mit leiser Stimme zu sprechen: »Vor einiger Zeit kam Fred zu mir, um mich etwas zu fragen. Er wollte wissen, wie ich es geschafft hatte, dass Mrs. Patterson meine feste Freundin wurde.

Ich lachte und fragte ihn: *Geht es um Lucy?* Und da hat er genickt.«

Mein Herz begann schneller zu schlagen. Mit der Hand wischte ich mir über das Gesicht und starrte Mr. Patterson an.

»Ich habe ihm vorgeschlagen, dass er dir ein Geschenk machen soll«, fuhr er fort. »Am besten ein Schmuckstück. Fred sagte, er habe nicht so viel Geld, also gab ich ihm den Schlüssel von der Schmuckschatulle meiner Frau.« Mr. P. nahm einen Schluck von seiner Bitterlimonade. »Zuerst schlug ich ihm einen Ring vor, dann eine Elfenbein-Haarspange. Fred hat die Spange aber sofort wieder in die Kiste zurückgelegt, weil er es grausam fand, dass Elefanten wegen ihres Elfenbeins gejagt werden. Auch Diamanten und eine granatrote Perlenkette wollte er nicht. Stattdessen hat er sich dafür entschieden.« Mr. Patterson deutete auf den Anhänger. »Die Meerjungfrau hatte sein Interesse geweckt. Ich habe ihm erklärt, dass es sich dabei um einen Druckbleistift handelt. Da wurde er sehr aufgeregt und sagte, das sei genau das richtige Geschenk für dich.«

»Ein Druckbleistift?«, flüsterte ich.

»Ja. Er stammt aus der Jugendstil-Epoche, das bedeutet, er ist schon sehr alt. Ich habe ihn vor Ewigkeiten für Mrs. Patterson gekauft. Sie hat ihn immer um ihren Hals getragen.«

Ein Druckbleistift. Ich hielt ihn mit zittrigen Fingern

hoch, um zu sehen, wie er funktionierte, konnte es aber nicht herausfinden.

Mr. Patterson kam auf mich zu, streckte seine Hand aus, und ich ließ den Anhänger hineinfallen. Dann drückte er auf die Oberseite des Schafts, woraufhin ein bisschen öliges Wasser auf den Tisch tropfte.

»Die Mine funktioniert noch, aber wahrscheinlich musst du sie erst mal trocknen lassen«, sagte er und gab mir den Stift zurück. »Fred dachte, du könntest ihn für deine Zeichnungen gebrauchen.«

Ich nahm den Anhänger und malte damit einige Schnörkel auf meine Serviette. Anschließend schrieb ich noch meinen Namen dazu. Die Mine war weich und eignete sich gut zum Zeichnen.

»Leg dir bitte eine anständige Kette zu, in Ordnung?«, sagte Mr. Patterson. »Die von Mrs. Patterson ist schon vor Jahren kaputtgegangen – und sie war weitaus stabiler als deine Zahnseide.«

»Es ist dreifach übereinandergelegte Zahnseide«, erklärte ich und lächelte vorsichtig. »Aber ich verspreche es!«

»Darf ich den Anhänger noch mal sehen?«, bat Sookie und machte einen Schritt auf mich zu.

Ich legte den Druckbleistift in seine Hand.

»Eins verstehe ich noch nicht«, wandte ich mich an Mr. Patterson. »Warum wollte Fred mir das Geschenk geben?«

»Er wollte dir auf diese Weise zeigen, dass du für ihn der liebste Mensch auf der ganzen Welt bist«, antwortete der alte Mann. Er griff in seine Tasche, holte ein Taschentuch hervor und presste es gegen seine Augen. »Das ist die Bedeutung dieses Geschenks, Lucy.«

Ich wusste, dass Mr. Patterson in diesem Moment an seine Frau dachte, und plötzlich fiel mir alles wie Schuppen von den Augen: Irgendwie hatte ich schon immer geahnt, dass ich Freds Lieblingsmensch auf der Welt gewesen war – und er meiner. Doch keiner von uns hatte das jemals laut ausgesprochen, zumindest nicht voreinander.

30.

Stabiler

Ich saß in meinem Zimmer und begann, eine neue Postkarte an Fred zu schreiben. Doch in meinem Kopf schwirrten so viele Gedanken herum, dass ich mich für einen Brief entschied. Darin erzählte ich ihm, dass ich seinen Anhänger in die Butterpfanne geschleudert hatte, und ich fragte ihn, wann er ihn mir hatte geben wollen. Mein Brief endete mit den Worten: *Ich hoffe immer noch, dass ich dich irgendwann Steinchen an mein Fenster werfen höre. Und dass du mich fragst, ob wir etwas zusammen unternehmen.* Ich faltete den Brief, schob ihn in einen Umschlag und steckte ihn in meine Hosentasche.

Plötzlich schlug draußen eine Autotür zu. Ich schaute aus dem Fenster. Im Terrassenlicht von Freds Haus sah ich Lester die Einfahrt hochgehen und an der Tür klingeln. Ein Schatten erschien hinter der Fliegengittertür, und ich konnte Maggies Umrisse erkennen. Durch das Gitter getrennt, standen sie und Lester sich eine ganze Weile gegenüber und sprachen miteinander. Dann bat Maggie ihn ins Haus. Ich hoffte, das Gespräch würde gut verlaufen.

Kaum hatte ich mich vom Fenster abgewandt, hörte ich ein Geräusch, als wäre ein Steinchen gegen den Fensterrahmen geflogen. Mir stockte der Atem.

Ich presste mein Gesicht gegen das Fliegengitter und schaute nach unten.

Im Licht der Straßenlaterne stand Fiona.

»Hi!«, rief ich und versuchte, meine Enttäuschung zu verbergen. Doch ich war neugierig, was sie wohl wollte.

»Hey! Ich hab deine Postkarte bekommen.«

»Oh.« Es war schon ein paar Tage her, dass ich die Karte in den Briefkasten geworfen hatte.

»Maggie hatte sie auf meine Kommode gelegt, aber ich habe sie eben erst gesehen«, sagte Fiona. »Hast du Lust auf einen Spaziergang?«

Ich schaute auf die Uhr. Es war schon nach neun. »Ich rieche nach Hummer.«

»Das macht mir nichts aus.« Fiona lachte.

»Okay, ich bin gleich unten.«

Als ich aus der Tür trat, wartete Fiona in unserer Einfahrt auf mich. Sie trug ein weites Kleid mit einem Sweatshirt darüber und rote chinesische Schuhe. Ich hatte mir die gleichen Schuhe ausgesucht, allerdings in Blau.

»Wo möchtest du hingehen?«, fragte sie, als hätten wir schon unzählige Male gemeinsame Abendspaziergänge unternommen.

Ich zuckte mit den Achseln. »Vielleicht in Richtung Stadt?«

Wir bogen am Ende unserer Straße links ab und schlugen den Weg zum Meer ein. In der Ferne glitt ein Boot langsam über das schwarze Wasser. Die Lichter an Mast und Bug funkelten wie Sterne.

»Ich habe Lester in euer Haus gehen sehen«, sagte ich, während wir die Promenade entlangliefen.

»Ja«, sagte Fiona. »Er ist durch die Vordertür reingekommen, und ich bin durch den Garten verschwunden.«

»Bist du wütend auf ihn?«

»Nein«, antwortete sie zögerlich. »Ich weiß, dass ich eigentlich zu Hause sein sollte, um dafür zu sorgen, dass meine Mom nichts Schreckliches zu ihm sagt. Aber ich wollte einfach … weg.«

Ich nickte, und wir überholten ein älteres Ehepaar, das gemächlich vor uns herschlenderte.

»Es wird bestimmt gut gehen mit den beiden.«

»Da bin ich mir nicht so sicher«, sagte Fiona.

»Deine Mom war heute Abend bei uns und hat mit meinem Dad geredet. Ich glaube, das hat ihr geholfen«, erzählte ich.

»Sie hat mit deinem Dad gesprochen?«

»Ja.«

»Das beruhigt mich ein bisschen.«

Plötzlich fiel mir auf, dass ich ganz automatisch den Weg zum Buchladen mit dem Briefkasten eingeschlagen hatte. Als wir den Laden erreichten, eilte ich schnell zum

Briefkasten, nahm den Umschlag aus meiner Hosentasche und ließ ihn hineinfallen. Ich wollte direkt weiterspazieren, doch Fiona rührte sich nicht von der Stelle.

»Schickst du den Brief an Fred?«, fragte sie.

»Was? Woher …?«

»Ich weiß von dem Schuhkarton«, erklärte sie. »Meine Mom redet zu viel – und dein Dad zu wenig.«

Unsicher blickte ich sie an. Fand sie mich jetzt merkwürdig?

»Du könntest Tagebuch schreiben«, schlug Fiona vor. »Oder mit *mir* reden.« Sie schaute mir in die Augen.

»Du hast so viele Freunde«, sagte ich. »Ich habe …«

»Nein«, unterbrach sie mich. »Du bist meine Schwester, Lucy. Zwar nicht biologisch, aber auf noch viel bessere Weise. Auf bedeutsamere Weise, verstehst du?«

Am liebsten hätte ich sie umarmt. »Heute vor dem Abendessen bin ich ausgerastet«, gestand ich ihr. »Und dann hat Mr. Patterson mir erzählt, dass Fred mir den Anhänger mit der Meerjungfrau schenken wollte, um mir zu sagen, wie viel ich ihm bedeute.« Ich zog das Schmuckstück unter meinem T-Shirt hervor. »Es ist ein Druckbleistift.« Ich legte den Daumen auf den goldenen Schaft, und die Mine wurde sichtbar.

Fiona trat dichter an mich heran, um den Anhänger noch einmal zu betrachten, und lächelte.

»Er hat früher einmal Mrs. Patterson gehört«, fügte ich hinzu.

»Dann ist das Geheimnis ja gelüftet«, sagte Fiona. »Und wo wir gerade dabei sind …« Sie kramte in ihrer Sweatshirttasche. »Streck deine Hand aus.«

Sie griff nach meiner Hand, drehte meine Handfläche nach oben und ließ etwas Kaltes hineinfallen. Ich blickte auf die sauber ineinandergelegten Glieder einer Metallkette.

»Sie ist aus Sterlingsilber. Ich hätte dir zwar lieber eine aus Gold geschenkt, aber ich habe keine gefunden. Na ja, zumindest ist diese stabiler als Zahnseide.«

Ich zog den Anhänger über meinen Kopf, und gemeinsam versuchten wir, die Zahnseidefäden zu zerreißen, doch es gelang uns nicht. Schließlich beschloss Fiona sie einfach durchzunagen. Dann fädelte sie die neue Silberkette durch die kleine Öse des Anhängers. Sie legte mir die Kette um den Hals und hakte den Verschluss in meinem Nacken ein. Die Zahnseide stopfte ich in meine Tasche.

»Besser so, oder?«, fragte Fiona.

Ich nickte und drückte meine große Schwester ganz fest an mich.

31.

Einladung

Fred hatte mir endlich wieder einen Hai geschickt! Zwar keinen lebendigen, aber trotzdem einen echten.

Es war noch früh am Morgen, und das Klingeln unseres Telefons ließ mich in die Höhe fahren. Normalerweise wurde Dad öfter zu unmöglichen Zeiten aus dem Bett geklingelt, doch seit dem Unfall war alles anders, und ich war es nicht mehr gewohnt, auf diese Weise aus dem Schlaf gerissen zu werden. Wer mochte der Anrufer nur sein?

Ich stieg aus dem Bett, schlüpfte in die Hausschuhe, ging in den Flur und lief ein paar der knarzenden Treppenstufen hinunter.

»Wo?«, hörte ich Dad fragen.

Es folgte eine lange Pause. Ich rieb mir die Augen und gähnte.

»Und warum glaubst du, dass sie ihn sehen will?«, sprach Dad weiter.

Wen sehen? Wieder verging eine Weile, ohne dass mein Vater etwas sagte.

»Du kannst gerne selbst mit ihr reden«, meinte er schließlich.

Als ich das Quietschen seiner Krücke näher kommen hörte, wusste ich, dass Dad tatsächlich über mich gesprochen hatte. Er blieb am Fuß der Treppe stehen, sah überrascht zu mir hoch und deckte mit einer Hand das Mikrofon des Telefons ab.

»Du bist ja schon wach«, sagte er. »Ich wollte gerade nach dir rufen. Sookie ist dran. Er sagt, am Cape Cod wurde ein Weißer Hai an Land gespült. Jetzt fragt er, ob du den Biologen beim Sezieren zuschauen möchtest.«

Dad sah aus, als wüsste er nicht so genau, ob ich den Vorschlug gut fand. Er streckte mir das Telefon entgegen, und ich lief die Treppe hinunter, um den Hörer zu nehmen.

»Hallo?«, meldete ich mich.

»Hi, hier ist Sookie. Tut mir leid, falls ich dich mit meinem Anruf geweckt hab.«

»Kein Problem.«

»Robin hat sich bei mir gemeldet und mir erzählt, dass ein Jogger einen Weißen Hai gefunden hat. Er wurde in Chatham an Land gespült. Sie und Ray fahren jetzt runter zum Strand, um eine Nekropsie durchzuführen. Das heißt, sie schneiden den Hai auf.« Sookie machte eine kurze Pause. »Robin dachte, du möchtest vielleicht deinen Zeichenblock mitnehmen und zuschauen.«

»Auf jeden Fall!«, antwortete ich, ohne zu zögern.

Dad zog eine Augenbraue hoch.

Schnell deckte ich das Mikrofon mit einer Hand ab und flüsterte ihm zu: »Ist es okay, wenn ich hingehe?«

Er nickte. »Bleib aber in Sookies Nähe.«

»Willst du nicht auch mitkommen?«, fragte ich.

»Ich weiß nicht, wie ich mit dem Gips durch den Sand laufen soll. Aber geh du ruhig.«

Ich legte den Hörer wieder an mein Ohr und vereinbarte mit Sookie, dass er mich gleich abholen würde.

»Sookie, warte mal«, bat ich ihn noch, bevor er auflegte. »Warum hat Robin dir eigentlich von dem neuen Hai erzählt?«

»Sie ruft mich dauernd an und geht mir wegen des Hai-Projekts auf den Wecker«, antwortete er. »Genau wie du.«

Ich grinste. »Und? Machst du mit?«

»Kein Kommentar.«

Ich konnte am Klang seiner Stimme nicht erkennen, ob er ernsthaft über Robins Angebot nachdachte oder nicht. »Also gut, bis gleich dann«, verabschiedete ich mich. »Und danke!« Ich drückte den Knopf, um das Gespräch zu beenden.

»Du willst dir die Sezierung wirklich angucken?«, fragte Dad.

»Wundert dich das so sehr?«

»Na ja, wenn ich auf diesen Sommer zurückblicke, eigentlich nicht«, gab er zu. »Aber warte – du wirst für deinen Ausflug etwas Geld brauchen.« Er suchte nach seinem Portemonnaie und kehrte mit zwei Zwanzigern zurück.

»Wofür ist das?«

»Getränke, Essen, was auch immer. Gib mir einfach das Wechselgeld wieder.«

»Danke, Dad.« Ich griff nach den Scheinen.

»Und nimm dir ein Sweatshirt mit«, fügte er hinzu. »Am Strand könnte es frisch sein.«

Plötzlich kam mir eine Idee. In Windeseile rannte ich in die Küche, zog eine extrastabile Mülltüte unter der Spüle hervor, schnappte mir eine Rolle Klebeband aus der Kramschublade und lief zu Dad zurück.

»Was hast du damit vor?«, fragte er.

»Ich möchte, dass du mitkommst!«, antwortete ich und umwickelte Dads Fuß so gründlich mit der Tüte, dass er aussah wie von einer Mumie.

»Jetzt ist der Sand kein Problem mehr für dich«, stellte ich zufrieden fest. »Und außerdem kommt der Gips sowieso bald ab.«

Dad lächelte. »Na gut, wenn du meinst.«

»Hol deine Kamera«, trug ich ihm auf.

Er nickte.

Eilig lief ich nach oben, um meine Zeichensachen zusammenzusuchen und mich anzuziehen. Doch welche Schuhe sollte ich nur zu einer Nekropsie tragen? Ich musste an die Szene aus dem Film *Der Weiße Hai* denken, in der zwei Leute das Tier aufschlitzen und sich daraufhin eine gräuliche, stinkende Flüssigkeit um sie herum ergießt. Ich wollte auf keinen Fall meine besten Schuhe anziehen, also schnappte ich mir meine Sportschuhe, die im Turnbeutel waren.

Anschließend lief ich nach draußen und wartete auf dem Treppenabsatz vor unserem Haus auf Dad und Sookie. Ich entdeckte Mr. Patterson, der bereits auf seiner Terrasse saß und Kaffee trank. Ich griff nach meinem Rucksack, ging zu ihm hinüber und erzählte ihm, was ich vorhatte.

»Eine Nekropsie?«, fragte er und verzog ein wenig angewidert das Gesicht. »Wie die Mutter, so die Tochter.«

»Möchten Sie denn nicht wissen, wie ein Hai von innen aussieht?«, fragte ich.

»Na ja, darüber habe ich noch nicht nachgedacht«, gab Mr. Patterson zu. »Aber vermutlich schon.«

»Sie sind doch Ingenieur, oder?«

»Ja, Maschinenbauingenieur. Es hat mich schon immer interessiert, wie große Maschinen funktionieren.«

»Und mich interessiert es, wie *Haie* funktionieren«, erklärte ich. »Dann kann ich sie nämlich für mein Biologieprojekt zeichnen.«

Mr. P. nickte. »Fährst du mit Sookie?«

»Ja, und Dad kommt auch mit.«

Sookies Truck war so laut, dass ich ihn bereits aus weiter Ferne hören konnte. Kurz darauf bog er in unsere

Straße ein und parkte in unserer Einfahrt. Sookie sprang aus dem Wagen und machte sich auf den Weg zu unserem Haus.

»Ach, weißt du was?«, sagte Mr. Patterson. »Zum Teufel mit den Maschinen. Ich will diesen Hai auch sehen!«

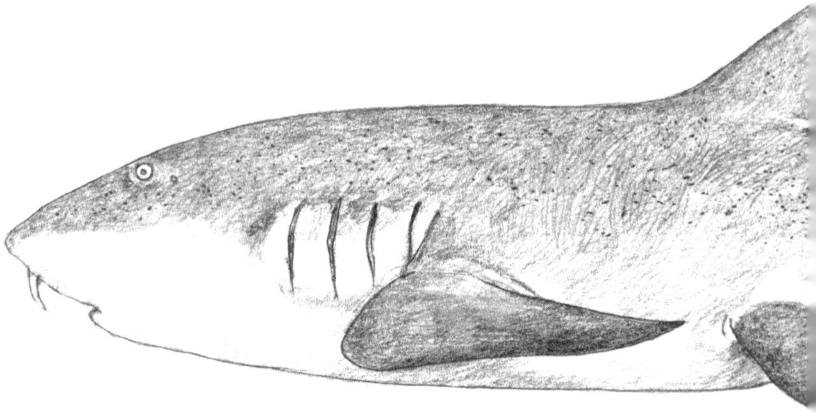

32.

Haie können keine Haare verdauen

Als ich über den Strand lief, fiel mir sofort die kleine Menschenmenge auf, die sich im Halbkreis vor den Felsen versammelt hatte. Irgendwie mochte ich es nicht, wenn Leute neugierig herumstanden. Mir fielen die Schaulustigen ein, die einmal im Supermarkt tatenlos zusahen, als jemand einen epileptischen Anfall erlitt.

Ich ging näher heran und konnte erkennen, dass der Hai rücklings auf den großen Felsen gestrandet war. Zwischen den Köpfen der Zuschauer erhaschte ich einen Blick auf das gesamte Tier und stellte fest, dass es ungefähr so lang war wie unser Auto. Sookie beschleunigte seinen Schritt, doch ich wartete lieber auf Mr. Patterson und Dad, obwohl ich den Hai eigentlich auch gern so schnell wie möglich aus der Nähe betrachten wollte.

»Lauf ruhig vor!«, rief Mr. Patterson mir zu, als hätte er meine Gedanken gelesen. »Wir kommen gleich nach.«

Ich warf einen Blick auf Dads Gipsbein, um sicherzugehen, dass das Klebeband hielt. Das heiße Augustwetter brachte seinen Fuß sowieso schon ordentlich ins Schwitzen, und nun hatte ich ihn auch noch in Plastik verpackt. Doch Dad sah sehr zufrieden aus, es schien ihn gar nicht zu stören. Mit zumindest einem Fuß im Sand und der Kamera um den Hals war er ganz in seinem Element.

Mein Rucksack hüpfte auf und ab, während ich Sookie hinterherrannte und mich schließlich zwischen zwei älteren Damen in kurzen Frotteekleidern hindurchquetschte. Ich betrat den felsigen Untergrund in der Nähe des Wassers. Wie ein Geist hing der Hai zwischen den zerklüfteten Felsen. Sein weißer Bauch und die Flossen zeigten gen Himmel und reflektierten das Sonnenlicht. Sein Kopf war zwischen zwei riesigen Steinen eingeklemmt, und ein Felsbrocken bohrte sich über der Schwanzflosse in sein Fleisch. Das Tier lag so tief in den Fels gebettet, dass ich mich fragte, wie die Biologen – oder aber die Flut – es würden bewegen können.

Ich ließ die Zuschauer hinter mir und kletterte vorsichtig über den wackeligen Untergrund, so wie Fred und ich es schon viele Male in Folly Cove getan hatten. Vor jedem Schritt testete ich mit meiner Fußspitze die Stabilität der Steine. Ich näherte mich der Schnauze des Tiers und erkannte sogleich, dass sie von Verletzungen übersät war. Ein ganzes Stück seiner Nase fehlte, und tiefe Narben zogen sich über die Kiemen- und die Maulpartie. Die Kiefer des Hais waren leicht geöffnet und entblößten eine Vielzahl abgebrochener oder fehlender Zähne. Obwohl ich mir die Nase zuhielt, war der

Geruch so stechend, dass ich das Gefühl hatte, ich würde jeden Moment umfallen.

Ich war mir ziemlich sicher, dass es sich nicht um Sookies Hai handelte, denn der war längst wieder aufs Meer hinausgetrieben. Und nach allem, was Fred mir über Isopoden erzählt hatte, dürfte von ihm mittlerweile nichts mehr übrig sein. Um mich endgültig zu überzeugen, kletterte ich einmal um die Schnauze herum und suchte nach der Stelle, an der bei Sookies Hai die auffällige Narbe geklafft hatte. Im Schatten der großen Flossen hockte ich mich auf den Felsen und begutachtete die Flanke des Tiers.

Ganze Stücke der grauen Haihaut waren abgeschürft, vielleicht vom wiederholten Aufprallen auf dem Meeresboden oder vom Stranden auf den Felsen. Aber ich konnte keine M-förmige Narbe zwischen den ausgebleichten Kiemen und der Rückenflosse entdecken. Es war also definitiv nicht Sookies Hai. Instinktiv legte ich meine Hand auf die Stelle, an der die Narbe geklafft hatte.

»Lucy, nicht anfassen! Du holst dir noch Würmer!«, hörte ich Mr. Patterson hinter mir rufen.

Ich zog meine Hand weg und blickte mich um. Mr. Patterson und Dad standen inzwischen mitten in der kleinen Menschenansammlung. Eine Frau aus dem Zuschauerpulk nickte zustimmend, und ich stellte mir vor, dass Mrs. Patterson ihren Mann wohl genauso unterstützt hätte.

»Hey, du, bleib am besten da drüben bei den anderen!«, forderte ein Mann mit einer roten Kiste in der Hand mich auf. Die Kiste sah aus wie ein Werkzeugkoffer. »Wir haben nicht viel Zeit und können niemanden gebrauchen, der uns im Weg steht.«

Ich nickte, rührte mich jedoch nicht von der Stelle. Stattdessen beobachtete ich die Leute, die um den Hai herumliefen. Sie alle trugen Baseballkappen und hatten Plastiktaschen, Kühltruhen und große Eimer dabei, die sie auf den Felsen in Strandnähe abstellten. Ein Mann kontrollierte die Länge des Haischwanzes mit einem Maßband, während sich andere unterhielten oder ihre Ausrüstung aus den Autos holten. Es waren die Biologen.

Ich sah eine Frau in orangefarbenen Wathosen, wie sie auch Sookie und Lester auf dem Boot trugen. Da sich die Frau über eine Plastikkiste beugte, konnte ich ihr Gesicht nicht erkennen, doch als sie sich aufrichtete, fiel mein Blick auf ihr dickes, lockiges Haar unter einem lilafarbenen Stirnband. Robin Walker!

Während sie sich ein Paar Gummihandschuhe anzog, trafen sich unsere Blicke. Ich hockte immer noch neben dem Haikopf und war ihr vermutlich im Weg, doch sie lächelte so herzlich, als würde sie mich schon ewig kennen, und lief auf mich zu.

»Du bist Lucy, nicht wahr?«, fragte Robin, als sie mir die Hand mitsamt Handschuh entgegenstreckte. »Schön, dass du gekommen bist.«

Ich richtete mich auf. »Danke, dass Sie Sookie heute Morgen angerufen haben.«

»Kein Problem. Ich hoffe, du kannst hier etwas lernen.«

Mühsam kletterte Sookie über die Felsen und streckte Robin ebenfalls die Hand hin. »Hi, Robin.«

»Schön, dich wiederzusehen«, grüßte sie zurück. »Ist ziemlich lang her.«

»Sie kennen doch noch meinen Dad Tom, oder?« Ich deutete auf den Rand der Zuschauermenge. »Und neben ihm steht Mr. Patterson, unser Nachbar.«

»Eure Hai-Dame riecht ein bisschen verwest«, bemerkte Sookie mit Blick auf das gestrandete Tier.

»Es ist ein Weibchen?«, fragte ich und hielt mir dann wieder die Nase zu.

»Ja«, sagte Robin.

Mir fiel auf, dass sie ein paar frische Kratzer am Bein hatte.

»Ray, bist du so weit?«, rief sie einem Mann zu, der gerade auf uns zukam. »Das ist Ray Rodriguez«, stellte Robin ihn vor.

Ich schüttelte ihm die Hand.

Gemeinsam gingen Robin und Ray um den Hai herum und überlegten, wie sie das Tier aufschneiden sollten. Sie entschieden sich für einen Längsschnitt an der Flanke.

»Wir müssen uns etwas beeilen«, erklärte mir Robin.

»Warum?«

»Weil die Flut bald kommt.«

Ich nickte, dann öffnete ich den Reißverschluss meines Rucksacks und nahm den Zeichenblock heraus. Wenn ich etwas Wichtiges hörte oder sah, wollte ich mir Notizen machen oder Zeichnungen anfertigen. Ich schaute zu meinem Dad hinüber, zeigte auf die Kamera und deutete ihm mit einer Geste an, die Sezierung des Hais zu fotografieren.

Er nickte.

Als ich mich wieder umdrehte, hatte Robin sich bereits hingehockt und eine Hand auf die Hainase gelegt.

»Wow!«, entfuhr es ihr, als sie die Schnauze aus der Nähe betrachtete.

»Woher kommen all die Narben?«, wollte ich wissen.

»Einige davon sehen aus wie Kratzspuren einer Robbe. Vielleicht finden wir diese Robbe sogar später im Magen – falls der Hai sie vor Kurzem gefressen hat.«

In meinem Kopf hörte ich Vern Devines brüchige Stimme, die sagte: *Warte auf die Robben.*

Robin zeigte auf eine andere Stelle der Nase und erklärte: »Diese Abschürfungen könnten vom Scheuern über den Sand stammen.«

Ich blätterte zu einer leeren Seite in meinem Zeichenblock, skizzierte die Schnauze des Hais und zeichnete die Kratzspuren der Robbe ein. Dann radierte ich meine gezeichnete Linie an der Stelle weg, an der ein Stück Nase fehlte. Sorgfältig bemühte ich mich, den Umriss des Lochs in der Schnauze nachzuzeichnen.

»Robin?«, begann ich, während ich den Radiergummistaub wegblies.

»Ja?«

»Freust du dich auf das Sezieren?«

»Aber ja!«

»Warum?«

»Weil es sich anfühlt, als würde man ein Geschenk auspacken. Ich kann es kaum erwarten, das Papier herunterzureißen und zu gucken, was drin steckt.«

Hinter mir hörte ich Sookie schnauben. Er fand wohl auch, dass Robin sich gerade wie Mom anhörte.

Robin lächelte uns an, dann steckte sie ihre Hand in die geöffneten Kiefer des Tiers.

»Warum schaut ihr euch eigentlich tote Haie an?«, fragte ich.

»Weil wir dadurch etwas über die lebendigen lernen können«, antwortete Robin und konzentrierte sich nun auf ihre Arbeit.

* * *

Während die Biologen den Hai bis in alle Einzelheiten vermaßen und sich immer mehr Menschen zur Zuschauergruppe gesellten, zeichnete ich den Umriss des Hais von der Nase bis zum Schwanz.

Robin winkte mich zu sich. »Stell dich direkt neben mich, dann kannst du besser sehen.«

Das ließ ich mir nicht zweimal sagen.

»Schade, dass das Tier so reglos am Strand liegt«, sagte sie. »Du müsstest Haie mal im Wasser erleben, um zu verstehen, wie kraftvoll sie sich bewegen.« Sie legte das Maßband an, um die Gesamtlänge des Tiers zu ermitteln. »Vier Komma neun drei Meter.«

Ich notierte die Zahl auf meiner Zeichenblockseite.

Anschließend drehten Sookie und die Biologen das Tier leicht, damit Robin die Flanken und den Rücken vermessen konnte.

Jetzt ging Ray um den Hai herum und schoss Fotos mit seiner Kamera. Ich hoffte, Dad würde das Gleiche tun.

»Ray fotografiert Narben und besondere Merkmale der Flossen und des Körpers«, erklärte Robin mir. »Das ist in diesem Fall aber nicht ganz einfach, weil der Hai schon länger tot ist und bereits begonnen hat zu verwesen. Die Fotos werden in einem riesigen Bildarchiv gesammelt, mit dessen Hilfe Weiße Haie auf der ganzen Welt identifiziert werden können.«

Ich nickte. »Bin gleich zurück.«

Eilig kletterte ich mit dem Zeichenblock in der Hand über die Felsen. Als ich wieder Sand unter den Füßen hatte, klemmte ich mir den Block unter den Arm und griff nach Dads und Mr. Pattersons Händen.

»Kommt mit«, forderte ich sie auf. »Das müsst ihr euch unbedingt angucken.«

Mr. Patterson lächelte. »Ich möchte nicht näher ran, Liebes. Aber danke.«

»Der Weg ist nicht so schwierig, wie er aussieht«, versuchte ich ihn zu überzeugen. »Außerdem können wir langsam gehen.«

»Und wenn mein Gips nass wird?« Auch Dad zögerte.

»Wenn die Flut kommt, sind wir doch längst wieder weg«, sagte ich. »Du musst doch wenigstens ein paar Fotos aus der Nähe machen.«

Schließlich gaben sich die beiden einen Ruck und folgten mir auf den felsigen Untergrund.

Ich steckte den Zeichenblock in den Bund meiner Shorts, schob den Bleistift in meinen Pferdeschwanz und reichte den Männern die Hände. So gelang es ihnen einigermaßen, die Balance zu halten. Einmal rutschte ich allerdings selbst auf einem lockeren Stein aus, doch meine Zeichnungen blieben zum Glück trocken.

Als wir den Hai erreicht hatten, postierten sich Dad und Mr. Patterson in der Nähe der Rückenflosse, und Dad begann, Bilder zu schießen.

»Wie oft frisst ein Weißer Hai eigentlich?«, wollte ich von Robin wissen.

»Das kommt drauf an«, begann sie. »Wenn er eine ganze Robbe verspeist, frisst er danach manchmal wochenlang nichts. Haie brauchen lange, um eine reichhaltige Mahlzeit zu verdauen.«

»Höhe der Rückenflosse fünfzig Komma drei!«, rief Ray zu uns herüber.

Ich notierte die Zahl neben meiner Zeichnung.

Nachdem der Hai vollständig vermessen war, öffnete Ray das Tier mit einem langen Schnitt von den Kiemen bis zum After. Anschließend benutzte er ein kleines Messer, um die einzelnen Schichten aus Haut und Muskeln freizulegen, die die Bauchhöhle bedeckten. Er klappte eine dicke Gewebeschicht zurück, die mich an eine Teppichunterlage aus rosa Schaumstoff erinnerte. Um mich herum breitete sich ein Geruch aus, als hätte eine Horde aufgeregter Stinktiere in ungeklärtem Abwasser gebadet.

Robin verzog das Gesicht. »Na ja, die Organe haben schon bessere Tage gesehen, sie sind alle ein wenig aufgeweicht. Aber insgesamt bin ich überrascht, dass der Allgemeinzustand des Tiers so gut ist.«

»Warum überrascht Sie das?«, fragte ich.

»Nun, der Hai ist auf dem Meeresboden hin und her gerollt. Außerdem dauert es nicht lange, bis Isopoden durch die Kiemen und andere Körperöffnungen eindringen und das Tier quasi von innen auffressen.« Die Biologin schob weitere Haut- und Muskellappen zur Seite.

»Darf ich mir den Bauchraum anschauen, bevor Sie die Organe herausholen?«, fragte ich und dachte dabei an den Naturführer.

»Klar doch«, sagte Robin. »Warte, ich mache es dir etwas einfacher.«

Robin und Ray schoben noch mehr von der schaumstoffartigen Schicht beiseite, die die Bauchhöhle des Tiers bedeckte. Und dann begann ich, alles zu zeichnen, was ich sah. Schnell musste ich jedoch feststellen, dass mir das gar nicht half. Denn da ich nicht wusste, was ich vor mir hatte, glichen die Organe für mich bloß schlaffen, schleimigen Wülsten. Mein Blick fiel auf etwas Längliches, das beinahe den gesamten Bauchraum ausfüllte.

»Was ist das?«

»Die Leber«, antwortete Robin. »Sie kann bis zu zwanzig Prozent des Körpergewichts eines Hais ausmachen. Je fetter die Leber, desto gesünder der Hai.«

Ich fragte mich, ob dieses Tier gesund gewesen war.

Robin entfernte große Stücke der Leber und legte sie in mehrere Plastikbehälter. Als Ray einen dieser Behälter auf die Waage stellte, warf ich einen Blick hinein. Das Gewebestück sah aus wie ein fetter Blobfisch, und im Körper des Tiers befanden sich noch weitere.

»Vielleicht finden wir im Magen etwas Interessantes«, sagte Robin. »Die Magenwände sind so dick, dass es sehr lange dauert, bis sie verwesen.«

Der Magen des Hais war deutlich nach außen gewölbt. Robin hatte mir erklärt, dies ließe vermuten, dass etwas Großes darin steckte. Ich fertigte eine weitere Zeichnung an und schaute Robin zu, wie sie sorgfältig mehrere Gewebeschichten auftrennte. Dann setzte sie einen langen Schnitt entlang der Magenwand an.

Was wir im Magen entdeckten, entpuppte sich als eine merkwürdige Kombination aus einem Schweinswal, einem riesigen Haarbüschel und den Knochenstücken eines Fischs.

Beeindruckt schoss Dad Fotos. Aber auch wenn ich überrascht war, dass der Hai den Schweinswal weitgehend in einem Stück verschluckt hatte, war es doch das Haarbüschel, das mir die Sprache verschlug.

»Was um alles in der Welt ist das?«, hörte ich Mr. Patterson fragen.

»Haie können keine Haare verdauen«, erklärte Robin, während sie den zotteligen Ball in die Höhe hielt. »Dieser Hai hat wahrscheinlich vor kurzem eine Pelzrobbe gefressen.«

Ich spürte eine gewisse Erleichterung, dass es sich bei dem Büschel nicht um Menschenhaare handelte. Gleichzeitig merkte ich, wie sich Aufregung in mir ausbreitete: Mom und Vern hatten recht gehabt – es gab eine Verbindung zwischen Robben und Haien!

»Robin?«, fragte ich. »Kommen die Robben nach Cape Cod zurück?« Meine Kopfhaut kribbelte.

»Ja, so ist es«, antwortete sie.

»Und folgen die Weißen Haie ihnen?«

»Lass uns nachher darüber reden«, bat sie mich, während sie mir einen Moment lang direkt in die Augen sah.

Sie wusste, dass ich einen wichtigen Zusammenhang erkannt hatte.

Als Robin begann, die halb verdauten Mageninhalte herauszunehmen, breitete sich ein neuer Gestank aus. Robin erklärte mir, dass sie die Fischknochen an ein Labor schicken würde, um herauszufinden, um welche Art Fisch es sich handelte. Daraus ließen sich dann Schlüsse über die Aufenthaltsorte des Hais ziehen. Ich musste an Fred denken, weil er diese Art des Detektivspiels geliebt hätte. Schnell blätterte ich zu einer leeren Seite in meinem Zeichenblock und überschrieb sie mit dem Stichwort *Mageninhalte*.

Nachdem ich mir ein paar Notizen gemacht und Skizzen angefertigt hatte, zeigte Robin mir den Spiraldarm des Hais. Es handelte sich um ein zigarrenförmiges Organ, das von außen einem Würstchen glich. Doch als Robin es der Länge nach aufschnitt, kam im Innern eine wendeltreppenartige Spirale zum Vorschein. Sofort musste ich an die Mondschnecke denken, die Fred mir in Folly Cove gezeigt hatte. Ich fragte mich, wie die Natur es schaffte, dieses perfekte Muster in zwei völlig verschiedenen Tierarten hervorzubringen. Zwar erfüllte die Spirale im Darm des Hais einen anderen Zweck als die auf dem Gehäuse der Mondschnecke, doch sie war ebenso schön.

Als Nächstes nahm Robin die Geschlechtsorgane heraus, um einen genaueren Blick darauf zu werfen. Mittlerweile waren so viele Organe aus dem Tier entfernt worden, dass es einer leeren Hülle glich.

»Hier ist etwas!«, rief Robin plötzlich aufgeregt. Sie untersuchte die Gebärmutter des Hais auf einem Felsen. Ihre Stimme überschlug sich fast vor Freude, und Ray lief sofort zu ihr hinüber.

Ich reckte meinen Hals und sah, dass in der Gebärmutter des Hai-Weibchens zwei Junge lagen. Natürlich waren sie tot, doch die Überraschung war trotzdem groß. Das Weibchen war also ein Muttertier gewesen. Beeindruckt zeichnete ich zwei nebeneinanderliegende Hai-Babys in meinen Block.

»Ich habe noch nie Jungtiere in der Gebärmutter eines Weißen Hais gesehen«, sagte Robin. »Das ist etwas sehr Seltenes.«

Wieder musste ich an Fred denken. Er wäre vor Begeisterung ausgeflippt, da war ich mir sicher.

Vorsichtig nahm Robin die beiden Babys heraus und legte sie auf eine Kühlbox, um sie sich näher anzuschauen. Sie und Ray beugten sich so dicht über die Jungen, dass ich schon befürchtete, sie gar nicht mehr zu Gesicht zu bekommen.

»Dad«, sagte ich, während ich mich zu ihm umdrehte und gleichzeitig auf die winzigen Körper zeigte. Er musste unbedingt ein Foto für mich machen.

* * *

Nachdem Robin die Bauchhöhle ausgiebig untersucht hatte, schlug sie vor, von innen einen Blick auf die Kiemen zu werfen. Mit einem Messer setzte sie einen Schnitt entlang der Kopfseite des Hais an, dann faltete sie die einzelnen Kiemenlappen auseinander. Im Innern jeder Kieme konnte ich ein Muster aus roten, fleischigen Falten erkennen, das mich an ein Akkordeon erinnerte. Ich schlug eine leere Seite meines Blocks auf und zeichnete die Kiemen.

»Die sind schön«, sagte Robin beeindruckt. »Lucy, magst du mir helfen?«

Ich schaute von meinen Zeichnungen auf. »Ich?«

Robin nickte und warf mir ein Paar Handschuhe zu. Ich steckte meinen Block in den Hosenbund, zog die Handschuhe an und kletterte zu Robin hinüber, die mich bat, einen der Kiemenlappen festzuhalten. Das Gewebe fühlte sich fest und kalt an. Hätte ich nicht schon mit Sookie auf dem Boot Fische ausgeweidet, hätte ich mich womöglich mehr geekelt. Die Organe eines toten Hais anzufassen, machte mir erstaunlich wenig aus. Den Geruch zu ertragen, fiel mir allerdings deutlich schwerer.

Robin deutete auf verschiedene Teile der Kiemen und erklärte, wie sie funktionierten. Dann sagte sie, dass das Blut des Hais in eine andere Richtung hindurchfloss als das Wasser. »Ein Hai muss immer in Bewegung bleiben, sonst erstickt er.«

Ich schaute zu Sookie hinüber, der mit verschränkten Armen auf einem Felsen stand und zufrieden aussah. Mit einer Hand hielt ich den Kiemenlappen fest, mit der anderen strich ich über die zarten Falten im Inneren. Ich war beeindruckt, wie fein die einzelnen Organe der Haie aufeinander abgestimmt waren. Und ich konnte es kaum glauben, dass ich gerade das Innere eines solchen Tiers berührte.

Für den Fall, dass ich Robin noch einmal helfen sollte, behielt ich die Handschuhe an und hockte mich an ihre Seite. Tatsächlich durfte ich noch die Linse aus einem der Augen festhalten, nachdem Robin sie entfernt hatte. Die Linse war vollkommen rund und hatte die Farbe einer roten Weintraube. Anschließend berührte ich den klaren, gummiartigen Schleim, den Ray aus den kleinen Löchern in der Nähe der Haischnauze presste. Die Löcher, so erklärte er mir, waren Sinnesorgane, die dem Hai einen sechsten Sinn verliehen. Sie waren besonders nützlich, wenn es darum ging, nach Beute zu suchen.

* * *

Etwa zwei Stunden nachdem die Nekropsie begonnen hatte, stieg langsam die Flut auf. Robin trennte einen Abschnitt aus fünf Wirbeln aus der Wirbelsäule heraus.

»Jeder dieser Wirbel ist von Kalziumringen umgeben,

und die Ringe kannst du zählen wie die Jahresringe eines Baums. So lässt sich das Alter des Hais feststellen«, sagte sie.

»Wirklich?«

»Ja, so einfach geht das.«

Robin verpackte den keilförmigen Wirbelabschnitt in einem verschließbaren Behälter, um ihn zusammen mit den Gewebeproben, den Fischknochen und einem mutmaßlichen Bandwurm ins Labor zu schicken. Auch die Jungen aus dem Uterus sollten dort näher untersucht werden.

Die Informationen aus dem Labor waren sehr wichtig, erläuterte Robin. Denn um die Haipopulation zu verstehen und zu schützen, mussten die Biologen zuerst Daten über das Alter der Tiere sammeln. Gab es zu viele junge oder alte Haie im Ozean, deutete das auf ein Problem hin. Zum Beispiel konnten Krankheiten im Umlauf sein oder die Fortpflanzung funktionierte nicht. Genau das hatte Vern Devine auch gesagt.

Das Hai-Weibchen, das Robin und ich vor uns hatten, war mittleren Alters.

Als Robin mit ihrer Untersuchung fertig war, faltete Ray die Gewebelappen wieder übereinander, und die Biologen drehten das Tier mit Sookies Hilfe auf die Seite. Während Ray die Rückenflosse absägte, flüsterte er mitfühlend: »Armes altes Mädchen.«

Ohne die Rückenflosse sah der Hai bereits merkwürdig aus, doch als dann auch noch die Brustflossen entfernt wurden, glich das Tier einem torpedoförmigen Geschoss. Ich musste daran denken, was Vern uns über die Fischer erzählt hatte, die Haie wegen ihrer Flossen töteten. Jetzt, wo ich so viel über diese Tiere gelernt hatte, kam es mir erst recht falsch vor, sie zu jagen.

Schließlich erlaubte Robin mir noch, die gezackten Zähne des Hais zu berühren und mir die Schnauze näher anzuschauen, ehe Ray die Kieferknochen herausnehmen würde. Robin erklärte mir, dass Haifischzähne ein Leben lang nachwuchsen.

»Was wir hier sehen, ist die äußerste Zahnreihe«, sagte sie, während sie mit der Hand den Unterkiefer entlangfuhr. »Aber dahinter befinden sich noch viele weitere Reihen von Zähnen, die nur darauf warten, nach vorne zu rücken, wenn die vorderen Zähne ausfallen. Es ist ein fortwährender Prozess.«

Robins Beschreibung erinnerte mich daran, mit anderen Kindern in einer Reihe zu stehen und darauf zu warten, aufgerufen zu werden.

Nachdem Robin mir das ganze Gebiss des riesigen Tiers gezeigt hatte, machte sich Ray daran, die Kieferknochen zu lockern.

»Robin hat gesagt, du möchtest die Kiefer haben?«, wandte er sich an Sookie.

»Ja, mein erstes Paar hab ich verloren«, antwortete Sookie.

Das Blut, das aus dem Haimaul floss, färbte die Haut des Tiers in einer Mischung aus Orange und Rosa. Um die Kiefer zu entfernen, schnitt Ray zuerst das Zahnfleisch weg und rüttelte dann an den Knochen, als wären sie ein grausiges Vampirgebiss. Als er es endlich geschafft hatte und das Gebiss entfernt war, konnte man den Hai kaum wiedererkennen.

Dad schoss ein Foto von Sookie, der die Kiefer in die Luft reckte. Dann half Sookie den Biologen, ihre Behälter und Kühlboxen zu den Autos zu bringen. Bald schon würde das Meer die Überreste des Hais forttragen.

»Und – sind Sie jetzt hungrig?«, wandte ich mich an Mr. Patterson. Er saß auf einem Felsbrocken und sah erschöpft aus.

»Herrgott, nein«, sagte er. »Mir ist speiübel. Auf die Sache mit den Kiefern hätte ich wirklich verzichten können.«

»Geht mir genauso«, stimmte ich zu.

Wir schwiegen eine Weile.

»Worüber denkst du nach?«, wollte Mr. P. wissen.

»Darüber, wie ein Hai gebaut ist, um überleben zu können«, antwortete ich.

»Ja, das ist faszinierend.«

Ich warf den Überresten des Tiers noch einen langen Blick zu. »Kommen Sie, wir gehen meinen Dad holen.«

Als Dad, Mr. P. und ich wieder festen Boden unter den Füßen hatten, lief ich noch kurz zu den Autos der Biologen hinüber. Robin und Ray lachten gerade über irgendetwas.

»Gute Arbeit heute!«, rief Robin mir entgegen.

»Und du hast dir eine Menge Notizen gemacht«, stellte Ray fest, als ich die beiden erreicht hatte.

»Ja, die sind für ein Schulprojekt.«

Er nickte. »Cool.«

Robin zog drei Müsliriegel aus ihrer Tasche. »Möchte jemand?«

Misstrauisch beäugte ich ihre Hände. Ob sie wohl sauber genug waren, um Essen anzufassen? Aber Ray griff ohne zu zögern nach einem der Riegel, also tat ich es auch. Während ich das Papier abzog, fiel mir plötzlich ein, dass getrocknete Körner vermutlich schwierig zu schlucken waren.

»Alles okay, Lucy?« Robin schaute mich fragend an.

Ich holte tief Luft. »Ja, danke.« Dann biss ich kräftig in den Riegel hinein.

Mein Körper kann das!, dachte ich.

»Hat vielleicht jemand Wasser dabei?«, fragte ich mit vollem Mund.

»Nur lauwarmen Kaffee«, bot Ray mir an.

»Danke, den nehme ich.«

Ray reichte mir einen Thermobecher, und ich nahm die bittere Flüssigkeit in winzigen Schlucken zu mir. Kaffee schmeckte sogar noch schlimmer als Bitterlimonade, stellte ich fest.

»Wann hast du eigentlich beschlossen, Meeresbiologin zu werden?«, fragte ich Robin.

Sie dachte einen Augenblick nach. »Damals war ich noch sehr jung und hatte mit meiner Familie einen Ausflug in den Aquazoo von Neuengland gemacht. Ich erinnere mich, dass es dort sehr dunkel war und der Boden und die Wände aus Beton bestanden, wie in einem Parkhaus. Überall roch es nach Fisch und Pinguinkot, und meine Schwester hat sich die Nase zugehalten. Aber mir gefiel der Geruch.«

Ich musste an Mom denken und lächelte.

»Klingt eklig, ich weiß«, fuhr sie fort. »Wir sind dann eine Rampe hinaufgestiegen, die um ein großes Becken herumführte. Dort standen wir an einem riesigen Fenster, und ich habe die Nase eines Hais auftauchen sehen. Das Tier war mir so nah, dass ich das Gefühl hatte, ich könnte es berühren. An diesem Tag ist mir klar geworden, dass ich draußen auf dem Meer arbeiten wollte.«

Ray nickte, als wäre es ihm ähnlich ergangen.

»Ich liebe den Ozean einfach«, sagte Robin.

»Ich auch«, erwiderte ich. Dann fiel mir plötzlich noch eine andere Frage ein. »Können wir vielleicht über den Zusammenhang zwischen Robben und Haien sprechen?«

Robin nickte. »Natürlich, sehr gerne.« Sie holte zu einer längeren Geschichte aus: »Als ich gerade mein Studium beendet hatte, las ich einen Artikel, der mir bis heute im Gedächtnis geblieben ist. Er handelte davon, was mit der Robbenpopulation vor Cape Cod passieren würde, wenn das neue Tierschutzgesetz in Kraft trat. Damals waren Robben noch mein Spezialgebiet.«

Mein Körper fing aufgeregt an zu kribbeln – ich wusste, worauf Robin hinauswollte.

»Jedenfalls hat dieser Artikel meine Aufmerksamkeit geweckt, weil er beschrieb, was geschehen würde, wenn die Robben sich dank des Tierschutzgesetzes vermehrten. Und plötzlich kamen die Haie ins Spiel, denn Haie fressen Robben.«

»Als Nächstes hat Robin dann angefangen, nach Haien Ausschau zu halten«, warf Ray ein.

»Ja, genauso war es«, stimmte Robin ihm zu. »Und weißt du, Lucy, wer diesen Artikel geschrieben hat, der mich damals so beeindruckt hat?«

»Meine Mom?«

»Richtig! Ich wollte sie unbedingt treffen, deshalb habe ich sie ausfindig gemacht. Während unserer gemeinsamen Arbeit habe ich sehr viel von ihr gelernt.«

Mein Blick fiel auf meinen Müsliriegel, und ich stellte fest, dass kaum noch etwas davon übrig war. Ich hatte ihn fast aufgegessen, ohne es zu merken. Ich war unglaublich stolz!

»Darf ich Sie noch etwas fragen?«, wandte ich mich wieder an Robin.

»Schieß los.«

»Schwimmen Sie manchmal mit Haien?«

»Nein, zumindest nicht absichtlich.«

»Meine Mom hat das hin und wieder getan«, sagte ich.

»Ich weiß. Sie hatte keine Angst.«

»Finden Sie das verrückt?«

»Ein wenig«, antwortete Robin. »Aber deine Mom hat es nur gemacht, wenn sie sich sicher fühlte. Wenn die Haie ihr unruhig vorkamen, hielt sie sich lieber von ihnen fern. Deine Mom wollte den Leuten zeigen, dass Haie keine Menschenfresser sind. Und ich glaube, sie wollte ihnen auch klarmachen, dass das Meer den Haien gehört. Sie können nämlich unter Wasser atmen. Wir nicht.«

Ich nickte. »Es war schön, Ihnen bei der Arbeit zuzusehen«, sagte ich. »Danke.«

»Jederzeit wieder, Lucy.« Robin lächelte mich an. »Wir hoffen, dass wir schon in den nächsten Tagen mit dem Markieren der Haie beginnen können. Du bist herzlich eingeladen, mit uns aufs Boot zu kommen.«

Ich strahlte sie an. »Sehr gern!«

In dem Moment tauchten Mr. Patterson, Dad und Sookie hinter uns auf.

»Danke für deine Hilfe beim Tragen«, sagte Ray zu Sookie, und Sookie wiederum dankte den Biologen für die Kiefer.

Mr. Patterson schüttelte Robin und Ray die Hand.

»Ich hätte nie gedacht, dass ich einmal so etwas Interessantes sehen würde«, sagte er.

Die Erwachsenen begannen ein Gespräch, und ich ging noch einmal zum Rand der Felsen hinunter, um mir die steigende Flut anzuschauen. Die Wellen waren kurz davor, die Überreste des Hais zu verschlucken, und bald schon würden sich die Isopoden über sie hermachen. Ich sah zu, wie sich das Wasser in Rinnsalen auf die Felsen ergoss, als liefen die Wellen miteinander um die Wette. Kaum hatten sie jedoch Land erreicht, zog eine unsichtbare Kraft sie schon wieder hinaus aufs Meer.

Ich hörte Schritte und blickte mich um. Dad kam zu mir und schoss ein Foto von den Überbleibseln des Hais.

»Deine Mom wäre beim Anblick der Hai-Babys total ausgeflippt, weißt du das?«, sagte er. »Ich kann mir ihr Gesicht genau vorstellen.«

»Hatte sie denn nicht schon viele Junge gesehen?« Ich dachte an die Frau in dem Buch von Cousteau und Cousteau.

»Nein, nicht von Weißen Haien«, antwortete Dad. »Erinnerst du dich noch, was Vern gesagt hat? Deine Mom hat das Alter der Tiere erforscht. Eine gesunde Haipopulation besteht aus jungen, mittelalten und alten Tieren.«

»Leider hat die Population aber gerade zwei junge Haie und einen mittelalten verloren«, warf ich ein.

»Das stimmt. Aber da draußen im Meer gibt es bestimmt noch viele.«

Wir standen eine Weile in Gedanken versunken nebeneinander, bevor sich Mr. Patterson und Sookie zu uns gesellten. Gemeinsam beobachteten wir, wie eine Welle krachend auf den Felsen aufschlug und ein Stück des Haikadavers mit sich forttrug. Wie lange es wohl dauern würde, bis von dem toten Körper nichts mehr übrig war? Bald schon würden die Wellen die Felsen gesäubert und die Meeresbewohner die Überreste verspeist haben – und dann würde sich der tonnenschwere Hai schließlich in Luft aufgelöst haben.

»Tja, das war's dann wohl«, sagte Mr. Patterson, als der letzte Teil der Schwanzflosse im Meer versank.

»Wollt ihr jetzt nach Hause?«, fragte Dad in die Runde.

»Ja, bitte, ich verhungere allmählich«, sagte Sookie. »Was gibt's denn zu essen?«

»Großer Gott, du hast nach alldem wirklich Hunger?« Mr. Patterson sah entsetzt aus.

»Wir könnten uns unterwegs etwas mitnehmen«, schlug Dad vor.

Dem Vorschlag stimmten alle zu. Sogar Mr. Patterson.

Schweigend gingen wir den Strand hinauf. Dad humpelte auf einer Krücke neben mir her. Ich griff nach seinem Arm und dachte an den Hai. Und an meine Mom.

33.

Der Naturführer

Ms. Solomon zog in ihrem Vorgarten Gemüse. Direkt unter den Fenstern befanden sich riesige, holzeingefasste Beete mit großblättrigen Pflanzen und reifem Getreide. Ich schritt zwischen Reihen von Bohnen hindurch, die an Holzstäben emporwuchsen. Die matschig-süßen Früchte von buschigen Weinreben bedeckten den Boden, und die Luft roch nach Tomaten und Erde. Irgendwo hörte ich Bienen summen. Ich blieb einen Moment stehen und atmete tief ein. Dann zog ich die Riemen meines Rucksacks strammer und ging die Verandatreppe hinauf.

Ich klopfte an die Glasscheibe der alten Haustür und wartete eine Weile. Als Ms. Solomon mir öffnete, trug sie ein Baby auf dem Arm. Das kleine Mädchen hieß Rosie. Ich hatte sie letztes Jahr schon ein paarmal in der Schule gesehen, außerdem erzählte Ms. Solomon im Unterricht öfter von ihr. Daher wusste ich, dass Rosie schlecht schlief, gern Avocados aß und nach ihrer Urgroßmutter benannt war. Heute kaute sie auf einem Waschlappen herum.

»Lucy, wie schön!« Ms. Solomon lächelte mich an. »Was machst du denn hier?«

»Ich hatte gehofft, dass Sie da sind«, sagte ich. »Hi, Rosie.«

Rosie starrte mich an und nuckelte weiter an ihrem Waschlappen. Mit ihren riesigen Augen erinnerte sie mich an eine Miniaturversion von Vern Devine.

»Haben Sie kurz Zeit?«, fragte ich Ms. Solomon.

»Klar, komm rein.«

Ich folgte meiner Lehrerin ins Haus. Wir gingen den Flur entlang, wobei mich Rosie über die Schulter ihrer Mutter neugierig beobachtete. Doch als ich sie anlächelte, verzog sie misstrauisch das Gesicht.

In der Küche setzte Ms. Solomon Rosie in einen hölzernen Hochstuhl und stellte eine Schüssel mit Blaubeeren vor sie auf den Tisch. Rosie griff mit zwei Fingern nach einer Beere, steckte sie in den Mund und zerdrückte sie zwischen ihren Lippen. Aber die Beere schien ihr nicht so richtig zu schmecken, denn sie schüttelte sich. Die ganze Zeit über ließ sie mich nicht aus den Augen.

»Sie mag dich«, sagte Ms. Solomon.

»Wirklich? Darauf wäre ich nicht gekommen«, gab ich zu.

Ms. Solomon nickte. »Sie ist neugierig und versucht, sich ein Bild von dir zu machen.«

Ich nahm meinen Rucksack ab und öffnete den Reißverschluss. »Ich wollte Ihnen etwas zeigen.« Vorsichtig zog ich den Naturführer mit seinem blauen Stoffeinband heraus und legte ihn auf den Küchentisch.

Ms. Solomon griff nach dem Buch und setzte sich damit an den Tisch. Ich stellte mich hinter sie, um ihr beim Durchblättern zuschauen zu können. Behutsam schlug Ms. Solomon das Deckblatt um und schaute sich die Titelseite an.

»Das ist ja euer Naturführer«, sagte sie erfreut. »Darf ich ihn mir ansehen?«

»Klar, deswegen bin ich hier.«

Sie nickte und schlug die erste Seite auf.

Ich hatte gedacht, sie würde den Text bloß kurz überfliegen und anschließend darum bitten, das Buch behalten zu dürfen. Doch sie las jeden einzelnen Satz. Rosie schob sich währenddessen weitere Blaubeeren in den Mund.

»Das da ist ein Gänsesäger«, erklärte ich und deutete auf einen Haubenvogel mit Entenkörper. »Als Fred und ich ihn am Mill Pont entdeckt haben, ist mein Turnschuh im Sumpf stecken geblieben, während ich versucht habe, näher an ihn ranzukommen.«

»Das nenne ich Arbeitseinsatz«, sagte Ms. Solomon lächelnd.

»Wir hatten eine Regel für den Naturführer aufgestellt«, fuhr ich fort. »Er durfte nur Tiere und Pflanzen enthalten, die wir mit eigenen Augen gesehen haben.

Deshalb ist es kein vollständiges Buch über Cape Ann geworden.«

Ms. Solomon blätterte den Naturführer etwa bis zur Mitte durch. »Ich würde sagen, ihr habt trotzdem eine ganze Menge gesehen!«

»Ja, das stimmt. Fred hat die meisten Texte geschrieben, und ich habe die Zeichnungen dazu gemacht.«

»Die Bilder sind sehr schön, Lucy«, lobte Ms. Solomon mich.

»Danke«, sagte ich und freute mich über das Kompliment. Meine Lehrerin schien wirklich beeindruckt zu sein, und mir fiel ein, dass sie selbst überhaupt nicht zeichnen konnte. Jedes Mal, wenn sie im Unterricht etwas an die Tafel malte, sah das Bild ein bisschen so aus wie das Gekritzel eines Kleinkindes. Doch uns ermutigte sie trotzdem immer zum Zeichnen.

Nachdem Ms. Solomon sich den Abschnitt über den Gänsesäger angeschaut hatte, blätterte sie weiter zum Seeigel, dann zum Pfeilschwanzkrebs und schließlich zur Mondschnecke. Sie fing gerade an, den Text über die Mondschnecke zu lesen, da quäkte Rosie auf einmal wie eine Krähe. Ohne den Blick zu heben, bat mich Ms. Solomon, eine Handvoll Getreideringe von der Anrichte zu nehmen und sie in Rosies Schüssel zu legen.

Das kleine Mädchen musterte mich ganz genau, während ich ihm die Ringe hinstellte. Dann drehte es begeistert seine kleinen Händchen. Ich setzte mich an den Tisch.

»Lucy, es gefällt mir, dass du den Goldenen Schnitt gezeichnet hast«, sagte Ms. Solomon und sah mich an. »Auch die Farben und Proportionen sind dir hervorragend gelungen. Und es war eine gute Idee, die Geschichte, wie die Löcher in die Muscheln kommen, mit aufzunehmen.«

Ich spürte, wie ich rot wurde. »Danke.«

Während Ms. Solomon weiterlas, achtete ich auf jede kleine Regung in ihrem Gesicht. Ich wollte wissen, ob ihr der Naturführer wirklich gefiel. Hin und wieder nickte sie zustimmend, doch sie sagte eine Weile lang nichts. Ich hatte mir noch nie so viel Mühe bei einer Aufgabe gegeben, und es war mir wichtig zu erfahren, was sie über das Projekt dachte. Auch wenn ich wusste, dass ich keine schlechte Note bekommen würde – schließlich handelte es sich um eine freiwillige Zusatzaufgabe in den Ferien –, war ich ein wenig aufgeregt.

Mein Herz schlug schneller, als meine Lehrerin sich dem letzten Kapitel näherte: dem über Weiße Haie. Diesen Abschnitt hatte ich fast ganz allein, ohne Freds Hilfe, verfasst.

Endlich kam Ms. Solomon auf der ersten Hai-Seite an.

Vor Freds Unfall war die Seite noch komplett leer gewesen. Aber während ich daran gearbeitet hatte, war es mir so vorgekommen, als würden Freds Worte im Raum schweben und als würde ich sie einfangen. Ich hatte die Worte an mich genommen und mich von ihnen tragen lassen. Dadurch war der Hai-Abschnitt mindestens fünfmal so lang geworden wie die übrigen Texte. Fred wäre damit vermutlich nicht einverstanden gewesen, denn er hätte nicht gewollt, dass es aussah, als seien Weiße Haie wichtiger als Gänsesäger oder Flecken-Querzahnmolche. Doch nach allem, was ich in diesen Sommer erlebt hatte, waren sie es für mich.

Als Ms. Solomon das Kapitel zu Ende gelesen hatte, griff sie nach dem Waschlappen, auf dem Rosie gekaut hatte, und wischte sich damit über die Augen. Rosie beobachtete sie schweigend.

Schließlich blickte Ms. Solomon auf und sagte anerkennend: »Sehr gut gemacht, Lucy! Als Lehrerin hoffe ich immer, dass meine Aufgaben den Schülern etwas bedeuten. Ich wünsche mir, dass sie das Thema spannend finden und mehr darüber erfahren möchten.«

»Na ja ... am Anfang habe ich nur Fred zuliebe mitgemacht«, gab ich zu.

»Und wann hast du angefangen, dich selbst dafür zu interessieren? Als der Hai vor Rockport gefangen wurde?«

Ich schüttelte den Kopf. »Nicht ganz. Ich glaube, es war, als ich meine Mom im Fernsehen gesehen habe. Da bin ich neugierig geworden.«

Ms. Solomon nickte.

»Aber jedes Mal, wenn ich versucht habe, einen Hai zu zeichnen, sah er aus wie ein nasser Sack oder ein kaputtes Spielzeug. Deshalb wollte ich mich verbessern«, erzählte ich.

»Haie sind schwierig zu zeichnen, weil sie immer in Bewegung sind«, warf Ms. Solomon ein.

»Genau«, sagte ich. »Also habe ich mir die einzelnen Körperteile und die inneren Organe angeschaut und versucht, sie zu verstehen. Und dann habe ich das Zeichnen so oft geübt, wie ich nur konnte.«

»Ich hatte mir schon gedacht, dass dir ganz andere Details auffallen würden als Fred«, sagte Ms. Solomon. »Aber im Grunde sind Künstlerinnen und Wissenschaftlerinnen gar nicht so unterschiedlich, weißt du? Beide wollen den Dingen auf den Grund gehen und verstehen, wie sie funktionieren.«

Ich musste an den Tag denken, an dem ich mit Sookie Fische ausgeweidet hatte. Damals hatten wir auch darüber gesprochen, warum Mom gern Meerestiere sezierte.

»Warum haben Tintenfische eigentlich drei Herzen?«, fragte ich.

»Ich glaube, die beide kleineren versorgen die Kiemen mit Blut und das größere den restlichen Körper. Tintenfische benötigen viel Sauerstoff, um zu überleben.«

»Aber warum?«

Ms. Solomon dachte einen Augenblick nach. »Na ja, Tintenfische haben zwei Verteidigungsstrategien. Die erste ist das Verspritzen von Tinte, die zweite die Flucht. Vermutlich sind sie auf drei Herzen angewiesen, weil ihre

Verteidigung so aufwendig ist. Besonders das schnelle Fliehen verbraucht Sauerstoff.«

Mein Blick fiel auf meine Zeichnung, und ich dachte über die Reihen scharfer Haifischzähne nach, die nur darauf warteten, weiter nach vorne zu rücken. »Alle Tiere sind aufs Überleben ausgerichtet«, sagte ich. »Das ist irgendwie faszinierend.«

»Ja«, stimmte Ms. Solomon mir zu. »Sie sind perfekt an ihren Lebensraum angepasst.«

Rosie gab ein Quietschen von sich und hielt eine Blaubeere in den Fingern. Zuerst machte es den Eindruck, als wolle sie sich die Beere in den Mund schieben, doch auf einmal streckte sie ihre kleine Hand aus und hielt mir die Beere hin. Lächelnd nahm ich sie an, kaute sie und schluckte den bittersüßen Matsch ohne Probleme herunter.

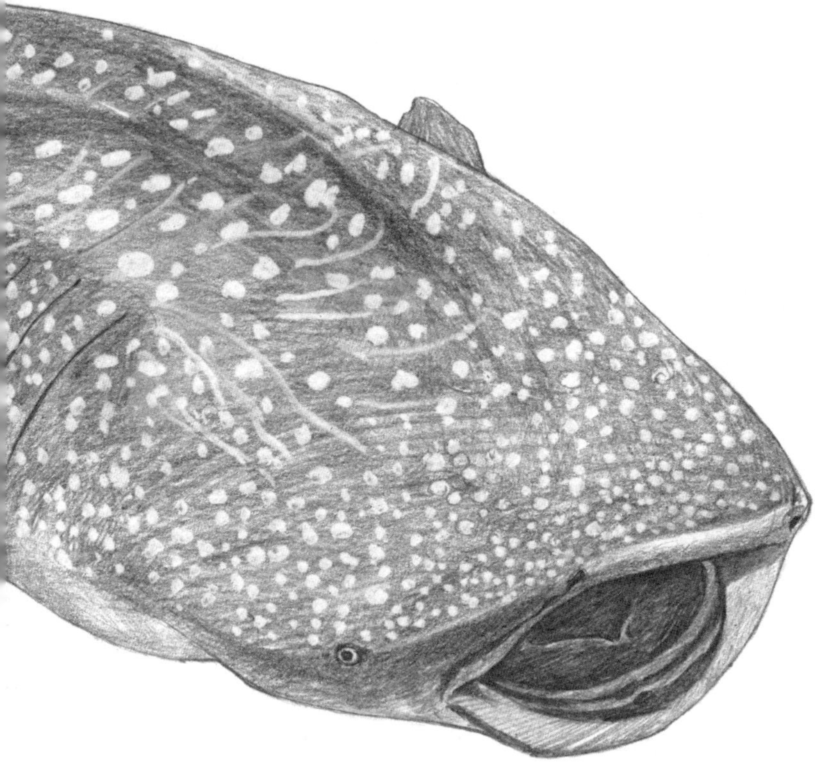

34.

Dunkelkammer

Ich stand vor dem geöffneten Kühlschrank und wickelte ein in Alufolie verpacktes Stück Pizza aus. Dann nahm ich – ganz wie ein Hai – einen vorsichtigen Bissen, um zu entscheiden, ob es sich lohnte, den Rest zu essen. Das tat es definitiv nicht.

Als ich die Kühlschranktür wieder zumachte, fiel mein Blick auf eine Schüssel köstlicher Sommerpfirsiche, die auf der Anrichte stand. Sie dufteten so stark, dass ich das Gefühl hatte, sie bereits schmecken zu können. Ehe ich mich's versah, durchbissen meine Zähne die pelzige Haut, und ich wischte mir den süßen Saft aus den Mundwinkeln.

Plötzlich hörte ich ein kratzendes Geräusch unter dem Küchenboden. Es klang, als würde etwas Metallisches über Beton schaben. Neugierig ging ich zur Kellertür, um nachzuschauen, was dort vor sich ging.

»Dad?«, rief ich die dunklen Stufen hinunter.

»Ja, bin unten im Keller!«

Mit meinem Pfirsich in der Hand stieg ich die steile Treppe hinab und fragte mich, wie er es mit seinem

Gips geschafft hatte, hier hinunterzukommen. Wir hatten einen dieser typischen Keller mit schmutzigem Betonboden, losen Drähten, hervorstehenden Rohren und kläglich schlechtem Licht. Aber wenigstens konnte man so die Spinnweben nicht sehen. Oder aber die Geister, die sich wahrscheinlich seit Jahrhunderten unter unserem Haus herumtrieben.

Schon von Weitem roch ich die Dunkelkammer: eine Mischung aus Chemikalien, Essig und irgendetwas Süßlichem. Ich wusste, dass ich die Kammer betreten durfte, wenn darin Licht brannte, also drückte ich die Türklinke hinunter.

Dad hatte seine Krücken beiseitegelegt, obwohl er das eigentlich noch gar nicht durfte, und beugte sich über mehrere Plastikbehälter. Mit der Zange holte er ein Foto aus einem Chemikalienbad, legte es in eine Wanne mit Wasser und bewegte es vorsichtig hin und her. An einer Wäscheleine über dem langen Waschbecken hingen bereits zahlreiche Fotos. Während ich die Tür hinter mir schloss, befestigte Dad ein weiteres tropfnasses Bild an der Leine.

»Wahnsinn«, sagte ich, als ich meinen Blick über die Motive gleiten ließ.

»Ich habe den ganzen Sommer gebraucht, um eine einzige Filmrolle zu füllen«, sagte Dad.

Ich biss noch einmal von meinem Pfirsich ab und nahm seine Aufnahmen genauer unter die Lupe.

»Lucy, hier drin wird nicht gegessen!« Dad zeigte auf den Pfirsich, als wäre er vergiftet. »Wirf ihn weg!«

Normalerweise verbot mir Dad niemals zu essen, aber seine Dunkelkammer war ihm heilig. Nachdem ich den Pfirsichrest durch ein Kellerfenster in den Garten geworfen hatte, betrachtete ich die Fotos vom Anfang des Sommers, die am vorderen Ende der Leine hingen. Mein Blick blieb an einem Bild von Mr. Patterson und Fred hängen. Mr. P. blies in sein Horn, während Fred ihm mit seiner Trompete in der Hand zusah.

»Wann hast du das aufgenommen, Dad?«

»Am vierten Juli.« Dad sah sich das Foto nun ebenfalls an. »Schade, dass wir Fred nicht mehr als jungen Mann erleben werden. Ich hätte gerne gewusst, was aus ihm wird.«

Ich nickte und griff nach meinem Meerjungfrau-Anhänger.

Auf dem Foto lächelte Fred zaghaft. Ob es ihm überhaupt noch Spaß gemacht hatte, patriotische Lieder mit Mr. P. zu spielen, während er zu Hause Jazz Fusion hörte? Ein Schauer lief mir über den Rücken, so als tippte Fred mich gerade mit seiner Zehenspitze an.

Langsam ging ich an der Wäscheleine entlang und entdecke ein Foto von Sookies Hai, der gefesselt und gebogen am Anlegesteg hing. Die Köpfe der Zuschauer am Rand des Bildes umschlossen das riesige Tier wie ein Rahmen.

»Ich hab ganz vergessen, dass du an dem Tag Fotos gemacht hast«, sagte ich überrascht.

Dad und ich schauten uns gemeinsam das Bild an, auf dem Fred und ich vor Sookies Hai posierten. Obwohl es eine Schwarz-Weiß-Aufnahme war, wirkte mein Gesicht rot. Freds lockiger Haaransatz war vom Schweiß dunkel verfärbt.

»Fred war viel kleiner als ich«, stellte ich fest.

»Ja, das war er«, stimmte Dad zu.

Dann fiel mein Blick auf ein Foto von Sookie, der sich gerade mit Lester unterhielt. Hinter ihnen baumelte der riesige Hai über dem Wasser.

»Das Foto möchte ich Sookie schenken«, sagte Dad.

»Ich war an dem Tag sauer auf dich«, gestand ich.

»Warum?«

»Weil du am Strand tauchen gegangen bist. Ich wollte nicht, dass du von einem Hai gefressen wirst, dann hätte ich nämlich gar keine Eltern mehr gehabt.«

»Lucy.« Dad sah mich mit ernstem Gesichtsausdruck an.

»Immer redest du nur über Statistiken oder Wahrscheinlichkeiten«, fuhr ich fort. »Aber ich hatte einfach Angst um dich.«

»Ich musste an dem Tag meinen Kopf freikriegen«, erklärte Dad. »Mit Sookies Hai kam auch die Erinnerung an deine Mutter zurück. Sie hätte den Hai bestimmt untersucht – doch sie hat ihn verpasst.«

»Daran musste ich auch denken«, sagte ich.

Dad hatte im Hafen von Salem einige Fotos von seinem Tauchteam gemacht. Die meisten Taucher sahen mit ihren Masken und Atemreglern aus wie Insekten und waren kaum voneinander zu unterscheiden. Doch es gab auch einen Schnappschuss von einem Mann mit Rettungsweste und Baseballkappe, dessen eine Hand auf dem Rücken eines Tauchers lag. In der anderen hielt er ein zusammengerolltes Seil, das in einer durchsichtigen Tasche steckte. Dad und ich schauten uns das Bild ein paar Sekunden lang an.

»Der Leinenführer.« Ich erkannte ihn vom Steinbruch wieder.

Dad nickte. »Genau.«

»Vermisst du sie? Die Leute aus deinem Team?«

»Ja.«

Ich ging die Wäscheleine weiter entlang und kam bei den Fotos von der Nekropsie an. Das Hai-Weibchen lag in die Felsen gebettet wie ein riesiges Seemonster aus einer uralten Geschichte. Einige Bilder hatten etwas Gruseliges an sich, aber eine Nahaufnahme der Hai-Gedärme fand ich wunderschön. Das Foto sah aus, als wäre eine kunstvolle Skulptur darauf abgebildet.

»Das da drüben ist mein Lieblingsfoto«, sagte Dad und zeigte auf das letzte Bild an der Leine. Es war das Foto, das er eben erst aufgehängt hatte.

Ich trat näher heran. Es war ein Bild von mir, wie ich

mit meinem Zeichenblock neben dem Hai hockte. Nur das riesige Tier und ich waren zu sehen.

»Hättest du je gedacht, dass du einmal bei einer Nekropsie zuschauen würdest?«, fragte Dad.

»Nein, nicht ohne Fred. Und ohne Mom«, antwortete ich. »Warum ist das dein Lieblingsbild?«

»Weil es mich an die beiden erinnert«, antwortete er. »Genau wie an dich. Du hattest dir in den Kopf gesetzt, möglichst viel über Haie zu lernen. Darin warst du Fred und deiner Mutter ähnlich. Aber du hast auch sorgfältig auf jedes Detail geachtet und wolltest alles perfekt zeichnen. So etwas kann niemand außer dir.«

»Ich finde, ich sehe auf dem Bild irgendwie stark aus«, fügte ich hinzu. »Innerlich stark.«

»Das ist wahr«, stimmte Dad mir zu. »Du wärst eine gute Leinenführerin.«

Überrascht schaute ich ihn an. »Weil ich es vermeide, ins Wasser zu gehen?«

»Nein, weil eine Leinenführerin *alles* sieht. Sie achtet auf die Signale des Tauchers, auf ihre Umgebung und die Ausrüstung. Sie bezieht all diese Informationen in ihre Arbeit ein und ist voll und ganz darauf konzentriert, mit dem Menschen am anderen Ende des Seils in Verbindung zu bleiben.«

»Aber wer befindet sich am anderen Ende?«, fragte ich. »Mom? Oder Fred? Mir kommt es vor, als hätte ich sie beide verloren.«

»Nein«, widersprach Dad. »Schau mal.« Er zeigte noch einmal auf sein Lieblingsfoto. »Dieses Mädchen dort bist nicht nur du allein, Lucy. In dir lebt ein Teil von deiner Mom weiter und ein Teil von Fred. Auch wenn die beiden nicht mehr da sind, wirst du für immer mit ihnen verbunden bleiben. Manche Seile reißen nicht.«

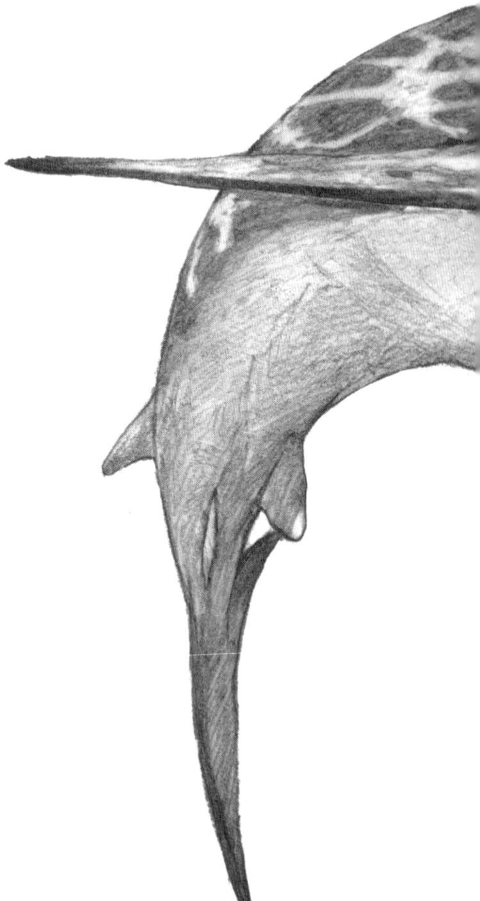

35.

Flink wie ein Fisch

Mein Zimmer hatte sich in eine Müllhalde verwandelt. Der Großteil meiner Kleider lag in schmutzigen Haufen auf dem Boden, und meine Wäscheschublade war so leer, dass ich inzwischen ein altes Fußballtrikot trug. Dad war letzte Woche ein paarmal vorbeigekommen, um Schmutzwäsche einzusammeln, doch ich hatte keine Lust gehabt, mich darum zu kümmern. Außerdem standen überall Teetassen mit braunen Rändern herum, und aus meinem Abfalleimer quoll zerknülltes Papier. Der Boden war mit Bleistiftschnipseln übersät, und beinahe alles, was ich im Laufe des Sommers angefasst hatte, hatte ich nicht mehr an seinen ursprünglichen Platz zurückgestellt.

Wenn mein Zimmer eines Tages wieder ordentlich aussehen sollte, musste ich irgendwo anfangen. Ms. Solomon hatte mich gebeten, den Naturführer eine Weile behalten zu dürfen, damit sie mir Kommentare an den Rand schreiben konnte. Das bedeutete, dass dieses Projekt für mich beendet war und ich mich jetzt in Ruhe meinem Zimmer widmen konnte.

In dem Augenblick klopfte es an der Tür.

»Ich räume auf!«, rief ich.

»Die Fotos sind trocken«, verkündete Dad. »Möchtest du sie haben oder soll ich sie für dich aufbewahren?«

Eilig öffnete ich die Tür. »Ich nehme sie.«

Dad ging wieder nach unten, und ich legte die Bilder auf meinen Schreibtisch. Dann heftete ich das Foto, auf dem Fred und ich unter Sookies Hai posierten, an meine Pinnwand neben den alten Schnappschuss von Mom, Dad und Sookie. Anschließend suchte ich noch einen Platz für Dads Lieblingsbild: das von mir und dem Hai-Weibchen. Erst dann fing ich an, Ordnung in mein chaotisches Zimmer zu bringen.

Ich sammelte die Bücher ein, die Fred und ich uns aus Moms Bibliothek ausgeliehen hatten, brachte sie zurück in Moms Büro und legte sie vor das Regal. Dann versuchte ich mich zu erinnern, wo sie gestanden hatten – auch wenn mir klar war, dass es niemandem außer Mom und Fred aufgefallen wäre, wenn ich sie falsch einsortierte.

Als ich das Buch von Cousteau und Cousteau auf das oberste Brett stellte, entdeckte ich etwas: Versteckt hinter einigen Büchern stand eine schwarze Kiste mit einer kleinen Metallplakette darauf, in die man ein Namensschild hineinschieben konnte. Was mochte wohl darin sein?

Ich zog die Kiste hervor. Sie hatte die Größe eines kleinen Schuhkartons und war mit einem einfachen Deckel verschlossen. Ich stellte den Karton auf den Boden und lugte hinein: Videokassetten.

Ich nahm die Bänder heraus und schaute mir die beschrifteten Klebeetiketten an. Auf den letzten drei Kassetten stand: *Riesenhai-Nekropsie*, *Vorlesungen Meeresforschungszentrum* und *Naturdokumentation*.

Meine Kopfhaut begann zu kribbeln. Ich stand auf und schob eine der Kassetten in den alten Videorekorder in der Ecke des Zimmers. Auf dem Bildschirm des Fernsehers hatte sich Staub wie eine dünne Schneeschicht abgelegt, also wischte ich das Glas mit meinem T-Shirt ab.

Die Videoaufnahme begann mitten in einem von Moms Interviews – und ich erkannte es sofort wieder. Mom saß auf einem Boot, während ihr die Haare sanft ums Gesicht wehten und ihre Schultern im Rhythmus der Wellen auf und ab wippten. Es war der gleiche Ausschnitt, den Fred und ich im Fernsehen gesehen hatten, nachdem Sookies Hai gefangen worden war.

Mein Magen zog sich zusammen. »Heiliger Fisch«, flüsterte ich.

»Ob ich Angst habe, mit den Haien im Meer zu schwimmen?«, fragte Mom. »Nein. Man muss sich lediglich darüber im Klaren sein, dass man sich in ihrem Zuhause aufhält. Man muss sich wie ein Gast benehmen.«

Nach allem, was ich in diesem Sommer über Haie gelernt hatte, war mir klar, wie recht sie damit hatte.

»Was sollten die Menschen Ihrer Meinung nach über Haie wissen?«, fragte der Reporter.

»Vielleicht, dass es noch so viele Dinge gibt, die wir *nicht* über sie wissen«, fuhr Mom fort. »Zum Beispiel, wohin sie ziehen oder wie viele es sind. Wir fürchten uns vor dem, was wir nicht kennen. Wenn wir mehr über Haie wüssten, könnten wir vermutlich auch mehr tun, um ihr Überleben zu sichern.«

Der Zensus.

Und dann kam der Moment, wo Mom mich anlächelte. Damals hatte ich das Telefon fallen lassen, doch diesmal hielt ich ihrem Blick stand.

»Aber haben Sie denn gar keine Angst?«, hakte der Reporter nach. Und danach wollte er wissen: »Haben Sie Kinder?«

»Einem Mann hätten Sie diese Frage nicht gestellt«, gab Mom mit ruhiger Stimme zurück.

Einen Augenblick herrschte Stille, bevor der Reporter erwiderte: »Da haben Sie vermutlich recht.«

Mom beantwortete die Frage trotzdem. »Ich habe eine Tochter«, sagte sie sanft. »Ich denke immer an sie. Und an die Generationen, die ihr folgen werden. Menschen haben einen großen Einfluss auf den Ozean, und wir haben schon gewaltige Spuren darin hinterlassen. Doch es ist noch nicht zu spät, um das, was wir zerstört haben, wiedergutzumachen.«

Ich habe eine Tochter. Ich denke immer an sie.

In letzter Zeit hatte ich mich oft gefragt, ob meine Mom in Gedanken bei mir gewesen war, wenn sie mit den Haien schwamm. Sie hatte ihr Leben aufs Spiel gesetzt, um diese Tiere zu verstehen und den Leuten zu beweisen, dass es keine Menschenfresser waren. Hatte es sich gelohnt, dieses Risiko einzugehen? Wenn ich länger über die Frage nachdachte, kam meine Mom mir doch ein wenig verrückt vor.

Die nächste Szene zeigte, wie sich meine Mutter in einem Taucheranzug rückwärts von einem Boot fallen ließ. Plötzlich schoss mir ein neuer Gedanke durch den Kopf: Es war ihr eigener Körper gewesen, der sie umgebracht hatte. Nicht die Haie.

Aber bevor ich richtig traurig werden konnte, wurde ein neues Bild eingeblendet: Mom schwamm so geschmeidig im Wasser wie ein Delfin, der bereits sein ganzes Leben im Meer verbracht hatte. Ihre Bewegungen waren elegant und flink wie die eines Fischs.

Ich drückte die Pausentaste und rief nach Dad und Sookie, die im Wohnzimmer saßen, um sich ein Baseballspiel anzuschauen.

Es dauerte eine Weile, bis die beiden in der Tür erschienen.

»Was ist los?«, wollte Sookie wissen.

»Das müsst ihr euch angucken!« Ich spulte die Kassette ein wenig zurück.

Sookies Augen weiteten sich, als er verstand, was wir

gleich sehen würden. »Das ist das Interview aus den Nachrichten«, sagte er.

Dad starrte nur wortlos auf den Fernseher.

Als das Interview vorbei war, schauten wir Mom zu, die sich mithilfe eines Seils zum Meeresboden hinabließ und dann in ein von Algen überwuchertes Schiffswrack schwamm. Überall waren kleine und mittelgroße Fische zu sehen, und plötzlich kamen auch Haie ins Blickfeld. Wie eine Flotte sandbrauner Begleitboote schwebten sie an Mom vorbei und glitten durch das Wasser wie Geister.

Ich war überrascht, wie langsam sich die Tiere fortbewegten und dass sie meiner Mutter keinerlei Beachtung schenkten. Vermutlich hatten sie Mom zwar bemerkt, fühlten sich aber nicht von ihr gestört. Nie versuchte Mom, eins der Tiere zu berühren, sondern sie schwamm einfach an ihrer Seite wie ein anderes Meereswesen.

»Ich erinnere mich an diese Aufnahmen«, sagte Dad. »Wo hast du die Kassette gefunden?«

»Im Bücherregal.«

Geschmeidig glitt Moms schwarze Silhouette durch das Schiffswrack und verschwand durch eine Öffnung flugs wieder nach draußen. Dad stützte sich fester auf seine Krücke, und Sookie stemmte die Hände in die Hüften. Anscheinend hatte meine Mom sie beide ein wenig aus dem Gleichgewicht gebracht.

Nun wechselte der Erzähler im Video das Thema, und es wurde Bildmaterial von Walhaien in Saudi-Arabien gezeigt.

»Spul noch einmal zurück«, bat Dad mich.

Während wir Mom ein weiteres Mal beim Tauchen zusahen, wurde mir plötzlich klar, dass sowohl Dad als auch Sookie meine Mom geliebt hatten. Im ersten Moment überraschte mich das – auch weil keiner von ihnen etwas dagegen zu haben schien. Doch sie musste eine ganz besondere Wirkung auf andere Menschen gehabt haben: Mom war eine wundervolle Frau gewesen, die so sehr faszinierte, dass die Leute alles über sie wissen wollten.

Als wir uns den Videoausschnitt gerade zum dritten Mal ansahen, klopfte es auf einmal an der Zimmertür. Es war Fiona.

»Niemand hat aufgemacht, also hab ich mich selbst reingelassen«, sagte sie.

Ich winkte sie zu uns herüber. Gemeinsam beobachteten wir die Haie, die ihre Kreise durch das Meer zogen.

»Was schauen wir uns an?«, wollte Fiona wissen.

»Meine Mom«, antwortete ich.

Fionas Augen weiteten sich, denn in diesem Moment tauchte auch schon Moms Silhouette auf dem Bildschirm auf. Ein Sandhai schwamm über ihren Kopf hinweg und glitt sanft durch die Blasen, die aus ihrem Atemregler aufstiegen. Die Kamera folgte meiner Mutter, während sie hinter dem Tier durch den Ozean schwebte. Es kam mir vor, als flöge sie an uns vorbei. Dann schlug sie ein Mal mit ihren Flossen, hinter ihr kräuselte sich das Wasser – und sie war verschwunden.

»*So* sehen echte Frauen aus«, sagte ich zu Fiona.

Sie legte einen Arm um mich.

Wir schauten uns den Videoausschnitt noch ein weiteres Mal an, bevor Sookie und Dad sich wieder auf den Weg nach unten machten, um sich das Baseballspiel weiter anzusehen.

Sookie drehte sich im Türrahmen noch einmal zu mir um. »Ich habe übrigens nach der Nekropsie mit Robin telefoniert.«

»Wirklich?«

Er nickte. »Und ich habe ihr zugesagt, beim Markieren der Haie zu helfen.«

Auf meinem Gesicht breitete sich ein Lächeln aus.

»Außerdem habe ich ihr versprochen, dass ich dich überrede mitzukommen.« Sookie grinste.

Ich schaute ihm fest in die Augen und sagte: »Ich bin dabei.«

* * *

In dieser Nacht träumte ich vom Steinbruch. Ich tauchte im mattgrünen Wasser, das aussah wie auf einem Gemälde, doch ich konnte hindurchschauen, als wäre es glasklar. Während ich mich im Wasser wand und mühelos atmete wie eine Meerjungfrau, schwamm ein Weißer Hai auf mich zu. Ich sah seine Schwanzflosse, die sich hin- und herbewegte und ihn pfeilschnell vorankommen ließ. Wie mit Röntgenaugen erkannte ich seine Wirbelsäule, die sich sanft bog, während er um mich herumglitt. Ich war aufgeregt wie ein kleines Kind, das darauf wartet, dass sein Name aufgerufen wird, doch ich hatte keine Angst. In Gedanken beschriftete ich die Flossen des Hais und verfolgte, wie das Wasser durch seine Kiemen strömte. Das Tier zog eine weitere Schleife um mich herum, dann schwamm es davon. Doch plötzlich, kurz bevor es verschwand, ertönte ein Ping.

36.

Ping

Dad hatte mir einmal den Rat gegeben, auf den Horizont zu schauen, um nicht seekrank zu werden. Doch weil ich in der Kabine eines Harpunenboots steckte, deren Fenster nicht größer waren als Pralinenschachteln, war das kaum möglich.

Bereits zum zweiten Mal kam Mr. Patterson vorsichtig die Stufen hinuntergeklettert, um nach mir zu sehen. Er trug einen weißen Hut und eine riesige Sonnenbrille, die mich an Fred erinnerte.

»Schon irgendwelche Haie gesichtet?«, fragte ich.

»Noch nicht«, antwortete er. »Aber hier unten wirst du sowieso keinem begegnen. Du solltest mit nach oben kommen.«

»Ja, gleich.«

Mr. Patterson schaute mir in die Augen. »*Du* wolltest Robins Einladung doch unbedingt annehmen, Lucy.«

»Ich weiß.«

Ich wollte wirklich gern mit an Deck gehen, doch der Anblick des Wassers bedrückte mich noch immer. Außerdem musste ich gegen Übelkeit ankämpfen. Schließlich nahm ich all meinen Mut zusammen und folgte Mr. Patterson die Stufen hinauf.

Die Wellen warfen das Boot hin und her. Vorsichtig machte ich ein paar Schritte in Richtung Bug. Mir blieb fast das Herz stehen, als ich Sookie am Ende der langen, schmalen Planke sah, die am Bug mehrere Meter über das Wasser ragte. Wie ein Köder an der Angel schwebte er in einem metallenen Käfig über dem Meer und hielt einen langen Stab in der Hand – eine Harpune, an der ein akustischer Sender befestigt war. Es kam mir vor, als wäre er meilenweit von uns entfernt. Wie es sich wohl anfühlte, so dicht über dem Ozean dahinzugleiten, mit nur einem dünnen Gitter unter den Füßen? Ich hatte bereits große Schwierigkeiten, an Deck mein Gleichgewicht zu halten, doch Sookie schienen die hohen Wellen nichts auszumachen.

»Ich setze mich nach hinten zu deinem Vater«, verkündete Mr. Patterson und mühte sich langsam an der Reling entlang.

Ich nahm einen tiefen Atemzug und versuchte, alles um mich herum in ein klares Bild zu fassen. Über uns kreiste ein Erkundungsflugzeug und hielt Ausschau nach Haien; Sookie schwebte mit einer Harpune in der Hand über dem Wasser und wartete darauf, dass ein Hai vorbeikam. Es war, als wäre Moms Zeichnung zum Leben erwacht.

Trotz des warmen Augustwetters war es frisch auf

dem Boot, deshalb trug ich ein dickes Sweatshirt. Um meinen Hals hing ein Fernglas, das wie ein Pendel hin- und herschwang. Der Wellengang war so stark, dass ich mich tastend über das Deck bewegte, so als lernte ich gerade erst Laufen.

Außerdem war mir schwindelig – vielleicht von der Schaukelbewegung des Boots oder dem konstanten Dröhnen des Motors. Ich hielt mich an der Reling fest und schaute aufs Meer hinaus. In den großen Wogen kräuselten sich lauter kleine Wellen, weshalb mich die Wasseroberfläche an die faltige Haut eines Elefanten erinnerte. Überall versuchte ich den großen Schatten eines Wals oder Hais zu entdecken.

Ich wusste, dass der Pilot des Erkundungsflugzeugs per Funk mit dem Boot in Verbindung stand, doch als ich zum ersten Mal seine Stimme hörte, war ich trotzdem überrascht. Das statische Knistern im Hintergrund erinnerte mich an Mr. Pattersons Polizeifunk.

»*Krkkkk* … Er schwimmt jetzt nach rechts … nach rechts«, ertönte die Meldung des Piloten.

Ich schaute zu Robin hinüber. »Wer schwimmt nach rechts?«, fragte ich.

»Ein Hai«, antwortete sie. »Ein Weißer Hai.«

Lächelnd stand sie am Fuß der Planke und wies Sookie an, in welche Richtung er schauen sollte. In der letzten Woche waren die beiden mehrmals zusammen mit dem Boot rausgefahren, aber bisher hatten sie nur einen einzigen Weißen Hai markiert. Wenn Robin genug Daten für ihre Studie sammeln wollte, brauchte sie noch etliche mehr. Der Hai, der gerade neben uns nach rechts abdrehte, war immerhin schon die Nummer zwei.

»Da drüben!«, rief Sookie und deutete vor sich aufs Meer.

Als hätte das Tier gespürt, dass es beobachtet wurde, wechselte es genau in dem Moment die Richtung, als Sookie mit seiner Harpune auf den langen Körper zielte.

»*Krkkkkk* ... Er dreht ab«, meldete der Pilot, unterbrochen von Rauschen.

»Jetzt! *Jetzt!*«, schrie Robin, doch es war schon zu spät. Sookie hatte die Harpune bereits wie einen Pfeil ins Wasser geschossen – und sie war weiter geflogen, als ich es für möglich gehalten hätte. Allerdings hatte sie ihr Ziel verfehlt.

Sookie fluchte so laut, dass ihn vermutlich selbst die Muscheln auf dem Meeresgrund hören konnten.

Robin griff nach einer zweiten Harpune und machte sich vorsichtig auf den Weg über die Planke. Das Boot schwankte so stark, dass sie schon nach wenigen Schritten stehen bleiben musste, um ihr Gleichgewicht wiederzufinden – oder aber um neuen Mut zu fassen.

Ich sah, dass es noch eine dritte Harpune gab, die ebenfalls mit einem akustischen Peilsender ausgestattet war. Kurz spielte ich mit dem Gedanken, sie an mich zu nehmen und Sookie zu bringen, falls er sie brauchte.

Das Funkgerät knisterte. »Er schwimmt Richtung Steuerbord«, meldete der Pilot.

Steuerbord. Das war meine Seite!

Mein Herzschlag beschleunigte sich. Ohne nachzudenken, griff ich nach der Harpune, hielt sie fest wie einen Speer und lehnte mich damit über die Reling des Boots. Sorgfältig beobachtete ich die Bewegungen des Wassers und machte mich darauf gefasst, jederzeit einen dunklen Schatten vorbeigleiten zu sehen. Mein Körper pulsierte vor Energie, und ich stellte mir vor, dass Fred sich genauso gefühlt haben musste, als er in den Steinbruch gesprungen war.

»*Krkkkk* … Oh, oh, das Kind hat die Harpune, Achtung!«, verkündete der Pilot, der mein Vorhaben anscheinend beobachtet hatte. Doch seine Stimme klang, als wäre es keine große Sache, dass ich kurz davor war, einen akustischen Sender auf den Meeresboden zu schießen.

Plötzlich sah ich etwas unter der Wasseroberfläche aufblitzen. Instinktiv riss ich die Harpune in die Höhe und rief: »Ich kriege ihn!«

Hinter mir hörte ich die Erwachsenen herbeieilen, um mich aufzuhalten. Aber ich wusste, dass ich es schaffen konnte, denn ich kannte diesen Hai ebenso gut wie die anderen an Bord. Ich hatte seinen Körper gezeichnet, von innen und von außen. Ich hatte seine Wirbel betrachtet, die wie Legosteine ineinandergriffen, und all seine Organe, die ihn am Leben hielten. Und ich konnte die Aufhängung seiner kräftigen Kieferknochen vor meinem inneren Auge sehen. Wieder und wieder hatte ich meine Zeichnungen ausradiert, um den Abstand zwischen den Flossen zu korrigieren oder das richtige Maß an Muskelmasse zu treffen. Und jedes Scheitern hatte mich meinem Ziel ein Stück nähergebracht, die Haie zu verstehen. Ich wusste, wie flink sie sich bewegten und wie schnell sie ihre Kiefer öffnen konnten, um nach Beute zu schnappen.

Ohne zu zögern, nahm ich Anlauf und schleuderte die Harpune weg wie eine Kriegerin. Ich hielt den Atem an und verfolgte den Stab mit meinen Augen – getroffen! Ich hatte genau die Stelle erwischt, auf die ich gezielt hatte: die fleischige Wulst unterhalb der Rückenflosse.

»*Krkkkkk* … Sie hat es geschafft!« Die Stimme des Piloten klang aufgeregt. »Der Hai ist etwa vier Meter lang.«

Ich schaute zu, wie das Tier sich wand, als versuchte es, sich an einer juckenden Stelle zu kratzen. Mit zitternden Knien lief ich an der Reling längs, um es vorbeischwimmen zu sehen. Ich lehnte mich über das Geländer, während der Wind meine Haare gegen meine Wangen peitschte. Scheinbar mühelos glitt die Silhouette des Hais mit der Kraft von hundert Olympiaschwimmern an mir vorbei. Ich konnte die bräunliche Farbe des Tiers in der Sonne schimmern sehen. Der Hai war nicht schiefergrau wie der von Sookie oder das Tier auf den Felsen. Am liebsten hätte ich meine Hand ausgestreckt, um ihm über den mit Dentikeln bedeckten Rücken zu streichen. Dentikel, so hatte ich gelernt, waren winzige Strukturen, die aussahen wie Zähne. Sie ermöglichten es den Haien, sich schnell und lautlos im Wasser fortzubewegen. Wie es sich wohl anfühlte, sie im Meer zu berühren?

»Heiliger Fisch«, flüsterte ich, während ich die gewaltigen Flossen abtauchen und das Tier verschwinden sah. Ich spürte den Wind über mein Gesicht streichen und stellte mir vor, es wäre der Luftzug, den der Hai hinterließ. Mit geschlossenen Augen atmete ich ein.

Als ich mich umdrehte, sah ich, dass Robin, Dad, Mr. Patterson und Sookie mich entgeistert anstarrten. Vermutlich konnten sie ebenso wenig glauben, was ich getan hatte, wie ich selbst.

Dad fasste mich am Ellbogen und blickte mir ernst ins Gesicht. »Lucy Elizabeth Everhart«, begann er. »Du hast gerade einen sehr teuren Ausrüstungsgegenstand über Bord geworfen.« Er deutete mit einer Geste in die Wellen. »Viele Wissenschaftler – unter anderem deine Mutter – haben hart dafür gearbeitet, sich so etwas leisten zu können.«

»Tut mir leid«, entschuldigte ich mich. »Ich habe nicht nachgedacht.« Ich schaute zu Robin hinüber, die beeindruckt und verärgert zugleich aussah.

»Lucy«, sagte sie. »Ich weiß deine Hilfe wirklich sehr

zu schätzen. Genau genommen hast du sogar ein kleines Wunder vollbracht. Aber ich möchte dich bitten, in Zukunft Sookie und mir die Arbeit zu überlassen, okay?«

Ich nickte. »Klar. Tut mir leid.«

Immer noch ungläubig schüttelte sie den Kopf. »Ich gehe jetzt zu Ray. Vielleicht empfängt er ja schon ein Geräusch.« Nach ein paar Schritten drehte sie sich aber noch einmal zu mir um. »Weißt du, Lucy, meine Mutter hat immer gesagt: Gute Arbeit ist der beste Weg, die Menschen von dir zu überzeugen.«

Sie schaute mir tief in die Augen – und ich hielt ihrem Blick stand.

»Ich kann nicht fassen, dass du den Job besser gemacht hast als ich, Lucy«, sagte Sookie zu mir und schaute dann meinen Dad an. »Du musst zugeben, Tom, das war ziemlich beeindruckend.«

Dad lehnte sich gegen die Reling und seufzte.

»Da hat Sookie nicht unrecht«, stellte Mr. Patterson nüchtern fest.

Während sich die Männer allmählich von ihrem Schreck erholten, machte ich mich auf den Weg zu den Biologen. Ich war viel zu aufgeregt, um tatenlos herumzustehen. Robin sprach gerade über Funk mit dem Piloten, während Ray versuchte, das akustische Signal des Hais mithilfe von Kopfhörern zu erfassen.

»Können Sie ihn hören?«, fragte ich.

Ray nickte und drehte konzentriert an einem Knopf des Empfangsgeräts. Mit seiner freien Hand betätigte er einen Hebel, an dem ein langes Rohr befestigt war, das an einer Seite des Boots ins Wasser führte. Ich wusste, dass sich am unteren Ende des Rohrs das Hydrophon befand, das die Signale des Hais auffangen konnte. Am deutlichsten waren die Töne zu hören, so hatte Ray mir erklärt, wenn das Hydrophon direkt auf den Peilsender zeigte.

»Hast du ihn?«, rief Robin zu ihm hinüber.

Er nickte. »Jap.« Dann zog er die Kopfhörer von den Ohren und ließ sie um seinen Hals hängen. »Du darfst dem Hai übrigens einen Namen geben«, sagte er. »Schließlich hast du ihn markiert.«

Ich lächelte. »Danke.«

Nachdem ich eine Weile überlegt hatte, wusste ich, wie der Hai heißen sollte: »Sein Name ist Fred.«

»Schöner Name«, sagte Ray.

»Wie klingt das Geräusch?«, fragte ich.

»Willst du es selbst einmal hören?«

Ich nickte.

Ray setzte mir die riesigen Kopfhörer auf die Ohren, und ich stellte die Bügel ein. Zuerst war da nur ein Rauschen, das wie Mr. Pattersons Polizeifunk klang. Ich schaute zu Ray hinüber und schüttelte den Kopf. Doch plötzlich kam ein Geräusch dazu, das mich an den Musikunterricht in meiner Grundschule erinnerte. Unsere

Lehrerin hatte damals mit einem kleinen Hammer auf eine hölzerne Trommel geschlagen – *bum, bum, bum.*

Fred, der Hai, trommelte einen Rhythmus. Zwar war er noch unregelmäßig, so als würde ein Kind ein Instrument spielen lernen, aber dann wurde er immer deutlicher. *Bum, bum, bum.* Ich schloss meine Augen und lauschte dem Rauschen, bevor das Klopfen wieder einsetzte. *Bum, bum, bum.*

Der Rhythmus hätte von einem Miles-Davis-Album stammen können, in dem die Musiker mit ihren Instrumenten neue, ungewohnte Töne hervorbrachten. Doch auch wenn dieses Stück etwas merkwürdig klang, wollte ich Fred, dem Hai, weiter zuhören. Ich musste daran denken, was Mr. Patterson auf der Rückfahrt von Maine zu mir gesagt hatte: *Vielleicht musst du die Musik live hören, um sie zu verstehen.*

Kurz darauf begann ich, die Klopfpausen mit meinem eigenen Rhythmus zu füllen. Ich lauschte den Geräuschen von Fred, dem Hai, und wiederholte das Klopfen in meinen Gedanken. Nach einer Weile ging ich sogar noch einen Schritt weiter und füllte die Pausen mit Nachrichten, die ich meinem Freund Fred mitteilen wollte:

Ich habe gerade einen Weißen Hai vorbeischwimmen sehen.

Ray ist bestimmt sauer, weil ich die Kopfhörer nicht hergeben will.

Der Hai heißt Fred. Du bist ein Hai.

Ray tippte mir auf die Schulter, und ich öffnete die Augen. Er zog die Brauen hoch, deutete auf die Kopfhörer und wies dann mit dem Finger auf sich.

Ich hielt meinen Zeigefinger hoch, um ihm zu signalisieren, dass ich noch etwas Zeit brauchte, und lauschte weiter.

Bum, bum, bum.

Ich hatte keine Ahnung, ob Fred, der Hai, zehn oder hundert Meter von uns entfernt war. Selbst Robin und Ray mussten erst noch lernen, wie man am Klang der Pings die Position eines Tiers erkannte. Niemand an Bord wusste, wo sich der Hai gerade aufhielt. Ich lehnte mich noch einmal über die Reling. Vielleicht würde ich ja eine spitze Flosse unter der Wasseroberfläche aufblitzen sehen. Der Nordatlantik war zwar dunkel und trüb, doch ich gab die Hoffnung nicht auf, etwas in seinen Tiefen zu entdecken.

Und dann geschah etwas Aufregendes: Ein neuer, unbekannter Ton mischte sich unter Freds Klopfen.

»Irgendetwas ist gerade passiert!«, sagte ich. »Die Geräusche klingen anders als vorher.«

Ich reichte Ray die Kopfhörer und konnte sehen, wie sich seine Augen weiteten.

»Ich glaube, wir hören jetzt zwei verschiedene Pings«, erklärte er. »Das andere Geräusch müsste von Helen stammen.«

Verwirrt schaute ich ihn an.

»Der erste Hai, den wir markiert haben, war ein Weibchen«, erklärte er. »Wir haben es Helen genannt.«

»Sie ist hier?«, fragte ich.

Ray nickte.

»Robin, komm mal her und hör dir das an!«, rief Ray. Doch Robin bekam nichts mit, weil sie gerade am Fuß der Planke in ein Gespräch mit Sookie vertieft war.

»Hier, nimm du sie noch mal!« Ray reichte mir die Kopfhörer und machte sich auf den Weg zum Bug.

Ich setzte die Kopfhörer auf und versuchte, die beiden Pings auseinanderzuhalten. Der Rhythmus hatte sich verändert und klang auf einmal aus dem Takt. Die Pausen waren kürzer geworden, und ein neuer Ton hatte eingesetzt: *Bum, bum, piep, piep, bum, piep.*

Ich presste die Kopfhörer fester an meine Ohren, machte die Augen zu und sagte laut: »Mom.«

* * *

Irgendwo hatte ich gelesen, Weiße Haie wären Einzelgänger, die lange Strecken allein zurücklegten. Doch manchmal schlossen sie sich zu Paaren zusammen. Niemand wusste, warum, es war noch immer ihr Geheimnis. Irgendwo in der Nähe unseres Boots schwammen nun Helen und Fred gemeinsam nebeneinanderher. Ich lauschte dem sonderbaren Rhythmus ihrer Musik, als hörte ich eins meiner alten Lieblingslieder. Dann stellte ich mir vor, wie sie Monomoy Island umkreisten und miteinander redeten. Vielleicht hatte Helen schon lange zu uns heraufgerufen. Und nur darauf gewartet, dass ihr jemand in die Wellen folgte.

Danksagung

Meinem Agenten, Michael Bourret, bin ich zutiefst dankbar, weil er an diese Geschichte geglaubt hat und mir bis zur Veröffentlichung des Buchs immer zur Seite stand.

Außerdem danke ich dem Team von Dutton Children's Books und der Penguin Young Readers Group, insbesondere Julie Strauss-Gabel, Melissa Faulner, Natalie Vielkind, Jessica Jenkins, Lindsey Andrews, Rosanne Lauer und Anne Heausler. Meinem Lektor, Andrew Karre, danke ich für seine Hilfe, meine Geschichte ins Gleichgewicht zu bringen. Er wusste immer, wann meine Erzählstimme leiser und wann lauter werden musste. Zudem geht mein Dank an meinen Illustrator Xingye Jin, der das ausdrucksstarke Cover gestaltet und das Wesen von Lucys Zeichnungen erfasst hat. Ich danke euch allen, dass ihr dieses Buch zum Leben erweckt habt.

Darüber hinaus möchte ich mich bei den Wissenschaftler*innen bedanken, die mir großzügig mit Zeit und Rat zur Verfügung standen: Greg Skomal, Brad Chase, Lieutenant William Freeman, Captain Conrad Prosniewski, Al Drinkwater, Mike Birarelli, Tom Bartlett, Sooky Sawyer, Tracey Steig und Michael Kinzer. Alle eventuellen Fehler im Text gehen allein auf mich zurück.

Zahlreiche Menschen haben mich durch ihre Arbeiten wie ein stetiger Strom auf meinem Weg zu diesem Buch getragen, darunter Eugenie Clark, Alexa Canady, Joy Reidenberg, Jane Goodall, Jacques Cousteau, Rachel Carson, Susan Allen und Ashanti Johnson.

Niemals hätte ich diese Geschichte schreiben können ohne die Autor*innen-Supergroup, bestehend aus Jana Hiller, Kaethe Schwehn, Sarah Hanley, Sean Beggs, Coralee Grebe, Brian Rubin, Kristi Belcamino und Christy Kujawa. Wieder und wieder habt ihr das Buch gelesen und mich mit ehrlicher Rückmeldung, Humor und Aufmunterung unterstützt. Dem Loft Literary Center danke ich dafür, mich mit diesen Menschen in Kontakt gebracht und mir durch Schreibkurse und andere gemeinschaftliche Aktivitäten im Raum Minneapolis-Saint Paul unter die Arme gegriffen zu haben.

Auch meinen Schreibmentor*innen danke ich vielmals. Insbesondere Charlotte Gordon, die mir half, meine Stimme zu finden, und die es mir ermöglichte, mitsamt meinem Highschool-Schreibkurs an den Gedichtlesungen von Adrienne Rich teilzunehmen. Mary Gardner, die mir androhte, sich zu erschießen, sollte dieses Buch nicht veröffentlich werden, danke ich ebenfalls. Sie war es, die mich immer wieder daran erinnerte, dass mein Manuskript sich nicht selbst einen Verlag suchen würde.

Rob Farnsworth und Gary Lawless danke ich für ihre Anregung, etwas aus dem Gedicht über Gerätetaucher zu machen. David Housewright bin ich dankbar, weil er mich so unerbittlich darauf hinwies, dass auch Romanautor*innen ihre Recherchen ernst nehmen müssen.

Cindy Schradle, Kate Owens, Paul Legler, Lisa Li und Christine Brunkhorst waren meine ersten Leser*innen – sie haben mich ermutigt weiterzumachen.

Ich bin zutiefst dankbar für die Unterstützung meiner lieben Freundinnen Cecily Cullinan, Zoe Adler und Kate O'Brien sowie meiner hochgeschätzten Kolleg*innen aus dem Vertriebsteam Eric Chalmers, John Nelson, Jennifer Winsten, Karla Snellings, Amy Johnson, Caitlin Stollenwerk, Julie Jenkins und Alicia DeGross.

Mein besonderer Dank gilt meiner Familie. Barbara und Dan Schultz sowie Marilyn Vinokour haben an Winterabenden in Minnesota meine Kinder gehütet, damit ich an Schreibkursen oder den Treffen der Supergroup teilnehmen konnte. Sie haben mich auch mit dem Loft Literary Center in Kontakt gebracht.

Meine Tante, Pamela Parrella, ist eine der ersten Schriftstellerinnen, die ich kennengelernt habe, und unser konstanter Austausch ist einfach wunderbar. Auch meiner Cousine, Alex Penfold, danke ich vielmals für ihren Rat.

Nahezu alles, was mich zu diesem Buch inspiriert hat, verdanke ich meinen Eltern. Meine Mutter trägt zahllose Erinnerungen an unsere Sommerurlaube am Cape Cod in sich. Mein Vater teilte sich das Wasser mit Haien, während er in einem winzigen Boot saß. Damals war er in Lucys Alter. Meine Eltern haben ihre Liebe zum Meer an mich weitergegeben, und genau diese Liebe möchte ich mit meinem Buch zum Ausdruck bringen. Darüber hinaus verdanke ich meiner Mutter und meinem Vater zahllose andere Inspirationen.

Ich möchte Cynthia Allen danken, einer der besten Lehrerinnen auf der Welt, sowie Dave Deinstadt, meinem Forschungspartner.

Ein großes Dankeschön richte ich auch an meine Jungs, Sam und Leo. Sie halfen mir dabei, meine Geschichte zu Ende zu schreiben, damit wir das Manuskript zusammen lesen konnten. Mit ihnen macht alles mehr Freude.

Zutiefst dankbar bin ich Jon – für unsere gemeinsamen Jahre in Rockport (und überall sonst) und dafür, dass ich mit ihm Pferde stehlen kann. Auch wenn ich anfangs noch nichts vorzuweisen hatte, half er mir, daran zu glauben, dass ich eine Schriftstellerin bin.

Die Autorin KATE ALLEN wurde in Massachusetts geboren. Sie schrieb schon während ihrer Schulzeit Geschichten und studierte später Kreatives Schreiben. Nach ihrem Abschluss begann sie aber als Lehrerin zu arbeiten. Ihren Traum, eines Tages ein Buch zu veröffentlichen, verlor sie zum Glück trotzdem niemals aus den Augen. *Tage der Mondschnecke* ist ihr Debüt. Kate Allen lebt mit ihrer Familie in Minneapolis.

Der Illustrator XINGYE JIN lebt in China. Wenn er nicht gerade am Zeichentisch sitzt, gärtnert er gerne.

Die Übersetzerin MERITXELL JANINA PIEL studierte Geschichte und Philosophie in Düsseldorf und promovierte dort in Philosophie. Heute lebt sie als freiberufliche Übersetzerin und Sprachlehrerin in Kaarst bei Düsseldorf.

DIE BESTEN SOMMERFERIEN ALLER ZEITEN

Marianne Kaurin
Irgendwo ist immer Süden
Aus dem Norwegischen
von Franziska Hüther
Gebunden | 240 Seiten
€ 15,00 [D] | € 15,50 [A]
ISBN 978-3-96177-050-2

Alle verreisen in den Sommerferien ins Ausland. Nur Ina bleibt zu Hause – dabei hätte sie so gerne auch spannende Urlaubspläne. Und plötzlich hört sie sich vor ihrer Klasse sagen, sie würde in den Süden fahren. Damit die Lüge nicht auffliegt, bleibt Ina in den Ferien von morgens bis abends in ihrem Zimmer. Bis der Neue aus der Klasse sie am Fenster entdeckt und ihr einen verrückten Vorschlag macht.